Het portret van Dorian Gray

Vertaald door Max Schuchart

Oscar Wilde

Het portret van Dorian Gray

1999 Ooievaar Amsterdam

Eerste druk 1998
Tweede druk 1999

Oorspronkelijke titel *The Picture of Dorian Gray*
© 1998 Uitgeverij Prometheus
© 1986, 1998 Nederlandse vertaling Max Schuchart
Omslagontwerp Erik Prinsen, Zaandam
ISBN 90 5713 338 5

Uitgeverij Ooievaar is een onderdeel van Uitgeverij Prometheus

Ter inleiding

De kunstenaar is de schepper van mooie dingen. Kunst te openbaren en de kunstenaar te verbergen is het doel van de kunst. Criticus is hij die zijn indruk van mooie dingen op een andere manier, of in een nieuwe materie kan vertolken. Zowel de hoogste als de laagste vorm van kritiek is een wijze van autobiografie.

Zij die verdachte bedoelingen in het mooie zoeken, zijn corrupt zonder te bekoren. Dat is een tekortkoming.

Zij die mooie bedoelingen in het mooie zoeken, zijn de beschaafden. Voor hen is er hoop.

Zij zijn de uitverkorenen voor wie het mooie uitsluitend Schoonheid betekent.

Er bestaat niet zoiets als een moreel of een immoreel boek. Boeken zijn goed of slecht geschreven. Dat is alles.

De negentiende-eeuwse afkeer van het Realisme is de woede van Kalibaan die zijn eigen gezicht in een spiegel ziet.

De negentiende-eeuwse afkeer van de Romantiek is de woede van Kalibaan die zijn eigen gezicht niet in een spiegel ziet.

Het morele leven van de mens maakt deel uit van het onderwerp van de kunstenaar, maar de moraliteit van de kunst bestaat uit het volmaakte gebruik van een onvolmaakt medium.

Geen enkele kunstenaar heeft ethische sympathieën. Ethische sympathie bij een kunstenaar is een onvergeeflijke gemaniëreerdheid van stijl. Geen enkele kunstenaar is ooit morbide. De kunstenaar kan alles uitdrukken.

Gedachten en taal zijn voor de kunstenaar instrumenten

voor een kunst. Uit een oogpunt van vorm is de kunst van de musicus de grondvorm van alle kunsten. Uit een oogpunt van gevoel is de vaardigheid van de acteur die grondvorm.

Alle kunst is tegelijkertijd oppervlakte en symbool.

Zij die zich onder de oppervlakte begeven, doen dat op eigen verantwoordelijkheid.

Zij die het symbool lezen doen dat op eigen verantwoordelijkheid. De toeschouwer en niet het leven, weerspiegelt de kunst in werkelijkheid.

Verscheidenheid van opvatting omtrent een kunstwerk toont aan dat het werk nieuw, gecompliceerd en levensvatbaar is.

Als de critici het niet met elkaar eens zijn, is de kunstenaar het met zichzelf eens.

Wij kunnen het iemand vergeven, dat hij iets nuttigs heeft gemaakt, zolang hij het maar niet bewondert. De enige verontschuldiging voor het maken van iets nutteloos is dat men het intens bewondert. Alle kunst is volmaakt nutteloos.

1

Het atelier was vervuld van de geur van volle rozen, en toen de lichte zomerwind zich roerde in de bomen van de tuin, kwam door de openslaande deur het zware aroma van seringen of de fijnere odeur van de roze bloeiende doornstruik.

Van zijn hoekje van de divan van Perzische zadeltassen waarop hij lag en, zoals zijn gewoonte was, ontelbare sigaretten rookte, kon Lord Henry Wotton nog net de glans van de honingzoete en honingkleurige bloesems van een goudenregen zien, waarvan de trillende takken nauwelijks in staat schenen de last van een zo gloedvolle schoonheid te torsen; en nu en dan flitsten de fantastische schaduwen van vogels in hun vlucht over de lange tussorzijden gordijnen die voor het grote raam hingen en een soort vluchtig Japans effect veroorzaakten dat hem deed denken aan die schilders met bleke vermoeide gezichten uit Tokio, die door middel van een kunst die noodzakelijkerwijze onbeweeglijk is, de indruk van snelheid en beweging weten te wekken. Het doffe gezoem van de bijen die zich een weg baanden door het hoge ongemaaide gras, of met eentonige aandrang rond de bestoven vergulde horentjes van de wilde kamperfoelie cirkelden, scheen de stilte nog drukkender te maken. Het vage geroezemoes van Londen klonk als de bastoon van een ver orgel.

In het midden van de kamer, op een rechte ezel geklemd, stond het levensgrote portret van een uitzonderlijk knappe jongeman, en daarvoor, een eindje ervan af, zat de schilder zelf, Basil Hallward, wiens plotselinge verdwijning enkele jaren geleden toentertijd zo'n grote publieke opschudding had veroorzaakt en aanleiding tot zo veel vreemde vermoedens had gegeven.

Toen de schilder naar de bevallige, aantrekkelijke figuur keek die hij zo bekwaam in zijn kunst had uitgebeeld, kwam er een vergenoegde glimlach op zijn gezicht en scheen daar te zullen dralen. Maar ineens sprong hij overeind, legde zijn vingers op zijn oogleden, alsof hij trachtte in zijn geest een zonderlinge droom vast te houden waaruit hij vreesde te zullen ontwaken.

'Het is je beste werk, Basil, het beste dat je ooit hebt gemaakt,' zei Lord Henry lusteloos. 'Je moet het volgend jaar echt naar de Grosvenor sturen. De Academie is te groot en te vulgair. Iedere keer dat ik daar ben geweest waren er of zo veel mensen dat ik de schilderijen niet heb kunnen zien, of zo veel schilderijen dat ik de mensen niet kon zien, wat nog erger was. De Grosvenor is werkelijk de enige plaats.'

'Ik denk niet dat ik het ergens heen zal sturen,' antwoordde hij, en wierp zijn hoofd op die vreemde manier waar zijn vrienden in Oxford vroeger om moesten lachen in zijn nek. 'Nee, ik zal het nergens naar toe sturen.'

Lord Henry trok zijn wenkbrauwen op en keek hem verbaasd aan door de dunne kringetjes blauwe rook die in grillige slierten van zijn zwaar met opium bezwangerde sigaret krulden.

'Het nergens inzenden? Beste kerel, waarom? Heb je daar een reden voor? Wat een rare lui zijn jullie schilders toch! Jullie doen al het mogelijke om je een reputatie te verwerven. Zodra je er een hebt, schijn je die weg te willen gooien. Dat is dom van je, want er is maar één ding ter wereld dat erger is dan over de tong te gaan, namelijk om niet over de tong te gaan. Een portret als dit zou je ver boven alle jongemannen van Engeland doen uitsteken, en de oude mannen jaloers maken, als oude mannen ooit tot enige emotie in staat zijn.'

'Ik wed dat je me zult uitlachen,' antwoordde hij, 'maar ik kan het werkelijk niet tentoonstellen. Ik heb er te veel van mezelf in gelegd.'

Lord Henry rekte zich op de divan uit en lachte.

'Ja, ik wist wel dat je dat zou doen; maar toch is het zo.'

'Te veel van jezelf erin gelegd! Verdraaid Basil, ik wist niet dat je zo ijdel was, en ik kan werkelijk geen enkele gelijkenis ontdekken tussen jou met je verweerde krachtige gezicht en gitzwarte haar, en deze jonge Adonis, die eruit ziet alsof hij van ivoor en rozenblaadjes is gemaakt. Kom, Basil, hij is een Narcissus en jij – nou ja, jij hebt natuurlijk een intellectuele uitdrukking en zo. Maar schoonheid, werkelijke schoonheid, houdt op waar een intellectueel uiterlijk begint. Intellect is op zichzelf een soort overdrijving en verstoort de harmonie van ieder gezicht. Het ogenblik waarop iemand gaat zitten denken, wordt hij één en al neus of één en al voorhoofd, of iets afschuwelijks. Neem de geslaagde mensen in de geleerde beroepen. Die zijn helemaal niet om aan te zien! Behalve de geestelijkheid natuurlijk. Maar de geestelijkheid denkt ook niet. Een bisschop zegt op tachtigjarige leeftijd nog precies hetzelfde als toen hij een jongeman van achttien was, en als een natuurlijk gevolg daarvan ziet hij er absoluut verrukkelijk uit. Jouw mysterieuze jonge vriend, wiens naam je me niet hebt verteld, maar wiens portret me werkelijk boeit, denkt nooit. Daar ben ik van overtuigd. Hij is een hersenloos, mooi wezen dat altijd hier zou moeten zijn in de winter wanneer we geen bloemen hebben om naar te kijken, en de hele zomer als we iets willen hebben om onze intelligentie te verkoelen. Vlei jezelf niet, Basil, je lijkt in het minst niet op hem.'

'Je begrijpt me niet, Harry,' antwoordde de schilder. 'Natuurlijk ben ik niet zoals hij. Dat weet ik maar al te goed. Eigenlijk zou het me spijten als ik op hem leek. Je haalt je schouders op? Ik spreek de waarheid. Alle fysieke en intellectuele voornaamheid heeft iets noodlottigs, het siert noodlottigheid dat de wankele voetstappen van koningen de hele geschiedenis door schijnt te achtervolgen. Het is beter om niet van je medemensen te verschillen. De lelijken en de dommen weten het meeste voordeel in deze wereld te behalen. Ze kunnen het spel op hun gemak zitten aangapen. Zo zij niets van zegepraal afweten, blijft hun de ervaring van de nederlaag tenminste bespaard. Ze leven zoals we allen zouden behoren te leven, ongestoord, onverschillig en zonder onrust. Zij storten niemand in het verderf, en worden ook niet door anderen tot de ondergang gebracht. Jouw positie en rijkdom, Harry; mijn hersens – mijn kunst, voor wat die waard is, de uiterlijke schoonheid van Dorian Gray – we zullen allen boeten voor wat de goden ons hebben geschonken, en op een vreselijke manier.'

'Dorian Gray? Heet hij zo?' vroeg Lord Henry, terwijl hij door de studio naar Basil toeliep.

'Ja, zo heet hij. Ik was niet van plan het je te vertellen.'

'Maar waarom niet?'

'O, ik kan het niet uitleggen. Wanneer ik mensen enorm aardig vind, zeg ik anderen nooit hoe ze heten. Het is alsof je een deel van hen uitlevert. Ik ben van geheimzinnigheid gaan houden. Het schijnt het enige te zijn dat het moderne leven mysterieus of fantastisch voor ons kan maken. Het gewoonste is alleen verrukkelijk als je het geheim houdt. Als ik tegenwoordig de stad uitga, vertel ik mijn huisgenoten nooit waar ik naar toe ga. Als ik dat zou doen, zou ik er helemaal geen plezier meer in hebben. Het is een dwaze gewoonte, dat wel, maar het schijnt je leven toch heel wat romantischer te maken. Ik veronderstel dat je me op dit punt vreselijk dwaas zult vinden?'

'Helemaal niet,' antwoordde Lord Henry, 'helemaal niet, m'n waarde Basil. Je schijnt te vergeten dat ik getrouwd ben, en de enige charme van het huwelijk is dat het een leven van misleiding voor beide partijen absoluut noodzakelijk maakt. Ik weet nooit waar mijn vrouw is, en mijn vrouw weet nooit wat ik uitvoer. Wanneer we elkaar ontmoeten, en af en toe ontmoeten we elkaar, wanneer we samen uit dineren gaan, of de hertog een bezoek brengen, vertellen we elkaar met doodernstige gezichten de meest belachelijke verhalen. Mijn vrouw is daar erg goed in – veel beter dan ik eigenlijk. Ze raakt nooit in de war met haar data, en ik altijd. Maar wanneer ze me betrapt, maakt ze helemaal geen ruzie. Soms wou ik dat ze dat wel deed, maar ze lacht me alleen maar uit.'

'Ik verafschuw de manier waarop je over je huwelijksleven praat, Harry,' zei Basil Hallward, terwijl hij naar de deur die op de tuin uitkwam liep. 'Ik denk dat je eigenlijk een erg goede echtgenoot bent, maar dat je je grondig schaamt voor je eigen deugden. Je bent een eigenaardige kerel. Je zegt nooit iets moreels, en je doet nooit iets verkeerds. Je cynisme is eenvoudig een pose.'

'Natuurlijk zijn is eenvoudig een pose, en de meest irritante die ik ken,' riep Lord Henry lachend uit; de twee jonge mannen liepen samen de tuin in, en maakten het zich gemakkelijk op een lange bamboe bank in de schaduw van een hoge laurierstruik. Het zonlicht gleed over de glanzende bladeren. In het gras trilden witte madeliefjes.

Na een stilte haalde Lord Henry zijn horloge te voorschijn. 'Ik vrees dat ik moet gaan, Basil,' mompelde hij, 'maar voor ik ga, sta ik erop dat je antwoord geeft op een vraag die ik je enige tijd geleden gesteld heb.'

'Wat dan?' vroeg de schilder, terwijl hij zijn ogen op de grond gericht hield.

'Dat weet je maar al te goed.'

'Dat weet ik niet, Harry.'

'Nu, dan zal ik het je zeggen. Ik wil dat je mij uitlegt waarom je het schilderij van Dorian Gray niet wilt tentoonstellen. Ik wil de ware reden weten.'

'Die heb ik je gezegd.'

'Nee, dat heb je niet. Je zei dat het was omdat er te veel van jezelf in zat. Dat is kinderachtig.'

'Harry,' zei Basil Hallward, terwijl hij hem recht aankeek, 'elk portret dat met gevoel wordt geschilderd, is een portret van de kunstenaar, niet van het model. Het model is slechts een toevalligheid, de aanleiding. Hij is niet degene die door de schilder wordt onthuld; het is veeleer de schilder die zichzelf op het gekleurde linnen openbaart. De reden waarom ik dit schilderij niet wil tentoonstellen is dat ik bang ben dat ik het geheim van mijn eigen ziel erin heb laten zien.'

Lord Henry lachte. 'En wat is dat?'

'Dat zal ik je vertellen,' zei Hallward, maar zijn gezicht kreeg een verbijsterde uitdrukking.

'Ik ben één en al verwachting, Basil,' vervolgde zijn vriend, terwijl hij hem aankeek.

'O, er valt werkelijk erg weinig te vertellen, Harry,' antwoordde de schilder; 'en ik ben bang dat je het nauwelijks zult begrijpen. Misschien zul je het nauwelijks geloven.'

Lord Henry glimlachte en, terwijl hij zich voorover boog, plukte hij een roze madeliefje uit het gras en bekeek het. 'Ik ben er zeker van dat ik het zal begrijpen,' antwoordde hij, en keek met aandacht naar het kleine gouden, wit gevederde schijfje, 'en wat geloven aangaat, ik kan alles geloven, zolang het maar volmaakt ongelooflijk is.'

De wind plukte enkele bloesems uit de boom en de zware sterrentrossen van de seringen gingen op en neer in de lome lucht. Een krekel begon bij de muur te tjirpen, en een lange dunne waterjuffer zweefde op haar bruine glazen vleugels voorbij. Lord Henry had het gevoel dat hij Basil Hallwards hart kon horen kloppen, en vroeg zich af wat er zou komen.

'Het verhaal is eenvoudig als volgt,' zei de schilder na enige tijd. 'Twee maanden geleden ging ik naar een bijeenkomst bij Lady Brandon. Je weet dat wij arme kunstenaars ons af en toe in society-kringen moeten laten zien om het publiek eraan te herinneren dat we geen wilden zijn. Zoals je eens tegen me zei, met een rokkostuum en een witte das kan iedereen, zelfs een effectenmakelaar, zich de reputatie van een heer verwerven. Welnu, nadat ik ongeveer tien minuten in de kamer was geweest en met enorme al te opzichtig geklede douairières en vervelende lieden van de Academie had staan praten, werd ik me er plotseling van bewust dat er iemand naar me keek. Ik draaide me half om en zag Dorian Gray voor de eerste keer. Ik kreeg een vreemd angstig gevoel. Ik wist dat ik tegenover iemand stond met een zo boeiende persoonlijkheid dat hij, wanneer ik daaraan toegaf, mijn hele wezen zou absorberen, mijn hele ziel, mijn kunst zelf. Ik wilde geen enkele invloed van buiten af op mijn leven. Je weet zelf, Harry, hoe onafhankelijk ik van nature ben. Ik ben altijd mijn eigen baas geweest; was het in elk geval altijd geweest tot ik Dorian Gray ontmoette. Toen – maar ik weet niet hoe ik het je moet uitleggen. Iets scheen me toe te fluisteren dat ik op de rand van een vreselijke crisis in mijn leven stond. Ik had het vreemde gevoel dat het Noodlot uitgelezen vreugden en uitgelezen smarten voor me in petto had. Ik werd bang en draaide me om met de bedoeling het vertrek te verlaten. Het was niet mijn geweten dat me daartoe bewoog; het was een soort lafheid. Ik wil het me niet als een verdienste aanrekenen dat ik probeerde te vluchten.'

'Geweten en lafheid zijn eigenlijk hetzelfde, Basil. Geweten is het handelsmerk van de standvastigen. Dat is alles.'

'Dat geloof ik niet, Harry, en jij ook niet, denk ik. Hoe het ook zij, wat mijn beweegreden ook was – en die kan trots zijn geweest, want ik was altijd heel trots, ik liep Lady Brandon tegen het lijf. "U gaat toch niet nú al weg, mijnheer Hallward?" gilde ze. Je kent haar eigenaardige schrille stem?'

'Ja, ze is in alles een pauw, behalve wat schoonheid betreft,' zei Lord Henry, terwijl hij het madeliefje met zijn lange, nerveuze vingers uit elkaar trok.

'Ik kon haar niet kwijtraken. Ze nam me mee naar vorstelijke personages en mensen met ridderorden en dames op leeftijd met gigantische tiara's en papegaaienneuzen. Ze noemde mij haar liefste vriend. Ik had haar slechts één keer ontmoet, maar ze haalde het in haar hoofd mij als een beroemdheid te behandelen. Ik geloof dat een van mijn schilderijen toen een groot succes was geweest, of althans in de boulevardbladen was besproken, hetgeen de negentiende-eeuwse maatstaf voor onsterfelijkheid is. Plotseling stond ik tegenover de jongeman, wiens persoonlijkheid mij zo vreemd had getroffen. We stonden vlak bij elkaar, raakten elkaar bijna aan. Weer ontmoetten onze blikken elkaar. Het was roekeloos van me, maar ik vroeg Lady Brandon of ze mij aan hem wilde voorstellen. Misschien was het per slot van rekening toch niet zo roekeloos. Wij zouden zonder enige introductie toch met elkaar hebben gesproken. Dat weet ik zeker. Dorian zei me dat naderhand. Hij had ook het gevoel dat we voorbestemd waren elkaar te ontmoeten.'

'En hoe beschreef Lady Brandon die wonderbaarlijke jongeman?' vroeg zijn vriend. 'Ik weet dat ze graag een vluchtige samenvatting van al haar gasten geeft. Ik herinner me dat ze me eens heeft meegenomen naar een twistzieke oude heer, die helemaal behangen was met ridderorden en lintjes, en die mij, op een tragische fluistertoon, die voor iedereen in het vertrek volmaakt hoorbaar moet zijn geweest, de ontstellendste bijzonderheden in het oor siste. Ik ben eenvoudig gevlucht. Ik houd ervan mensen zelf te ontdekken. Maar Lady Brandon behandelt haar gasten precies zo als een veilingmeester zijn goederen. Of ze redeneert ze volkomen weg, of ze vertelt je alles van ze, behalve datgene wat je wilt weten.'

'Die arme Lady Brandon! Je bent niet aardig tegenover haar, Harry,' zei Hallward, mat.

'Beste kerel, ze heeft geprobeerd een *salon* te beginnen, en is er alleen maar in geslaagd een restaurant te openen. Hoe zou ik haar kunnen bewonderen? Maar vertel me, wat heeft ze over Dorian Gray gezegd?'

'O, zoiets als: "Charmante jongen – arme lieve moeder en ik volmaakt onafscheidelijk. Totaal vergeten wat hij doet – vrees dat hij niets doet – of ja, hij speelt piano – of is het viool, beste mijnheer Gray?" Geen van ons kon zijn lachen inhouden, en we werden op slag vrienden.'

'Lachen is helemaal geen slecht begin voor een vriendschap, en het is verreweg het beste einde ervoor,' zei de jonge lord terwijl een tweede madeliefje plukte.

Hallward schudde het hoofd. 'Jij begrijpt niet wat vriendschap is, Harry,' mompelde hij – 'of, wat dat betreft, wat vijandschap is. Jij vindt iedereen aardig; dat wil zeggen dat iedereen je koud laat.'

'Wat afschuwelijk onrechtvaardig van je!' riep Lord Henry uit, terwijl hij zijn hoed achterover zette en omhoog keek naar de kleine wolken die, als gerafelde strengen witte zijde door de turkooizen koepel van de zomerhemel dreven. 'Ja, afschuwelijk onrechtvaardig van je. Ik maak een groot verschil tussen mensen. Ik kies mijn vrienden om hun knappe uiterlijk, mijn kennissen om hun goede karakter, en mijn vijanden om hun goede intellect. Je kunt niet te voorzichtig zijn in de keus van je vijanden. Ik heb er geen die een dwaas is. Het zijn allen mannen met enig intellectueel vermogen, en derhalve waarderen ze mij allemaal. Is dat erg ijdel van me?'

'Ik zou denken van wel, Harry. Maar volgens jouw indeling ben ik zeker alleen maar een kennis.'

'M'n beste Basil, je bent veel meer dan een kennis.'

'En veel minder dan een vriend. Een soort broer, veronderstel ik?'

'Och, broers! Ik geef niet om broers. Mijn oudste broer weigert dood te gaan, en mijn jongere broers schijnen nooit iets anders te doen.'

'Harry!' riep Hallward met een frons uit.

'Beste kerel, ik meen het niet helemaal ernstig. Maar ik kan het niet helpen dat ik mijn familieleden verafschuw. Ik denk dat het komt door het feit dat geen van ons het kan verdragen dat andere mensen dezelfde fouten hebben als wijzelf. Ik voel helemaal mee met de woede van de Engelse democratie tegen wat men de ondeugden van de hogere standen noemt. De massa vindt dat dronkenschap, domheid en immoraliteit haar eigen speciale bezit behoort te zijn en dat, wanneer een van ons zich belachelijk maakt, hij op hun terrein komt. Toen die arme Southwark voor het hof kwam om zich te laten scheiden, was hun verontwaardiging werkelijk schitterend. Maar toch denk ik dat nog geen tien procent van het proletariaat netjes leeft.'

'Ik ben het met geen woord van wat je gezegd hebt eens, en bovendien, jij ook niet, Harry, daar ben ik van overtuigd.'

Lord Henry streek over zijn bruine puntbaard en tikte met een van kwasten voorziene ivoren wandelstok op de neus van zijn schoen. 'Wat ben je toch door en door Engels, Basil! Dat is de tweede keer dat je die opmerking maakt. Als iemand aan een ware Engelsman een idee verkondigt – wat altijd iets onbezonnens is – denkt hij er niet over om na te gaan of die idee goed of verkeerd is. Het enige wat hij belangrijk vindt is of hij het zelf gelooft. De waarde van een idee heeft echter totaal niets te maken met de oprechtheid van degene die het naar voren brengt. Het is zelfs waarschijnlijk dat hoe onoprechter de man is, des te zuiverder intellectueel zijn idee zal zijn, omdat het in dat geval niet gekleurd zal zijn door zijn eigen behoeften, verlangens of vooroordelen. Maar ik wil met jou niet over politiek, sociologie of metafysica debatteren. Ik hou meer van mensen dan van beginselen, en mensen zonder beginselen zijn mij liever dan wat ook ter wereld. Vertel me meer van Dorian Gray. Hoe vaak zie je hem?'

'Iedere dag. Ik zou niet gelukkig kunnen zijn als ik hem niet dagelijks zag.'

'Wat buitengewoon! Ik dacht dat je nooit om iets anders zou geven dan je kunst.'

'Hij is tegenwoordig mijn hele kunst,' zei de schilder ernstig. 'Soms denk ik weleens, Harry, dat er maar twee tijdperken van belang in de wereldgeschiedenis zijn. Het eerste is de verschijning van een nieuw medium voor de kunst, en de tweede is de verschijning van een nieuwe persoonlijkheid, eveneens voor de kunst. Wat de uitvinding van het schilderen met olieverf voor de Venetianen was, was het gezicht van Antinoüs voor de laat-Griekse beeldhouwkunst, en zal het gezicht van Dorian Gray eens voor mij zijn. Ik schilder, teken, schets hem niet alleen maar. Hij betekent veel meer voor me dan een model of iemand die voor me poseert. Ik wil niet zeggen dat ik ontevreden ben met wat ik van hem heb gemaakt, of dat zijn schoonheid zodanig is dat de kunst die niet kan uitdrukken. Er is niets dat de kunst niet kan uitdrukken, en ik weet dat het werk dat ik heb gemaakt sinds ik Dorian Gray heb leren kennen, het beste werk is dat ik ooit heb gemaakt. Maar op een eigenaardige manier – ik vraag me af of je me zult begrijpen? – heeft zijn persoonlijkheid me een volkomen nieuwe manier van kunst ingegeven, een hele nieuwe stijlopvatting. Ik zie de dingen anders, ik denk er anders over. Ik kan het leven nu herscheppen op een manier die voordien voor me verborgen was.

"Een droom van vorm in dagen van overpeinzing"; wie zegt dat ook alweer? Ik weet het niet meer; maar dát is Dorian Gray voor me geweest. Louter de zichtbare aanwezigheid van de jongen – want hij schijnt me weinig meer dan een jongen toe, hoewel hij in werkelijkheid de twintig gepasseerd is – ach! Ik vraag me af of jij alles wat dat betekent kunt beseffen? Onbewust bepaalt hij voor mij de lijnen van een nieuwe richting, een richting die heel de hartstocht van de romantische geest en heel de volmaaktheid van de Griekse geest in zich zal hebben. De harmonie van ziel en lichaam – wat belangrijk is dat! Wij hebben deze twee in onze waanzin gescheiden, en hebben een realisme uitgevonden dat vulgair is, een loze idealiteit, Harry! Als je eens wist wat Dorian Gray voor mij betekent! Je herinnert je dat landschap van me waar Agnew me zo veel geld voor heeft geboden, maar waar ik geen afstand van wilde doen? Het is een van de beste dingen die ik ooit heb gemaakt. En hoe komt dat? Omdat Dorian Gray naast me zat terwijl ik het schilderde. Een subtiele invloed ging van hem in mij over, en voor het eerst van mijn leven zag ik in het gewone boslandschap het wonder waar ik altijd naar had gezocht, en dat me altijd was ontgaan.'

'Basil, dat is buitengewoon! Ik moet Dorian Gray zien.'

Hallward stond van de bank op en liep door de tuin heen en weer. Na enige tijd kwam hij terug. 'Harry,' zei hij, 'Dorian Gray is voor mij eenvoudig een kunstmotief. Jij zult misschien niets in hem zien. Ik zie alles in hem. Hij is nooit sterker in mijn werk aanwezig dan wanneer hij er zelf niet in voorkomt. Hij is een ingeving, zoals ik al zei, van een nieuwe stijl. Ik vind hem terug in de curven van bepaalde lijnen, in de schoonheid en verfijndheid van bepaalde kleuren. Dat is alles.'

'Waarom stel je zijn portret dan niet tentoon?' vroeg Lord Henry.

'Omdat ik er onbedoeld iets van deze vreemde artistieke afgoderij in heb gelegd, waarover ik natuurlijk nooit met hem heb willen spreken. Hij weet er niets van. Hij zal er nooit iets van te weten komen. Maar de mensen zouden het kunnen ver-

moeden; en ik wil mijn ziel niet bloot leggen voor hun oppervlakkige, spiedende ogen. Mijn hart zal nooit onder hun mi-
croscoop worden gelegd. Er zit te veel van mezelf in het doek,
Harry – te veel van mezelf.'

'Dichters hebben niet zo veel scrupules als jij. Ze weten hoe
bruikbaar hartstocht is om te publiceren... Tegenwoordig is
een gebroken hart goed voor vele herdrukken.'

'Ik haat hen erom,' riep Hallward uit. 'Een kunstenaar behoort mooie dingen te scheppen, maar moet er niets van zijn
eigen leven in leggen. We leven in een tijd waarin men de
kunst behandelt alsof zij bedoeld was als een vorm van autobiografie. Wij hebben het abstracte gevoel voor schoonheid
verloren. Eens zal ik de wereld laten zien wat dat is, en daarom
zal de wereld mijn portret van Dorian Gray nooit te zien krijgen.'

'Ik vind dat je ongelijk hebt, Basil, maar ik zal niet met je re-
detwisten. Het zijn alleen de intellectueel verdwaalden die altijd in de contramine zijn. Vertel me eens, is Dorian Gray erg
op je gesteld?'

De schilder dacht enkele ogenblikken na. 'Hij mag mij,' antwoordde hij na een stilte; 'ik weet dat hij me mag. Natuurlijk
vlei ik hem vreselijk. Ik schep er een vreemd genoegen in dingen tegen hem te zeggen waarvan ik weet dat ik er later spijt
van zal krijgen. Gewoonlijk is hij aardig tegen me, en dan zitten we in het atelier over duizend en één dingen te praten.
Maar af en toe is hij vreselijk onnadenkend, en schijnt hij er
een waar genoegen in te scheppen mij pijn te doen. Dan heb ik
het gevoel, Harry, dat ik mijn hele ziel heb weggegeven aan iemand die ermee omgaat alsof ze een bloem was om in zijn
knoopsgat te steken, een versiersel om zijn ijdelheid te strelen,
een ornament voor een zomerdag.'

'Zomerdagen zijn geneigd te verkwijnen,' mompelde Lord
Henry. 'Misschien zul jij het eerder moe worden dan hij. Het is
een treurige gedachte, maar er is geen twijfel aan dat talent
langer duurt dan schoonheid. Dat verklaart het feit dat we allemaal zo'n moeite doen om onszelf te over-ontwikkelen. In de

wilde strijd om het bestaan willen we iets hebben dat stand houdt, en dus proppen we onze hoofden vol met rommel en feiten, in de dwaze hoop dat we onze plaats zullen behouden. De grondig ontwikkelde mens – dat is het moderne ideaal. Maar de geest van de grondig ontwikkelde mens is iets verschrikkelijks. Het is net een snuisterijenwinkel, allemaal monsters en stof terwijl alles boven de waarde geprijsd is. Ik denk toch dat jij er het eerst genoeg van zult krijgen. Op een dag zul je naar je vriend kijken, en hij zal je enigszins vertekend toeschijnen, of zijn kleur zal je niet aanstaan, of zo. Je zult hem in je eigen hart bittere verwijten maken en werkelijk denken dat hij zich erg slecht tegenover je gedragen heeft. De volgende keer dat hij bij je komt, zul je volmaakt koel en onverschillig zijn. Dat zal erg jammer zijn, want het zal je veranderen. Wat je mij hebt verteld is echt romantisch, een romantisch kunstverhaal zou je het kunnen noemen, en het ergste van zo'n romance is dat je er zo onromantisch van wordt.'

'Zo moet je niet praten, Harry. Zolang ik leef zal de persoonlijkheid van Dorian Gray mij overheersen. Jij kunt niet voelen wat ik voel. Je verandert te vaak.'

'Ach, beste Basil, daarom kan ik het juist wel aanvoelen. Zij die trouw zijn kennen alleen de triviale kant van de liefde; het zijn de trouwelozen die de tragedies van de liefde kennen.' En Lord Henry streek een lucifer af op een kleine zilveren doos, en begon met een zelfbewuste en tevreden houding een sigaret te roken, alsof hij de wereld in één zin had opgesomd. Er klonk een geritsel van kwetterende mussen in de groene gevernistte bladeren van de klimop, en de blauwe wolkenschaduwen joegen elkaar als zwaluwen over het gras na. Hoe verrukkelijk was het in de tuin! En hoe verrukkelijk waren de gevoelens van andere mensen! – verrukkelijker dan hun ideeën, scheen het hem toe. Je eigen ziel, en de emoties van je vrienden – dat waren de boeiende dingen van het leven. Hij stelde zich met stille geamuseerdheid de vervelende lunch voor, die hij was misgelopen door zo lang bij Basil Hallward te blijven. Als hij naar zijn tante was gegaan, zou hij daar zeker Lord Hoodbody hebben ontmoet, en het enige onderwerp van gesprek zou het voeden van de armen en de noodzakelijkheid van modellogementen zijn geweest. Iedere klasse zou het belang van die deugden hebben gepredikt die ze in hun eigen leven niet behoefde te beoefenen. De rijken zouden gesproken hebben over het nut van spaarzaamheid en de luien zouden welsprekend zijn geworden om de waardigheid van de arbeid te verdedigen. Het was heerlijk om aan dat alles te zijn ontkomen! Terwijl hij aan zijn tante dacht, scheen hij ineens een idee te krijgen. Hij wendde zich tot Hallward en zei: 'Beste kerel, ik heb het me zojuist herinnerd.'

'Wat heb je je herinnerd, Harry?'

'Waar ik de naam Dorian Gray gehoord heb.'

'Waar was dat dan?' vroeg Hallward, met een lichte frons.

'Kijk niet zo boos, Basil. Bij mijn tante, Lady Agatha. Ze vertelde me dat ze een wonderbaarlijke jongeman had ontdekt, die haar in de East End zou gaan helpen en dat hij Dorian Gray heette. Ik moet erbij vertellen dat ze me niet heeft verteld dat hij er knap uitzag. Vrouwen weten niet wat knap is. Ze zei dat hij heel ernstig was, en een mooi karakter had. Ik stelde me meteen iemand met een bril en sluik haar voor, puistig en op enorme voeten rondklossend. Ik wou dat ik had geweten dat het jouw vriend was, Basil.'

'Ik ben blij dat je dat niet wist, Harry.'

'Waarom?'

'Ik wil niet dat je hem leert kennen.'

'Je wilt niet dat ik hem leer kennen?'

'Nee.'

'Mijnheer Dorian Gray is in het atelier, mijnheer,' zei de butler, die de tuin in kwam.

'Nu moet je mij wel voorstellen,' riep Lord Henry lachend uit.

De schilder wendde zich tot zijn bediende, die in het zonlicht met de ogen stond te knipperen. 'Vraag mijnheer Gray te wachten, Parker; ik kom zo.' De butler boog en liep het pad af.

Toen keek hij Lord Henry aan. 'Dorian Gray is mijn beste

vriend,' zei hij. 'Hij heeft een eenvoudig en mooi karakter. Wat je tante zei was volkomen waar. Bederf hem niet. Probeer niet hem te beïnvloeden. Jouw invloed zou slecht zijn. De wereld is groot, en telt vele geweldige mensen. Neem mij niet de enige af die mijn kunst de bekoring geeft welke zij bezit; mijn leven als kunstenaar hangt van hem af. Denk erom, Harry, ik vertrouw je.' Hij sprak heel langzaam, en de woorden schenen bijna tegen zijn wil uit hem te worden geperst.

'Wat een onzinnig gepraat!' zei Lord Henry glimlachend, en terwijl hij Hallward bij de arm nam, leidde hij hem bijna het huis binnen.

2

Toen ze naar binnen gingen, zagen ze Dorian Gray. Hij zat aan
de piano, met zijn rug naar hen toe en bladerde in een deel van
Schumanns *Waldszenen*. 'Je moet me die lenen, Basil,' riep hij
uit. 'Ik wil ze instuderen. Ze zijn alleraardigst.'

'Dat hangt helemaal af van hoe je vandaag poseert, Dorian.'

'O, ik heb genoeg van poseren, en ik wil geen levensgroot
portret van mezelf,' antwoordde de jongeman, op een eigenzinnige, onstuimige manier op het pianokrukje ronddraaiend.
Toen hij Lord Henry zag, verscheen er even een lichte blos op
zijn wangen, en hij sprong overeind. 'Neem me niet kwalijk,
Basil, maar ik wist niet dat je bezoek had.'

'Dit is Lord Henry Wotton, Dorian, een oude vriend van me
uit Oxford. Ik heb hem net verteld wat een voorbeeldig model
je bent, maar nu heb je alles bedorven.'

'U hebt het genoegen van deze kennismaking niet voor me
bedorven, mijnheer Gray,' zei Lord Henry, die met uitgesto-
ken hand naar hem toe ging. 'Mijn tante heeft het vaak over u
gehad. U bent een van haar favorieten, en, vrees ik, ook een
van haar slachtoffers.'

'Op het ogenblik sta ik bij Lady Agatha in een slecht blaadje,' antwoordde Dorian Gray met een grappige berouwvolle
blik. 'Ik heb beloofd dat ik verleden week dinsdag met haar
naar een club in Whitechapel zou gaan, en ik heb het werkelijk
helemaal vergeten. We zouden samen een duet spelen – drie
duetten, geloof ik. Ik weet niet wat ze tegen me zal zeggen. Ik
ben veel te bang om haar te bezoeken.'

'O, ik zal u wel met mijn tante verzoenen. Ze mag u erg graag. En ik denk niet dat het zo erg is dat u niet bent geweest. Het publiek heeft waarschijnlijk gedacht dat het een duet was. Als tante Agatha voor de piano gaat zitten, maakt ze lawaai genoeg voor twee.'

'Dat is heel verschrikkelijk tegenover haar, en niet erg aardig tegenover mij,' zei Dorian Gray lachend.

Lord Henry keek hem aan. Ja, hij was inderdaad wonderlijk knap met zijn fijn gewelfde rode lippen, zijn openhartige blauwe ogen, zijn krullende gouden haar. Er was iets in zijn gezicht dat maakte dat je hem meteen vertrouwde. Heel de oprechtheid van de jeugd lag erin, evenals heel de hartstochtelijke zuiverheid van de jeugd. Je voelde dat hij zich niet door de wereld had laten bezoedelen. Geen wonder dat Basil Hallward hem aanbad.

'U bent te charmant om aan filantropie te doen, mijnheer Gray – veel te charmant.' En lord Henry liet zich op de divan vallen, en opende zijn sigarettenkoker.

De schilder was bezig geweest met zijn kleuren te mengen en zijn kwasten klaar te leggen. Hij keek bezorgd, en toen hij de laatste opmerking van Lord Henry hoorde, wierp hij hem een blik toe, aarzelde een ogenblik en zei toen: 'Harry, ik wil dit schilderij vandaag afmaken. Zou je het heel erg onbeleefd van me vinden als ik je vroeg om weg te gaan?'

Lord Henry glimlachte, en keek naar Dorian Gray. 'Moet ik gaan, mijnheer Gray?' vroeg hij.

'O, alstublieft niet, Lord Henry. Ik zie dat Basil een van zijn chagrijnige buien heeft, en ik kan hem niet uitstaan wanneer hij zo is. Bovendien wil ik dat u mij zegt waarom ik niet aan filantropie zou moeten doen.'

'Ik weet niet of ik u dat zal vertellen, mijnheer Gray. Het is zo'n vervelend onderwerp dat men er ernstig over zou moeten praten. Maar ik zal zeker niet weggaan nu u mij hebt gevraagd te blijven. Je vindt het toch niet echt erg, Basil? Je hebt me vaak gezegd dat je het prettig vond als je modellen iemand hadden om mee te praten.'

Hallward beet zich op zijn lip. 'Natuurlijk, als Dorian het wil moet je blijven. Dorians grillen zijn wet voor iedereen behalve voor hemzelf.'

Lord Henry pakte zijn hoed en handschoenen. 'Je dringt wel erg aan, Basil, maar ik vrees dat ik weg moet. Ik heb een afspraak op de club. Dag, mijnheer Gray. Komt u mij eens 's middags in Curzon Street opzoeken. Tegen vijven ben ik bijna altijd thuis. Schrijft u mij om te laten weten wanneer u komt. Ik zou het jammer vinden als ik niet thuis zou zijn.'

'Basil,' riep Dorian Gray uit, 'als Lord Henry Wotton weggaat, ga ik ook. Je doet nooit een mond open terwijl je schildert, en het is ontzettend vervelend op een verhoging te staan en te proberen vriendelijk te kijken. Vraag hem te blijven. Ik sta erop.'

'Blijf, Harry, om Dorian een plezier te doen, en om mij een plezier te doen,' zei Hallward, die gespannen naar zijn schilderij keek. 'Hij heeft gelijk, ik praat nooit terwijl ik werk, en luister evenmin, en dat moet vreselijk vervelend zijn voor mijn arme modellen. Blijf alsjeblieft.'

'Maar mijn afspraak dan?'

De schilder lachte. 'Ik denk niet dat je daar enige moeite mee zult hebben. Ga weer zitten, Harry. En nu, Dorian, ga op de verhoging staan en beweeg je niet te veel, en neem ook geen notitie van wat Lord Henry zegt. Hij heeft een zeer slechte invloed op al zijn vrienden, behalve op mij.'

Dorian Gray stapte op de verhoging met de houding van een jonge Griekse martelaar en maakte een ontevreden grimas tegen Lord Henry, voor wie hij nogal sympathie had opgevat. Hij was zo heel anders dan Basil. Ze vormden een verrukkelijke tegenstelling. En hij had zo'n mooie stem. Na enkele ogenblikken zei hij tegen hem: 'Hebt u werkelijk zo'n slechte invloed, Lord Henry? Even slecht als Basil beweert?'

'Er bestaat niet zoiets als een goede invloed. Alle invloed is immoreel – immoreel uit een wetenschappelijk oogpunt.'

'Waarom?'

'Omdat wanneer je iemand beïnvloedt, je hem zijn eigen ziel

geeft. Hij denkt zijn natuurlijke gedachten niet en wordt niet door zijn eigen natuurlijke hartstochten verteerd. Zijn deugden zijn niet echt voor hem. Zijn zonden, als er zonden bestaan, zijn geleend. Hij wordt een echo van andermans muziek, een vertolker van een rol die niet voor hem geschreven is. Het doel van het leven is zelfontwikkeling. Om je eigen karakter volmaakt te ontwikkelen – daarvoor is ieder van ons hier. De mensen zijn tegenwoordig bang voor zichzelf. Ze hebben de hoogste plicht van alle vergeten, de plicht die men tegenover zichzelf heeft. Natuurlijk, ze doen aan liefdadigheid. Ze voeden de hongerige, en kleden de bedelaar. Maar hun eigen ziel verhongert en is naakt. Ons geslacht heeft geen moed meer. Misschien hebben we die nooit gehad. De angst voor de samenleving, die de grondslag van de moraal is, de angst voor God, die het geheim van de godsdienst is – dat zijn de twee dingen die ons beheersen. En toch –'

'Draai je hoofd iets meer naar rechts, Dorian, als je zo goed wilt zijn,' zei de schilder, verdiept in zijn werk, en zich er alleen maar van bewust dat er een uitdrukking op het gezicht van de jongeman was gekomen die hij daar nooit eerder had gezien.

'En toch,' vervolgde Lord Henry met zijn zachte muzikale stem, en met dat bevallige handgebaar dat altijd zo kenmerkend voor hem was, en dat hij ook al had gehad toen hij op Eton was, 'ik geloof dat de wereld zo'n frisse impuls van vreugde zou krijgen dat we alle kwalen van het mediaevalisme zouden vergeten, en zouden terugkeren tot het Helleense ideaal – tot iets mooiers, fijners en rijkers dan het Helleense ideaal misschien. Maar de dapperste onder ons is bang van zichzelf. De verminking van de wilde leeft op tragische wijze voort in de zelfontkenning die ons leven bederft. Wij worden gestraft voor onze weigeringen. Iedere aandrang die we proberen te smoren, broeit in de hersens en vergiftigt ons. Het lichaam zondigt een keer, en heeft afgerekend met zijn zonde, want handelen is een wijze van zuivering. Er blijft dan niets anders over dan de herinnering aan een genieting of de weelde van spijt. De enige manier om van een verleiding af te komen is eraan toe te geven. Verzet je ertegen, en je ziel wordt ziek van verlangen naar wat haar monsterlijke wetten monsterlijk en onwettig hebben gemaakt. Men heeft gezegd dat de grote wereldgebeurtenissen zich in de hersenen afspelen. De grote zonden van de wereld worden ook in de hersenen, en in de hersenen alleen, bedreven. U, mijnheer Gray, uzelf, met uw rozerode jeugd en uw rozeblanke jongenstijd, hebt driften gehad die u bang hebben gemaakt, gedachten die u met angst hebben vervuld, dagdromen en nachtelijke dromen waarvan alleen de herinnering al u van schaamte zouden doen blozen –'

'Hou op!' stamelde Dorian Gray, 'hou op! U verbijstert mij. Ik weet niet wat ik moet zeggen. Er is een antwoord voor u, maar ik kan het niet vinden. Laat me nadenken.'

Hij stond daar ongeveer tien minuten lang, onbeweeglijk, met open mond en vreemd heldere ogen. Hij was zich vaag bewust dat er volkomen nieuwe invloeden op hem inwerkten. Toch scheen het hem toe dat die eigenlijk uit hemzelf kwamen. De weinige woorden die Basils vriend tegen hem had gezegd – woorden die ongetwijfeld toevallig waren gesproken, maar die een opzettelijke paradox bevatten – hadden een verborgen snaar aangeroerd die nog nooit eerder was aangeraakt, maar nu op vreemde gevoelens vibreerde en nagalmde. Muziek had hem op een dergelijke manier bewogen. Muziek had hem menigmaal verontrust. Maar muziek sprak geen duidelijke taal. Het was geen nieuwe wereld, maar eerder een andere chaos die zij in ons schiep. Woorden! Niets dan woorden! Wat vreselijk waren ze! Zo duidelijk en helder en wreed. Je kon er niet aan ontkomen. Maar toch, welk een subtiele magie bevatten ze! Ze schenen plastische vorm aan vormloze dingen te kunnen geven en een eigen muziek te hebben even lieflijk als die van een viool of luit. Alleen maar woorden! Bestond er iets dat even echt was als woorden? Ja; er waren dingen in zijn jeugd geweest die hij niet had begrepen. Hij begreep ze nu. Het leven was plotseling fel gekleurd voor hem geworden. Het scheen hem toe dat hij door vuur was gegaan. Waarom had hij het niet geweten?

Met zijn fijnzinnige glimlach sloeg Lord Henry hem gade. Hij kende het juiste psychologische moment waarop hij moest zwijgen. Hij voelde zich hevig geïnteresseerd. Hij was verbaasd om de plotselinge indruk die zijn woorden hadden gemaakt en toen hij zich een boek herinnerde dat hij gelezen had toen hij zestien was, een boek dat hem veel had geopenbaard, dat hij voordien niet had geweten, vroeg hij zich af of Dorian Gray eenzelfde ervaring beleefde. Hij had slechts een pijl in de lucht geschoten. Had hij doel getroffen? Wat een boeiende jongen was hij toch!

Hallward schilderde verder met zijn wonderlijke forse streek, die het ware raffinement en de volmaakte verfijning bezat die in de kunst, in ieder geval, alleen uit kracht voortkomt. Hij was zich van de stilte niet bewust.

'Basil, ik ben moe van het staan,' zei Dorian Gray plotseling. 'Ik moet even in de tuin gaan zitten. Het is hier benauwd.'

'Beste kerel, het spijt me. Wanneer ik schilder kan ik aan niets anders denken. Maar je hebt nog nooit zo goed geposeerd. Je hebt volmaakt stilgestaan. En ik heb het effect getroffen dat ik wilde hebben – de halfgeopende lippen en die heldere blik in je ogen. Ik weet niet wat Harry allemaal tegen je heeft gezegd, maar door hem heb je zeker de allerwonderbaarlijkste uitdrukking gekregen. Ik neem aan dat hij je complimenten heeft gemaakt. Je moet geen woord geloven van wat hij zegt.'

'Hij heeft mij helemaal geen complimenten gemaakt. Misschien is dat de reden waarom ik niets geloof van wat hij me heeft verteld.'

'U weet dat u het allemaal gelooft,' zei Lord Henry, terwijl hij hem met zijn dromerige, zwoele ogen aankeek. 'Ik ga met u mee de tuin in. Het is vreselijk warm in het atelier. Basil, geef ons iets kouds te drinken, iets met aardbeien.'

'Natuurlijk, Harry. Bel maar even, en als Parker komt zal ik hem zeggen wat je hebben wilt. Ik moet nog wat aan deze achtergrond doen. Hou Dorian niet te lang op. Ik ben nooit beter in vorm geweest om te schilderen dan vandaag. Dit wordt mijn meesterwerk. Het is mijn meesterwerk zoals het daar staat.'

Lord Henry liep de tuin in en zag Dorian Gray, die zijn neus in de grote koele seringenbloesems had gestoken en hun geur koortsachtig opsnoof alsof het wijn was. Hij ging dicht bij hem staan en legde een hand op zijn schouder. 'U hebt groot gelijk dat u dat doet,' fluisterde hij. 'Alleen de zinnen kunnen de ziel genezen, net zoals alleen de ziel de zinnen genezen kan.'

De jongeman schrok en deinsde terug. Hij was blootshoofds, en de bladeren hadden zijn weerbarstige krullen door elkaar gewoeld en al hun gouden draden in de war gemaakt. Er was een angstige blik in zijn ogen, zoals mensen hebben wanneer ze plotseling wakker worden gemaakt. Zijn fijn besneden neusvleugels trilden en een verborgen zenuw deed het rood van zijn lippen beven.

'Ja,' vervolgde Lord Henry, 'dat is een van de grote geheimen van het leven – de ziel genezen door middel van de zintuigen, en de zinnen door middel van de ziel. U bent een wonderbaarlijk wezen. U weet meer dan u denkt dat u weet, evenals u minder weet dan u weten wilt.'

Dorian Gray trok zijn wenkbrauwen op en wendde het hoofd af. Hij kon er niets aan doen dat hij de slanke, bevallige jongeman die naast hem stond aardig vond. Zijn romantische olijfbruine gezicht en vermoeide uitdrukking interesseerden hem. Zijn lage, smachtende stem had iets bijzonder fascinerends. Zelfs zijn koele, witte, op bloemen lijkende handen hadden een vreemde bekoring. Ze bewogen als muziek terwijl hij sprak, en schenen een eigen taal te spreken. Maar hij voelde zich bang voor hem en schaamde zich voor zijn angst. Waarom was het aan een vreemde overgelaten hem aan zichzelf te openbaren? Hij kende Basil Hallward al maanden, maar de vriendschap tussen hen beiden had hem niet veranderd. Plotseling was er iemand in zijn leven gekomen die het mysterie van het leven voor hem had onthuld. Maar toch, wat was er om bang voor te zijn? Hij was geen schooljongen of een meisje. Het was belachelijk om bang te zijn.

'Laten we in de schaduw gaan zitten,' zei Lord Henry. 'Parker heeft de drankjes buiten gebracht, en als u nog langer in die felle zon blijft zult u uw huid bederven en dan zal Basil u nooit meer schilderen. U moet u niet laten verbranden. Het zou niet flatteus zijn.'

'Wat maakt dat uit?' riep Dorian Gray lachend uit, terwijl hij op de stoel achterin de tuin ging zitten.

'Het zou voor u alles uitmaken, mijnheer Gray.'

'Waarom?'

'Omdat u een wonderbaarlijke jeugdigheid bezit, en jeugd is het enige dat het bezitten waard is.'

'Zo voel ik het niet, Lord Henry.'

'Nee, u voelt het nu niet. Maar op een dag, wanneer u oud bent en gerimpeld en lelijk, wanneer het denken uw voorhoofd met zijn rimpels heeft gegroefd, en hartstocht uw lippen met zijn afgrijselijke vuren heeft gebrandmerkt, zult u het voelen, op een verschrikkelijke manier. Overal waar u nu gaat, bekoort u de wereld. Maar zal dat altijd zo zijn?... U heeft een wonder-mooi gezicht, mijnheer Gray. Kijk niet zo bedenkelijk. Het is zo. En schoonheid is een vorm van genie – zij is eigenlijk bo-ven genie verheven, omdat ze geen uitleg nodig heeft. Zij is een van de grote gegevens van de wereld, zoals zonlicht, of voorjaar, of de weerspiegeling in donker water van de zilveren schelp die wij de maan noemen. Daar is geen twijfel aan. Zij heeft haar goddelijke recht van soevereiniteit. Zij maakt hen die haar bezitten tot prinsen. U lacht? Ach, wanneer u haar verloren hebt, zult u niet lachen... Men zegt soms dat schoon-heid slechts iets oppervlakkigs is. Dat kan wel zijn. Maar zij is tenminste niet zo oppervlakkig als het denken. Voor mij is schoonheid het wonder der wonderen. Alleen oppervlakkige mensen oordelen niet naar het uiterlijk. Het ware mysterie van de wereld is het zichtbare, niet het onzichtbare... Ja, mijn-heer Gray, de goden zijn goed voor u geweest. Maar wat de go-den geven nemen ze weer snel terug. U hebt maar een paar jaar waarin u echt, volmaakt en ten volle kunt leven. Als u uw jeugd verliest, zult u ook uw schoonheid verliezen, en dan zult u plotseling ontdekken dat er geen triomfen meer voor u te behalen zijn, of dat u zich tevreden moet stellen met middelmatige triomfen die de herinnering aan uw verleden bitterder zal maken dan nederlagen. Iedere maand die verstrijkt brengt u dichterbij iets afschuwelijks. De tijd is jaloers op u en voert oorlog tegen uw leliën en rozen. U zult vaal worden, en uw wangen zullen invallen en uw ogen zullen dof worden. U zult vreselijk lijden... Ach! wees u van uw jeugd bewust zolang u die bezit. Verkwist het goud van uw dagen niet door naar saaie mensen te luisteren, of uw leven weg te geven aan domme, banale of vulgaire lieden. Dat zijn de ziekelijke doeleinden, de valse idealen van uw tijd. Leef! Leef het wondermooie leven dat in u is! Laat u niets ontgaan! Zoek altijd naar nieuwe gewaarwordingen. Wees voor niets bang... Een nieuw hedonisme – dat heeft onze tijd nodig. U zou er het zichtbare symbool van kunnen zijn. Met uw persoonlijkheid is er niets dat u niet zou kunnen doen. De wereld behoort u toe voor een tijd... op het ogenblik waarop ik u ontmoette, zag ik dat u zich volkomen onbewust was van wat u werkelijk bent, van wat u werkelijk zou kunnen zijn. Er ging zoveel van u uit dat mij charmeerde, dat ik voelde dat ik u iets over uzelf moest vertellen. Ik dacht hoe tragisch het zou zijn als uw leven zou worden verspild. Want uw jeugd duurt maar zo kort – zo kort. De gewone bloemen op de heuvels verwelken, maar ze bloeien opnieuw. De goudenregen zal volgend jaar juni even geel zijn als nu. Over een maand zal de clematis haar purperen sterren dragen, en jaar na jaar zal de groene nacht van haar bladeren haar purperen sterren omvatten. Maar onze jeugd krijgen we nooit terug. De hartslag van vreugde, die in ons klopt als we twintig zijn, wordt trager. Onze ledematen weigeren ons te gehoorzamen, onze zintuigen raken in verval. Wij degenereren tot afzichtelijke marionetten, achtervolgd door de herinnering aan de hartstochten waar we zo bang voor waren, en de verfijnde verleidingen waaraan we ons niet durfden over te geven. Jeugd! Er gaat niets boven jeugd in de wereld.'

Dorian Gray luisterde met open ogen en verbazing. De tak met seringen viel uit zijn hand op het grint. Een donzige bij kwam er heel even omheen zoemen. Toen begon ze over de ovale stervormige bol van kleine bloesems heen te kruipen. Hij keek ernaar met die vreemde belangstelling voor triviale dingen die we proberen te ontwikkelen wanneer zaken van groot gewicht ons angst aanjagen, of wanneer we bewogen worden door een nieuwe emotie waaraan we geen uitdrukking kunnen geven, of wanneer een of andere gedachte die ons angst aanjaagt plotseling het brein belegert en ons sommeert ons over te geven. Na een tijdje vloog de bij weg. Hij zag haar in de gevlekte trompet van een Tyrische winde kruipen. De bloem scheen te trillen, en zwaaide toen zachtjes heen en weer.

Plotseling verscheen de schilder voor de deur van het atelier, en maakte staccato gebaren dat ze binnen moesten komen. Ze keken elkaar aan en glimlachten.

'Ik wacht,' riep hij. 'Kom toch binnen. Het licht is volmaakt en jullie mogen je glazen meebrengen.'

Ze stonden op en slenterden samen het pad af. Twee groen met witte vlinders fladderden langs hen heen, en in de perenboom in de hoek van de tuin begon een lijster te zingen.

'U bent blij dat u me hebt ontmoet, mijnheer Gray,' zei Lord Henry, hem aankijkend.

'Ja, ik ben er nu blij om. Ik vraag me af of ik altijd blij zal zijn?'

'Altijd? Dat is een afschuwelijk woord. Ik moet rillen als ik het hoor. Vrouwen gebruiken het zo graag. Ze bederven ieder liefdesavontuur doordat ze proberen het eeuwig te laten duren. Het is bovendien een woord zonder betekenis. Het enige verschil tussen een gril en een levenslange passie is dat de gril een beetje langer duurt.'

Toen ze het atelier binnenkwamen, legde Dorian Gray zijn hand op de arm van Lord Henry. 'Laat in dat geval onze vriendschap een gril zijn,' fluisterde hij, blozend om zijn eigen stoutmoedigheid, stapte toen op de verhoging en nam zijn pose weer aan.

Lord Henry liet zich in een grote rieten leunstoel vallen en sloeg hem gade. De vegen en streken van het penseel op het linnen waren het enige geluid dat de stilte verbrak, behalve wanneer Hallward af en toe achteruit liep om zijn werk van een afstand te bekijken. In de schuine stralen die door de deuropening vielen, danste goudstof. Over alles scheen de zware geur van rozen te hangen.

Na ongeveer een kwartier hield Hallward op met schilderen, keek lange tijd naar Dorian Gray, en toen heel lang naar het schilderij, terwijl hij op het uiteinde van een van zijn grote penselen beet en het voorhoofd fronste. 'Het is helemaal klaar,' riep hij ten slotte uit en terwijl hij zich vooroverboog zette hij zijn naam in grote vermiljoenen letters in de linkerhoek van het doek.

Lord Henry kwam naar voren en bekeek het schilderij. Het was werkelijk een wonderbaarlijk kunstwerk, en ook een wonderbaarlijke gelijkenis.

'Beste kerel, ik wens je van harte geluk,' zei hij. 'Het is het mooiste portret van deze tijd. Mijnheer Gray, kom eens hier om uzelf te bekijken.'

De jongeman schrok alsof hij uit een droom ontwaakte. 'Is het werkelijk af?' mompelde hij, terwijl hij van de verhoging af stapte.

'Helemaal af,' zei de schilder. 'En je hebt vandaag voortreffelijk geposeerd. Ik ben je heel erg dankbaar.'

'Dat is helemaal aan mij te danken,' zei Lord Henry. 'Nietwaar, mijnheer Gray?'

Dorian gaf geen antwoord, maar liep lusteloos voor zijn portret langs en draaide er zich naar om. Toen hij het zag, deinsde hij terug en zijn wangen bloosden een ogenblik van genoegen. Er kwam een blijde blik in zijn ogen alsof hij zichzelf voor het eerst had herkend. Hij stond daar zonder zich te bewegen en verbaasd, zich vaag bewust dat Hallward tegen hem sprak, maar zonder de zin van zijn woorden te begrijpen. Het besef van zijn eigen schoonheid was als een openbaring voor hem. Hij had het nooit eerder gevoeld. Basil Hallwards complimenten hadden hem louter de overdrijvingen van een vriend toegeschenen. Hij had ze aangehoord, erom gelachen en was ze vergeten. Ze hadden zijn karakter niet beïnvloed. Toen was Lord Henry gekomen met zijn vreemde verhandeling over de jeugd, zijn vreselijke waarschuwing voor de kortheid ervan. Dat had hem getroffen, en nu, terwijl hij naar de afschaduwing van zijn eigen schoonheid stond te kijken, werd de volle realiteit van die beschrijving hem ineens duidelijk. Ja, er zou een dag komen waarop zijn gezicht gerimpeld en verschrompeld, zijn ogen dof en kleurloos, de bevalligheid van zijn figuur gebroken en misvormd zouden zijn. Het rood van zijn lippen zou verdwijnen, en ook het goud van zijn haar. Het leven, dat zijn ziel zou vormen, zou zijn lichaam ontsieren. Hij zou vreselijk, afzichtelijk, zonderling worden.

Toen hij daaraan dacht, sneed een scherpe pijn als een mes door hem heen en deed iedere gevoelige zenuw van zijn wezen sidderen. Zijn ogen verdiepten zich tot amethist en er kwam een mist van tranen over. Het was alsof een ijskoude hand op zijn hart was gelegd.

'Vind je het niet mooi?' vroeg Hallward ten slotte, enigszins gepikeerd door het zwijgen van de jongen, niet begrijpend wat het betekende.

'Natuurlijk vindt hij het mooi,' zei Lord Henry. 'Wie zou het niet mooi vinden. Het is een van de grootste werken in de moderne kunst. Ik ben bereid je er ieder bedrag voor te betalen dat je me vraagt. Ik moet het hebben.'

'Het is niet van mij, Harry.'

'Van wie dan wel?'

'Van Dorian natuurlijk,' antwoordde de schilder.

'Hij is een bijzonder gelukkige knaap.'

'Wat droevig!' mompelde Dorian, wiens ogen nog steeds op het portret waren gericht. 'Wat droevig! Ik zal oud en afzichtelijk worden. Maar dit schilderij zal altijd jong blijven. Het zal nooit ouder worden dan deze junidag... Was het maar andersom. O, bleef ik maar altijd jong, en werd het schilderij maar oud! Daarvoor – daarvoor zou ik alles willen geven. Ja, er is niets ter wereld dat ik er niet voor over zou hebben. Daar zou ik mijn ziel voor geven!'

'Jij zou een dergelijke regeling niet erg op prijs stellen, Basil,' riep Lord Henry lachend uit. 'Dat zou nogal zuur zijn voor je werk.'

'Ik zou er sterk bezwaar tegen maken, Harry,' zei Hallward. Dorian Gray keerde zich om en keek hem aan. 'Dat geloof ik best, Basil. Je houdt meer van je kunst dan van je vrienden. Ik beteken niet meer voor je dan een groen bronzen standbeeld. Nog niet eens, zou ik zeggen.'

De schilder was sprakeloos. Het was helemaal niets voor Dorian Gray om zo te praten. Wat was er gebeurd? Hij scheen werkelijk boos te zijn. Zijn gezicht was opgewonden en zijn wangen gloeiden.

'Ja,' vervolgde hij, 'ik beteken nog minder voor je dan je ivoren Hermes of je zilveren Faun. Die zul je altijd mooi vinden. Maar hoe lang zul je mij mooi vinden? Tot ik mijn eerste rimpel krijg, zeker. Ik weet nu dat je, wanneer je je uiterlijke schoon verliest, wat dat ook mag zijn, alles verliest. Jouw schilderij heeft me dat geleerd. Lord Henry Wotton heeft volkomen gelijk. Jeugd is het enige dat het bezitten waard is. Wanneer ik merk dat ik oud begin te worden, zal ik de hand aan mezelf slaan.'

Hallward verbleekte en pakte zijn hand. 'Dorian! Dorian!' riep hij, 'zeg dat niet. Ik heb nooit een vriend gehad als jij, en ik zal er nooit weer zo een krijgen. Je bent toch niet jaloers op materiële dingen? – Jij die veel mooier bent!'

'Ik ben jaloers op alles waarvan de schoonheid niet vergaat. Ik ben jaloers op het portret dat je van me hebt geschilderd. Waarom zou dat behouden wat ik verliezen moet? Ieder ogenblik dat voorbijgaat neemt iets van mij af en geeft iets aan het schilderij. O, was het maar andersom. Als het schilderij kon veranderen, en ik kon blijven zoals ik nu ben! Waarom heb je het geschilderd? Op een dag zal het mij bespotten – afgrijselijk bespotten.' Er stonden hete tranen in zijn ogen; hij rukte zijn hand los, wierp zich op de divan en verborg zijn gezicht in de kussens alsof hij bad.

'Dat komt door jou, Harry,' zei de schilder bitter. Lord Henry haalde de schouders op. 'Het is de echte Dorian Gray – dat is alles.'

'Dat is niet waar.'

'Als het niet waar is, wat heb ik er dan mee te maken?'

'Je had weg moeten gaan toen ik het je vroeg,' was het antwoord.

'Ik ben gebleven, toen jij het me vroeg,' antwoordde Lord Henry.

'Harry, ik kan niet met mijn twee beste vrienden tegelijk twisten, maar jullie beiden hebben gemaakt dat ik een hekel ben gaan krijgen aan het mooiste doek dat ik ooit heb geschilderd. Ik zal het vernietigen. Wat is het anders dan linnen en verf? Ik wil niet dat het tussen onze drie levens komt en die bederft.'

Dorian Gray hief zijn blonde hoofd van het kussen op, en met een bleek gezicht en behuilde ogen keek hij hem na toen hij naar de houten schilderstafel liep die onder het hoge met gordijnen afgesloten raam stond. Wat deed hij daar? Zijn vingers dwaalden rond te midden van tinnen tubes en droge kwasten en zocht iets. Ja, ze zochten naar het lange paletmes met zijn dunne lemmet van buigzaam staal. Hij vond het ten slotte. Hij zou het doek aan repen snijden.

Met een gesmoorde kreet sprong de jongen van de bank en terwijl hij naar Hallward toe rende, griste hij hem het mes uit de hand en smeet het in een hoek van het atelier. 'Niet doen, Basil, niet doen!' riep hij. 'Het zou moord zijn!'

'Ik ben blij dat je mijn werk eindelijk apprecieert, Dorian,' zei de schilder koel toen hij van zijn verbazing was bekomen. 'Ik had nooit gedacht dat je dat zou doen.'

'Apprecieert? Ik ben er verliefd op, Basil. Het is een deel van mezelf. Ik voel het.'

'Nou goed, zodra je droog bent, word je gevernist, ingelijst en naar huis gestuurd. Dan kun je met jezelf doen wat je wilt.'

Hij liep het vertrek door en belde om thee. 'Je wilt natuurlijk thee hebben, Dorian? En jij ook, Henry? Of heb je bezwaar tegen dergelijke eenvoudige genoegens?'

'Ik ben dol op eenvoudige genoegens,' zei Lord Henry. 'Ze zijn de laatste toevlucht voor een gecompliceerd mens. Maar ik houd niet van scènes, behalve op het toneel. Wat een belachelijke kerels zijn jullie toch! Ik vraag me af wie heeft gezegd dat de mens een redelijk dier is. Dat was de meest ondoordachte definitie die er ooit is gegeven. De mens is een heleboel dingen, maar redelijk is hij niet. Ik ben er blij om, achteraf: hoewel ik wou dat jullie niet over het schilderij waren gaan kibbelen. Je had het veel beter aan mij kunnen geven, Basil. Deze dwaze jongen wil het eigenlijk niet eens hebben, en ik wel.'

'Als je het aan iemand anders geeft dan aan mij, Basil, zal ik het je nooit vergeven!' riep Dorian Gray uit. 'En ik wil geen dwaze jongen worden genoemd.'

'Je weet dat het schilderij van jou is, Dorian. Ik heb het je gegeven nog voor het bestond.'

'En u weet dat u zich enigszins dwaas hebt aangesteld, mijnheer Gray, en dat u er eigenlijk geen bezwaar tegen hebt eraan herinnerd te worden dat u bijzonder jong bent.'

'Vanmorgen zou ik daar sterk tegen hebben geprotesteerd, Lord Henry.'

'Ach, vanmorgen! Sindsdien hebt u geleefd!'

Er werd op de deur geklopt en de butler kwam binnen met een vol theeblad dat hij op een kleine Japanse tafel neerzette. Er klonk gerinkel van kopjes en schotels en het sissen van een gecanneleerde theepot uit de tijd van de Georges. Een page bracht twee ronde porseleinen schalen binnen. Dorian Gray schonk de thee in. De twee mannen liepen langzaam naar de tafel en keken wat er onder de deksels was.

'Laten we vanavond naar de schouwburg gaan,' zei Lord Henry. 'Er is vast wel iets hier of daar. Ik heb beloofd bij White te dineren, maar het is alleen maar met een oude vriend; dus kan ik hem een telegram sturen om te zeggen dat ik ziek ben of verhinderd vanwege een latere afspraak. Ik geloof dat dat een nogal aardig excuus zou zijn: het zou de verrassing van de oprechtheid hebben.'

'Het is vervelend avondkleding te moeten aantrekken,'

mompelde Hallward. 'En als je die aan hebt, staat het afschu-welijk.'

'Ja,' antwoordde Lord Henry dromerig, 'het kostuum van de negentiende eeuw is foeilelijk. Het is zo somber en deprime-rend. De zonde is het enige kleurrijke element in het leven dat er nog over is.'

'Je moet dergelijke dingen werkelijk niet in het bijzijn van Dorian zeggen, Harry.'

'Van welke Dorian? Degene die nu thee voor ons inschenkt, of die van het schilderij?'

'Van geen van beiden.'

'Ik zou graag met u meegaan naar de schouwburg, Lord Henry,' zei de jongeman.

'Dan zult u meegaan, en jij ook, nietwaar Basil?'

'Ik kan echt niet. Liever niet. Ik heb een hoop werk te doen.'

'Welnu, dan gaan u en ik alleen, mijnheer Gray.'

'Dat zou ik erg prettig vinden.'

De schilder beet zich op de lippen en liep met zijn kopje in de hand naar het schilderij. 'Ik zal bij de echte Dorian blijven,' zei hij op droevige toon.

'Is dat de echte Dorian wel?' vroeg het origineel, naar hem toe lopend. 'Ben ik dat echt?'

'Ja, het is je evenbeeld.'

'Wat wonderbaarlijk, Basil.'

'Hoewel, uiterlijk ben je het. Maar het zal nooit veranderen,' zei Hallward met een zucht. 'Dat staat vast.'

'Wat maken de mensen een drukte over trouw!' zei Lord Henry. 'Zelfs in de liefde is het zuiver een kwestie voor fysio-logen. Het heeft niets met onze eigen wil te maken. Jonge mannen willen trouw zijn, en zijn het niet; oude mensen wil-len ontrouw zijn, en kunnen het niet; meer valt er niet over te zeggen.'

'Ga vanavond niet naar de schouwburg, Dorian,' zei Hall-ward. 'Blijf bij me dineren.'

'Ik kan niet, Basil.'

'Waarom niet?'

'Omdat ik Lord Henry Wotton heb beloofd met hem mee te gaan.'

'Hij zal je er niet aardiger om vinden als je je beloften houdt. Hij verbreekt de zijne altijd. Ik verzoek je niet te gaan.'

Dorian Gray lachte en schudde het hoofd.

'Ik smeek het je.'

De jongeman aarzelde en keek Lord Henry aan, die hem bij de theetafel met een geamuseerde glimlach gadesloeg.

'Ik moet gaan, Basil,' gaf hij ten antwoord.

'Goed dan,' zei Hallward. Hij liep naar het blad en zette zijn kopje erop neer. 'Het is nogal laat en omdat je je nog moet verkleden moest je maar liever geen tijd verliezen. Dag Harry! Dag Dorian! Kom me gauw weer opzoeken. Kom morgen.'

'Zeker.'

'Zul je het niet vergeten?'

'Nee, natuurlijk niet,' zei Dorian.

'En... Harry?'

'Ja, Basil?'

'Denk aan wat ik je heb gevraagd toen we vanmorgen in de tuin zaten.'

'Ik ben het vergeten.'

'Ik vertrouw je.'

'Ik wou dat ik mezelf kon vertrouwen,' zei Lord Henry lachend. 'Kom, mijnheer Gray, mijn rijtuig staat voor en ik kan u bij uw huis afzetten. Dag Basil. Het is een hoogst interessante middag geweest.'

Toen de deur achter hen dichtviel, wierp de schilder zich op de divan, en er verscheen een pijnlijke uitdrukking op zijn gezicht.

3

⬧◈⬧

De volgende dag om halfeen liep Lord Henry van Curzon Street naar de Albany Club om een bezoek te brengen aan zijn oom, Lord Fermor, een joviale maar ietwat onverschillige oude vrijgezel, die door de buitenwereld egoïstisch werd genoemd omdat die niet bepaald beter van hem werd, maar door de society als edelmoedig werd beschouwd, omdat hij de mensen die hem amuseerden onthaalde. Zijn vader was in Isabella's jeugd Brits ambassadeur in Madrid geweest, toen niemand nog aan Prim dacht, maar had zich in een grillig ogenblik van ergernis uit de diplomatieke dienst teruggetrokken, omdat men hem de ambassade in Parijs niet had aangeboden: een standplaats waar hij uit hoofde van zijn afkomst, zijn indolentie en het goede Engels van zijn depêches, ten volle recht op meende te hebben. De zoon, die secretaris van zijn vader was geweest, had zich samen met zijn chef teruggetrokken, nogal dwaas zoals men toentertijd vond, en nadat hij een paar maanden later de titel had geërfd, was hij zich gaan wijden aan de studie van de aristocratische kunst van het volkomen nietsdoen. Hij bezat twee grote huizen in de stad, maar woonde liever op kamers, omdat dat minder beslommeringen met zich meebracht, en gebruikte de meeste van zijn maaltijden op zijn club. Hij besteedde enige aandacht aan de exploitatie van zijn kolenmijnen in de Midlands, waarbij hij zich voor die smerige industrie verontschuldigde door te zeggen dat het enige voordeel van het bezit van steenkool was dat het een heer in staat stelde met fatsoen hout in zijn eigen haard te stoken. In de politiek was hij een Tory, behalve wanneer de Tories aan de macht waren, gedurende welke periode hij ze rondweg uitschold voor een stelletje radicalen. Hij was een held voor zijn huisknecht, die hem intimideerde, en een verschrikking voor de meesten van zijn familieleden die hij op zijn beurt tiranniseerde. Alleen Engeland had hem kunnen voortbrengen, maar hij zei altijd dat het land naar de bliksem ging. Zijn principes waren verouderd, maar voor zijn vooroordelen viel een hoop te zeggen.

Toen Lord Henry de kamer binnenkwam, zag hij zijn oom een sigaar roken en achter de *Times* zitten mopperen. 'Wel, Harry,' zei de oude heer, 'wat brengt jou hier zo vroeg? Ik dacht dat jullie dandy's nooit voor twee uur opstaan, en je niet voor vijven vertonen.'

'Louter familiegenegenheid, dat verzeker ik u, oom George. Ik kom u iets vragen.'

'Geld zeker,' zei Lord Fermor, terwijl hij een zuinig gezicht trok. 'Ga dan maar zitten, en vertel op. Jonge mensen verbeelden zich tegenwoordig dat geld alles is.'

'Ja,' mompelde Lord Henry, het knoopsgat van zijn jas fatsoenerend, 'en als ze ouder worden weten ze het zeker. Maar ik wil geen geld. Alleen mensen die hun rekeningen betalen willen dat, oom George, en ik betaal de mijne nooit. Krediet is het kapitaal van een jongere zoon, en je kunt er heel prettig van leven. Bovendien doe ik altijd zaken met de leveranciers van Dartmoor, en dientengevolge word ik nooit lastig gevallen. Wat ik wil is informatie; geen nuttige natuurlijk: nutteloze informatie.'

'Welnu, ik kan je alles vertellen wat er in een Engels Blauwboek staat, Harry, hoewel die kerels tegenwoordig een hoop onzin schrijven. Toen ik in de diplomatieke dienst was, was alles veel beter. Maar ik hoor dat ze er tegenwoordig eerst een examen voor moeten afleggen. Wat kun je verwachten? Examens, mijnheer, zijn van a tot z bedrog. Als een man een heer is, weet hij meer dan genoeg, en als hij geen heer is, is alles wat hij weet alleen maar slecht voor hem.'

'Dorian Gray komt niet in de Blauwboeken voor, oom George,' zei Lord Henry lusteloos.

'Dorian Gray? Wie is dat?'

'Ik ben juist hier gekomen om dat te horen, oom George. Of liever, ik weet wie hij is. Hij is de kleinzoon van wijlen Lord Kelso. Zijn moeder was een Devereux, Lady Margaret Devereux. U moet mij van zijn moeder vertellen. Hoe was ze? Met wie is ze getrouwd? U hebt in uw tijd bijna iedereen gekend, dus haar misschien ook wel. Ik stel op het ogenblik erg veel belang in de heer Gray. Ik heb hem pas leren kennen.'

'Lord Kelso's kleinzoon?' herhaalde de oude heer – 'Kelso's kleinzoon!... Maar natuurlijk... Ik heb zijn moeder heel goed gekend. Ik ben geloof ik bij haar doop geweest. Ze was een bijzonder mooi meisje, Margaret Devereux; en maakte bijna alle mannen radeloos door er met een straatarme jonge kerel vandoor te gaan; een volkomen nul, mijnheer, een subaltern in een infanterieregiment of iets dergelijks. Zeker. Ik herinner me het hele geval alsof het gisteren is gebeurd. De arme kerel werd bij een duel in Spa gedood, een paar maanden na het huwelijk. Er deed een schandelijk verhaal over de ronde. Men zei dat Kelso een of andere schurkachtige avonturier, een Belgische schoft, ertoe had gebracht zijn schoonzoon in het openbaar te beledigen; hij betaalde hem ervoor om het te doen, betaalde hem: en dat de kerel zijn tegenstander aan het spit reeg als een duif. De zaak werd in de doofpot gestopt, maar alle duivels, Kelso heeft een tijd lang zijn karbonade alleen in de club moeten eten. Hij bracht zijn dochter mee terug, heb ik gehoord, maar ze heeft nooit meer tegen hem gesproken. O ja, het was een kwalijke zaak. Het meisje is ook gestorven; binnen het jaar dood. Dus ze heeft een zoon achtergelaten? Wat voor een soort jongen is hij? Als hij op zijn moeder lijkt, moet hij een knappe jongen zijn.'

'Hij is bijzonder knap,' beaamde Lord Henry.

'Ik hoop dat hij in goede handen zal vallen,' ging de oude man verder. 'Er behoort een bom duiten op hem te wachten als Kelso zich netjes tegenover hem gedragen heeft. Zijn moeder had ook geld. Zij erfde alle bezittingen van de Selbys, via haar grootvader. Haar grootvader haatte Kelso, hij vond hem een krentenkakker. En dat was hij ook. Kwam eens naar Madrid toen ik daar was. Duivels, wat heb ik me voor hem geschaamd. De koningin placht me naar de Engelse edelman te vragen die altijd ruzie zocht met koetsiers over hun tarieven. Ze hebben er een heel verhaal van gemaakt. Ik heb me een hele maand lang niet aan het Hof durven vertonen. Ik hoop dat hij zijn kleinzoon beter heeft behandeld dan de huurkoetsiers.'

'Ik weet het niet,' antwoordde Lord Henry. 'Ik neem aan dat de jongen in goede doen is. Hij is nog niet meerderjarig. Hij heeft Selby, dat weet ik. Dat heeft hij me verteld. En... zijn moeder was heel knap?'

'Margaret Devereux was een van de mooiste wezens die ik ooit gezien heb, Harry. Wat ter wereld haar ertoe heeft gebracht zich zo te gedragen heb ik nooit kunnen begrijpen. Ze had kunnen trouwen met wie ze maar wilde. Carlington was gek op haar. Maar zij was romantisch. Alle vrouwen van die familie waren dat. De mannen waren een armzalig stelletje, maar, duivels, de vrouwen waren prachtig. Carlington is voor haar op zijn knieën gevallen. Heeft het me zelf verteld. Zij lachte hem uit, en in die tijd was er geen meisje in Londen dat niet achter hem aan zat. En à propos, Harry, over dwaze huwelijken gesproken, wat is dat voor onzin die je vader me vertelde, dat Dartmoor met een Amerikaanse wil trouwen? Zijn Engelse meisjes niet goed genoeg voor hem?'

'Het is op het ogenblik mode om met Amerikaansen te trouwen, oom George.'

'Ik zal het tegen de hele wereld voor Engelse vrouwen opnemen,' zei Lord Fermor, terwijl hij met de vuist op tafel sloeg.

'De Amerikaansen zijn favoriet.'

'Ik hoor dat ze geen uithoudingsvermogen hebben,' zei zijn oom.

'Een lange verloving put ze uit, maar in een steeplechase zijn ze geweldig. Ze vliegen over de hindernissen heen. Ik denk niet dat Dartmoor een schijn van kans maakt.'

'Wie zijn haar ouders?' bromde de oude heer. 'Heeft ze die wel?'

Lord Henry schudde het hoofd. 'Amerikaanse meisjes zijn even knap in het wegmoffelen van hun ouders als Engelse meisjes in het wegmoffelen van hun verleden,' zei hij, terwijl hij opstond om weg te gaan.

'Het zijn zeker handelaars in varkensvleesconserven?'

'Ik hoop het, oom George, ter wille van Dartmoor. Ik heb gehoord dat het conserveren van varkensvlees, op de politiek na, het meest lucratieve beroep in Amerika is.'

'Is ze knap?'

'Ze gedraagt zich alsof ze knap is. Dat doen de meeste Amerikaanse vrouwen. Dat is het geheim van hun charme.'

'Waarom kunnen die Amerikaanse vrouwen niet in hun eigen land blijven? We krijgen altijd te horen dat het een paradijs voor vrouwen is.'

'Dat is het ook. Dat is de reden waarom ze er, net als Eva, zo bijzonder graag uit willen,' zei Lord Henry. 'Tot ziens, oom George. Ik zal te laat komen voor de lunch als ik nog langer blijf. Dank u wel dat u me de inlichtingen hebt gegeven die ik wilde hebben. Ik vind het altijd prettig om alles van mijn nieuwe vrienden af te weten, en niets van mijn oude.'

'Waar ga je lunchen, Harry?'

'Bij tante Agatha. Ik heb mezelf en de heer Gray uitgenodigd. Hij is haar nieuwste *protégé*.'

'Hmm, zeg tegen je tante Agatha dat ze mij niet meer lastig valt met haar beroep op liefdadigheid. Ik ben het beu. Het brave mens denkt zeker dat ik niets anders te doen heb dan cheques uitschrijven voor haar idiote liefhebberijen.'

'Goed, oom George. Ik zal het haar zeggen, maar het zal niets uithalen. Filantropische mensen verliezen elk menselijk gevoel. Dat is het kenmerk dat hen van anderen onderscheidt.'

De oude heer bromde goedkeurend, en belde zijn bediende. Lord Henry liep onder de lage galerij Burlington Street in en wandelde in de richting van Berkeley Square.

Dus dit was het verhaal van Dorian Gray's familie. Onopgesmukt als het hem was verteld, had het hem niettemin bewogen, doordat het de suggestie van een vreemd, bijna modern liefdesavontuur inhield. Een mooie vrouw, die alles riskeerde voor een dwaze hartstocht. Een paar wilde weken van geluk, afgebroken door een lage, verraderlijke misdaad. Maanden van sprakeloze kwelling, en toen een kind dat in pijn geboren werd. De moeder door de dood weggerukt, het jongetje overgeleverd aan de eenzaamheid en de tirannie van een oude liefdeloze man. Ja, het was een interessante achtergrond. Het gaf de jongen reliëf, maakte hem volmaakter als het ware. Achter elk verrukkelijk ding dat bestond, ging iets tragisch schuil. Werelden moesten in barensnood verkeren, opdat het gewoonste bloempje kon bloeien... En hoe charmant was hij gisteravond aan het diner geweest toen hij, met verbaasde ogen en lippen die halfopen waren in angstige verrukking, tegenover hem in de club had gezeten, terwijl de rode kapjes van de kaarsen het ontwakende wonder van zijn gezicht een dieper rood kleurden. Als je tegen hem sprak was het alsof je op een kostbare viool speelde. Hij reageerde op iedere aanraking en trilling van de strijkstok... Het uitoefenen van invloed had iets betoverends. Je kon het met niets anders vergelijken. Je eigen ziel in een bevallige gedaante te projecteren, en daar even te laten vertoeven; je eigen intellectuele ideeën weer naar je terug te horen komen met daarbij ook nog de muziek van de hartstocht en de jeugd; je eigen temperament op een ander over te brengen alsof het een subtiele vloeistof was of een vreemd parfum; daarin school een ware vreugde – misschien de bevredigendste vreugde die ons nog restte in een zo beperkte en platvloerse tijd als de onze, een tijd die grof vleselijk was in zijn genoegens, en grof ordinair in zijn doeleinden... Hij was ook een fantastisch type, deze jongeman, die hij door zo'n vreemd toeval in Basils atelier had ontmoet; of kon in ieder geval tot een fantastisch type worden gevormd. Hij bezat bevalligheid, en de blanke zuiverheid van jeugd en schoonheid zoals oude Griekse beelden voor ons hebben bewaard. Je kon eenvoudig alles met hem doen. Je kon een Titaan en een niemendal van hem maken. Wat jammer dat een dergelijke schoonheid gedoemd was te verwelken!... En Basil? Uit een psychologisch oogpunt was hij hoogst interessant! De nieuwe stijl in de kunst, de nieuwe manier om het leven te bekijken, die op een zo vreemde manier was ingegeven door de louter zichtbare aanwezigheid van iemand die het zichzelf niet bewust was; de stille geest die in een schemerig bos woonde en onzichtbaar in het open veld liep en zich plotseling als een Dryade manifesteerde en niet bang was, omdat in zijn ziel die haar daar zocht, dat wonderbaarlijke visioen was gewekt waaraan alleen wondermooie dingen worden geopenbaard; de zuivere vormen en patronen van dingen die, als het ware, werden verfijnd en een soort symbolische waarde kregen, alsof ze zelf patronen van de een of andere volmaaktere vorm waren welke schaduwen zij echt maakten. Hoe vreemd was het allemaal! Hij herinnerde zich iets dergelijks uit de geschiedenis. Was het niet Plato geweest, die kunstenaar van het denken, die het voor het eerst had geanalyseerd? Was het Buonarotti niet geweest die het in het gekleurde marmer van een sonnettenreeks had gebeeldhouwd? Maar in onze eigen tijd was het vreemd... Ja, hij zou proberen voor Dorian Gray te zijn wat de jongen, zonder het te weten, voor de schilder was die het prachtige doek had gemaakt. Hij zou proberen hem te domineren – had dat eigenlijk al half gedaan. Hij zou die wonderlijke geest tot zijn eigendom maken. Er school iets boeiends in deze zoon van liefde en dood.

Plotseling bleef hij staan en keek naar de huizen. Hij merkte dat hij het huis van zijn tante al een eindje voorbij was gelopen, en in zichzelf glimlachend keerde hij terug. Toen hij de enigszins sombere hal in kwam, zei de butler hem dat iedereen al aan de lunch zat. Hij gaf een van de bedienden zijn hoed en wandelstok en ging de eetkamer binnen.

'Laat zoals gewoonlijk, Harry,' riep zijn tante, terwijl ze het hoofd tegen hem schudde.

Hij verzon een gemakkelijk excuus en nadat hij de lege plaats naast haar had ingenomen, keek hij om zich heen om te zien wie er waren. Dorian knikte hem van het einde van de tafel verlegen toe, terwijl een blos van genoegen zijn wangen kleurde. Tegenover hem zat de hertogin van Harley, een bewonderenswaardig goedaardige en opgewekte vrouw, die door iedereen die haar kende sympathiek werd gevonden, en wier bouw de rijke proporties had die hedendaagse historici bij vrouwen die geen hertogin zijn, als corpulent beschrijven. Naast haar, aan haar rechterkant, zat Sir Thomas Burdon, een radicaal parlementslid die in het openbare leven zijn leider en in het privé-leven de beste koks volgde, met de Conservatieven dineerde en dacht als de Liberalen, geheel in overeenstemming met de bekende stelregel. De plaats links van haar werd ingenomen door de heer Erskine van Treadly, een oude heer met een aanzienlijke charme en beschaving, die echter in de slechte gewoonte van zwijgen was vervallen omdat hij, zoals hij Lady Agatha eens had uitgelegd, alles wat hij te zeggen had al voor zijn dertigste jaar had gezegd. Zijn buurvrouw was mevrouw Vandeleur, een van zijn tante's oudste vriendinnen, een volmaakt heilige onder vrouwen, maar zo vreselijk slonzig dat ze aan een slecht ingebonden psalmenbundel deed denken. Gelukkig voor hem zat aan haar andere kant Lord Faudel, een allerintelligentste middelmatigheid van middelbare leeftijd, even kaal als de verklaring van een minister in het Lagerhuis, met wie ze op de intens ernstige manier converseerde die de enige onvergeeflijke fout is, zoals hij eens zelf had opgemerkt, waarin alle werkelijk goede mensen vervallen en waaraan geen van hen ooit helemaal ontkomt.

'We hebben het over die arme Dartmoor, Lord Henry,' zei de hertogin, die hem vriendelijk van de andere kant van de tafel toeknikte. 'Denkt u dat hij werkelijk met die fascinerende jonge vrouw gaat trouwen?'

'Ik denk dat zij er haar zinnen op heeft gezet hem ten huwelijk te vragen, hertogin.'

'Wat afschuwelijk!' riep Lady Agatha uit. 'Werkelijk, iemand behoort er iets aan te doen.'

'Ik heb uit betrouwbare bron vernomen dat haar vader een

winkel in Amerikaanse grutterswaren heeft,' zei Sir Thomas Burdon uit de hoogte.

'Mijn oom zei al dat het ingeblikt varkensvlees was, Sir Thomas.'

'Grutterswaren! Wat zijn Amerikaanse grutterswaren?' vroeg de hertogin, terwijl ze haar grote handen verwonderd ophief.

'Amerikaanse romans,' antwoordde Lord Henry, en nam een stuk kwartel.

De hertogin keek hem verbaasd aan.

'Trek je maar niets van hem aan, melieve,' fluisterde Lady Agatha. 'Hij meent nooit iets van wat hij zegt.'

'Toen Amerika ontdekt werd,' zei het radicale Lagerhuislid, en begon een aantal saaie feiten op te sommen. Zoals alle mensen die een onderwerp proberen uit te putten, putte hij zijn toehoorders eveneens uit. De hertogin zuchtte en maakte gebruik van haar voorrecht om iemand in de rede te vallen. 'Ik wou in hemelsnaam dat het nooit was ontdekt!' riep ze uit. 'Werkelijk, onze meisjes hebben tegenwoordig geen kans meer. Het is hoogst oneerlijk!'

'Misschien is Amerika eigenlijk nooit ontdekt,' zei mijnheer Erskine. 'Ikzelf zou zeggen dat het alleen maar is opgemerkt.'

'O, maar ik heb exemplaren van de inwoners gezien,' antwoordde de hertogin vaag. 'Ik moet bekennen dat de meesten bijzonder knap zijn. En ze kleden zich goed ook. Ze kopen al hun japonnen in Parijs. Ik wou dat ik mij dat ook kon permitteren.'

'Men zegt dat goede Amerikanen naar Parijs gaan wanneer ze doodgaan,' giechelde Sir Thomas, die een grote garderobe bezat met afgedankte kleren van de humor.

'Werkelijk! En waar gaan de slechte Amerikanen naar toe wanneer ze doodgaan?' vroeg de hertogin.

'Die gaan naar Amerika,' mompelde Lord Henry.

Sir Thomas trok zijn wenkbrauwen op. 'Ik vrees dat uw neef bevooroordeeld is, Lady Agatha. Ik ben er kris kras door gereisd in rijtuigen van de directeuren, die in zulke gevallen buitengewoon hoffelijk zijn. Ik verzeker u dat een bezoek aan dat land bijzonder goed is voor de ontwikkeling.'

'Maar moeten we werkelijk Chicago zien om ontwikkeld te zijn?' vroeg mijnheer Erskine klaaglijk. 'Ik voel me niet tegen de reis opgewassen.'

Sir Thomas wuifde met de hand. 'Mijnheer Erskine van Treadley heeft de wereld op zijn boekenplanken. Wij praktische mensen houden ervan de dingen te zien, niet om ze uit de boeken te leren kennen. De Amerikanen zijn een bijzonder interessant volk. Ze zijn volmaakt redelijk. Ik geloof dat dat kenmerkend voor hen is. Ja, mijnheer Erskine, een volmaakt redelijk volk. Ik verzeker u dat de Amerikanen een volk uit één stuk zijn.'

'Wat verschrikkelijk!' zei Lord Henry. 'Brute kracht kan ik verdragen, maar brute rede is volmaakt onuitstaanbaar. Het heeft iets oneerlijks. Het staat gelijk met onder het intellect stompen.'

'Ik begrijp u niet,' zei Sir Thomas, die rood aanliep.

'Ik wel, Lord Henry,' mompelde mijnheer Erskine met een glimlach.

'Paradoxen zijn op hun manier allemaal heel aardig...' vervolgde de edelman.

'Was dat een paradox?' vroeg mijnheer Erskine. 'Ik dacht van niet. Maar misschien ook wel. Zo de paradoxen zijn, zo is de waarheid. Om de werkelijkheid op proef te stellen, moeten we haar op het strakke koord zien. Wanneer waarheden acrobaten worden, kunnen we over hen oordelen.'

'Lieve help!' zei Lady Agatha, 'wat argumenteren jullie mannen toch. Het staat als een paal boven water dat ik nooit weet waar jullie het over hebben. O, Harry, ik ben erg boos op je. Waarom probeer je onze aardige mijnheer Gray ertoe over te halen de East End op te geven? Ik verzeker je dat hij van onschatbare waarde zou zijn. Ze zouden zijn spel verrukkelijk vinden.'

'Ik wil dat hij voor mij speelt,' zei Lord Henry glimlachend, keek de tafel langs en ving een vrolijke blik ten antwoord op.

'Maar ze zijn zo ongelukkig in Whitechapel,' vervolgde Lady Agatha.

'Ik kan met alles medeleven voelen, behalve met leed,' zei Lord Henry, en haalde zijn schouders op. 'Daarmee niet. Het is te afzichtelijk, te lelijk, te benauwend. Men behoort te sympathiseren met de kleur, de schoonheid, de vreugde van het leven. Hoe minder er over de onaangename kanten van het leven wordt gezegd, des te beter.'

'Toch is de East End een belangrijk probleem,' merkte Sir Thomas op, terwijl hij ernstig met het hoofd schudde.

'Zeer zeker,' antwoordde de jonge lord. 'Het is het probleem van de slavernij, en wij proberen het op te lossen door de slaven te amuseren.'

De politicus keek hem vinnig aan. 'Welke verandering stelt u dan voor?' vroeg hij.

Lord Henry lachte. 'Ik wil niet dat er in Engeland iets anders verandert dan het weer,' antwoordde hij. 'Ik ben volmaakt tevreden met filosofische beschouwelijkheid. Maar omdat de negentiende eeuw failliet is gegaan aan een overmatig betoon van medelijden, zou ik willen voorstellen een beroep op de wetenschap te doen om ons de juiste toedracht te laten zien. Het voordeel van de gevoelens is dat ze ons op een dwaalspoor brengen, en het voordeel van de wetenschap is dat die niet emotioneel is.'

'Maar wij hebben een ernstige verantwoordelijkheid,' waagde mevrouw Vandeleur schuchter op te merken.

Lord Henry keek Erskine aan. 'De mensheid neemt zich teveel au sérieux. Dat is de erfzonde van de wereld. Als de holbewoner had geweten hoe hij moest lachen, zou de geschiedenis er heel anders hebben uitgezien.'

'U bent werkelijk erg geruststellend,' zwijmelde de hertogin. 'Ik heb me altijd nogal schuldig gevoeld wanneer ik uw lieve tante kwam bezoeken, want de East End interesseert me helemaal niet. In de toekomst zal ik haar kunnen aankijken zonder te blozen.'

'Een blos staat erg flatteus, hertogin,' merkte Lord Henry op.

'Alleen wanneer men jong is,' antwoordde ze. 'Wanneer een oude vrouw als ik bloost, is dat een heel slecht teken. Ach! Lord Henry, ik wou dat u me wilde vertellen hoe ik weer jong kan worden.'

Hij dacht een ogenblik na. 'Kunt u zich een of andere grote fout herinneren die u in uw jonge jaren hebt begaan?' vroeg hij, terwijl hij haar over de tafel aankeek.

'Een heleboel, vrees ik,' riep ze uit.

'Bega ze dan opnieuw,' zei hij ernstig. 'Om je jeugd terug te krijgen, hoef je alleen maar je dwaasheden te herhalen.'

'Een verrukkelijke theorie!' riep ze uit. 'Ik moet die in praktijk brengen.'

'Een gevaarlijke theorie!' merkte Sir Thomas met strakke lippen op.

Lady Agatha schudde het hoofd, maar was niettemin geamuseerd.

Mijnheer Erskine luisterde.

'Ja,' vervolgde hij, 'dat is een van de grote geheimen van het leven. Tegenwoordig sterven de meeste mensen aan een soort sluipend gezond verstand, en ontdekken wanneer het te laat is dat je fouten het enige zijn waar je nooit spijt van hebt.'

Allen aan tafel lachten.

Hij speelde met het idee, en werd eigenzinnig: hij gooide het in de lucht en transformeerde het; liet het ontsnappen en ving het weer; maakte het door middel van de verbeelding doorzichtig, en gaf het de vleugels van de paradox. De lof van de dwaasheid werd, toen hij verder ging, tot een filosofie verheven, en de filosofie zelf werd jong en danste toen ze de waanzinnige muziek van Genot hoorde, gekleed, zo zou men zich kunnen voorstellen, in haar met wijn bevlekte gewaad en krans van klimop, over de heuvels van het leven en bespotte de trage Silenus omdat hij nuchter was. Feiten vluchtten voor haar als angstige wezens uit het bos. Haar blanke voeten trapten in de grote pers waaraan de wijze Omar zit, tot het schuimende druivennat in golven van purperen bellen om haar blote ledematen steeg, of in rood schuim over de zwarte, druipende schuine zijkanten van het vat lekte. Het was een bijzondere improvisatie. Hij voelde dat de ogen van Dorian Gray op hem waren gericht, en het bewustzijn dat er onder zijn gehoor iemand was wiens temperament hij wilde boeien, scheen zijn geest te scherpen en kleur aan zijn verbeelding te verlenen. Hij bracht de luisteraars buiten zichzelf van verrukking, en zij volgden lachend zijn fluit. Dorian Gray wendde zijn blik geen moment van hem af, maar zat als betoverd en de ene glimlach joeg de andere over zijn lippen na, en verbazing groeide tot ernst in zijn donker wordende ogen.

Ten slotte kwam de realiteit gekleed in het kostuum van de eigen tijd in de vorm van een knecht de kamer binnen om de hertogin te zeggen dat haar rijtuig voor stond. Ze wrong haar handen in voorgewende wanhoop. 'Wat vervelend!' riep ze uit. 'Ik moet weg. Ik moet mijn man van de club afhalen, en hem naar een of andere belachelijke vergadering in Willis's Room brengen, die hij moet voorzitten. Als ik te laat ben zal hij woedend zijn, en ik zou met deze hoed nauwelijks een scène kunnen verdragen. Hij is veel te fragiel. Eén hard woord zou hem stuk maken. Nee, ik moet gaan, lieve Agatha. Goedendag. Lord Henry, u bent werkelijk verrukkelijk en vreselijk demoraliserend. Ik weet echt niet wat ik van uw denkbeelden moet zeggen. U moet eens een avond bij ons komen dineren. Dinsdag? Hebt u dinsdag iets te doen?'

'Voor u zou ik iedereen laten schieten, hertogin,' zei Lord Henry met een buiging.

'Ach, dat is erg aardig, en heel verkeerd van u,' riep ze uit; 'dus zorg ervoor dat u komt,' en ze zeilde de kamer uit, gevolgd door Lady Agatha en de andere dames.

Toen Lord Henry weer was gaan zitten, liep Erskine om de tafel heen en, nadat hij een stoel vlakbij hem had genomen, legde hij zijn hand op zijn arm.

'U praat hele boekdelen vol,' zei hij. 'Waarom schrijft u er geen?'

'Ik lees veel te graag boeken om ze te willen schrijven, mijnheer Erskine. Ik zou zeker graag een roman willen schrijven;

een roman die even mooi zou zijn als een Perzisch tapijt, en even onwerkelijk. Maar er is in Engeland slechts een literair publiek voor kranten, gebedenboeken en encyclopedieën. Van alle volken in de wereld heeft het Engelse het minste gevoel voor de schoonheid van de literatuur.'

'Ik vrees dat u gelijk hebt,' antwoordde Erskine. 'Ik heb vroeger zelf literaire ambities gekoesterd, maar die heb ik lang geleden opgegeven. En nu, mijn waarde jonge vriend, als ik u zo mag noemen, wil ik u vragen of u werkelijk alles meende wat u ons tijdens de lunch hebt gezegd.'

'Ik ben helemaal vergeten wat ik gezegd heb,' zei Lord Henry met een glimlach. 'Was het allemaal heel erg?'

'Inderdaad, heel erg. Eigenlijk beschouw ik u als heel gevaarlijk, en als er iets met onze goede hertogin gebeurt, zullen wij allemaal u er in eerste instantie voor aansprakelijk stellen. Maar ik zou graag met u over het leven willen praten. Mijn generatie was saai. Wanneer u op een dag genoeg hebt van Londen, kom dan naar Treadly, en leg mij uw filosofie van het genot uit bij een fles voortreffelijke Bourgogne die ik zo gelukkig ben te bezitten.'

'Met alle genoegen. Een bezoek aan Treadley zou een groot voorrecht zijn. Het heeft een volmaakte gastheer, en een volmaakte bibliotheek.'

'U zult die completeren,' antwoordde de oude heer met een hoffelijke buiging. 'En nu moet ik afscheid nemen van uw voorbeeldige tante. Ik heb een afspraak in het Athenaeum. Dat is de tijd waarop we daar slapen.'

'U allemaal, mijnheer Erskine?'

'Met ons veertigen, in veertig fauteuils. We oefenen voor een Engelse Academie van de Letteren.'

Lord Henry lachte en stond op. 'Ik ga naar het park,' zei hij.

Toen hij de deur uitging tikte Dorian Gray hem op de arm. 'Laat me met u meegaan,' mompelde hij.

'Maar ik dacht dat u Basil Hallward had beloofd naar hem toe te gaan,' antwoordde Lord Henry.

'Ik ga veel liever met u mee; ja, ik voel dat ik met u mee moet gaan. Alstublieft. En belooft u mij dat u de hele tijd tegen me zult praten? Niemand praat zo boeiend als u.'

'Ach, ik heb al meer dan genoeg gepraat voor vandaag,' zei Lord Henry, glimlachend. 'Het enige wat ik nu wil doen is naar het leven kijken. U mag met me meegaan en er samen met mij naar kijken als u zin hebt.'

4

Op een middag, een maand later, zat Dorian Gray achterover geleund in een weelderige fauteuil in de kleine bibliotheek van Lord Henry's huis in Mayfair. Het was, in zijn soort, een erg aardige kamer, met zijn hoge eikenhouten lambrisering, zijn crèmekleurige fries, het in reliëf gepleisterde plafond, en zijn grijs vilten tapijt dat bezaaid was met Perzische kleedjes met lange franje. Op een kleine sandelhouten tafel stond een beeldje van Clodion, en daarnaast lag een exemplaar van *Les Cent Nouvelles*, dat door Clovis Eve voor Margareta van Valois was ingebonden en bezaaid was met de vergulde madeliefjes die de koningin als haar embleem had gekozen. Enkele potten van blauw aardewerk en papegaaientulpen prijkten op de schoorsteenmantel, en door de kleine in lood gevatte ruiten van het raam viel het abrikozen-kleurige licht van een Londense zomerdag naar binnen.

Lord Henry was er nog niet. Uit principe was hij altijd laat, want zijn principe was dat punctualiteit de dief van de tijd is. Dus keek de jongeman nogal verveeld, terwijl hij met lusteloze vingers de bladzijden van een rijk geïllustreerde uitgave van *Manon Lescaut* omsloeg die hij in een van de boekenkasten had gevonden. Het vormelijke eentonige tikken van de Louis Quatorzeklok ergerde hem. Hij dacht er een paar keer over om weg te gaan.

Ten slotte hoorde hij een voetstap buiten en de deur ging open.

'Wat ben je laat, Harry,' mompelde hij.

'Ik ben bang dat het Harry niet is, mijnheer Gray,' antwoordde een schrille stem.

Hij keek vlug om, en ging staan. 'Neemt u me niet kwalijk, ik dacht...'

'U dacht dat het mijn man was. Het is zijn vrouw maar. Laat ik mij aan u voorstellen. Ik ken u goed van uw foto's. Ik denk dat mijn man er wel zeventien heeft.'

'Toch geen zeventien, Lady Henry?'

'Nou, achttien dan. En ik heb u een paar avonden geleden met hem in de Opera gezien.' Ze lachte zenuwachtig terwijl ze sprak, en keek hem met haar vage ogen als vergeet-me-nietjes aan. Ze was een vreemde vrouw, wier japonnen er altijd uitzagen alsof ze in woede ontworpen en in een storm waren aangetrokken. Gewoonlijk was ze op iemand verliefd, en omdat haar liefde nooit werd beantwoord, had ze al haar illusies behouden. Ze probeerde er schilderachtig uit te zien, maar zag er alleen maar slordig uit. Ze heette Victoria, en zij was niet uit de kerk weg te slaan.

'Dat was zeker bij *Lohengrin*, Lady Henry?'

'Ja, bij die schattige *Lohengrin*. Ik vind Wagners muziek de mooiste van allemaal. Die is zo hard dat je aan één stuk door kunt praten zonder dat andere mensen horen wat je zegt. Dat is een groot voordeel, vindt u niet, mijnheer Gray?'

Dezelfde staccato lach kwam over haar lippen, en haar vingers begonnen met een lange van schildpad gemaakte brievenopener te spelen.

Dorian glimlachte en schudde het hoofd. 'Ik ben bang van niet, Lady Henry. Ik praat nooit als er muziek wordt gespeeld, tenminste als het goede muziek is. Als je slechte muziek hoort, ben je verplicht die door conversatie te overstemmen.'

'Ha, dat is een van Harry's denkbeelden, nietwaar, mijnheer Gray? Ik hoor Harry's denkbeelden altijd van zijn vrienden. Het is de enige manier waarop ik ze te weten kom. Maar u moet niet denken dat ik niet van goede muziek houd. Ik ben er dol op, maar ik ben er bang voor. Ze maakt me te romantisch. Ik heb pianisten gewoonweg aanbeden – twee tegelijk soms, vertelt Harry me. Ik weet niet wat ze hebben. Misschien komt het wel doordat het buitenlanders zijn. Dat zijn het allemaal, nietwaar? Zelfs degenen die in Engeland zijn geboren, worden na een tijdje vreemdelingen, nietwaar? Het is zo knap van ze, en zo'n compliment voor de kunst. Het maakt het door en door kosmopolitisch, nietwaar? U bent nog nooit op een van mijn partijtjes geweest. U moet eenvoudig komen. Ik kan me geen orchideeën veroorloven, maar waar het buitenlanders betreft, spaar ik geen kosten. Ze maken je kamers zo schilderachtig. Maar daar is Harry! – Harry, ik kwam kijken of je er was, om je iets te vragen – ik ben vergeten wat het was – en trof mijnheer Gray hier aan. We hebben zo gezellig over muziek gebabbeld. We hebben precies dezelfde ideeën. Nee, ik denk dat onze ideeën heel verschillend zijn. Maar hij is allercharmantst geweest. Ik ben zo blij dat ik hem heb ontmoet.'

'Dat doet me genoegen, liefste, veel genoegen,' zei Lord Henry, terwijl hij zijn donkere halve-maanvormige wenkbrauwen optrok en beiden met een geamuseerde glimlach aankeek. 'Het spijt me dat ik laat ben, Dorian. Ik ben in Wardour Street naar een oud stuk brokaat wezen kijken, en heb er urenlang over moeten marchanderen. Tegenwoordig kennen de mensen van alles de prijs, en van niets de waarde.'

'Ik vrees dat ik weg moet,' riep Lady Henry uit, een pijnlijke stilte met haar dwaze plotselinge lach verbrekend. 'Ik heb beloofd met de hertogin uit rijden te gaan. Dag, mijnheer Gray. Dag, Harry, je dineert zeker buiten de deur? Ik ook. Misschien zie ik je bij Lady Thornbury.'

'Zeker, liefste,' zei Lord Henry, en deed de deur achter haar dicht toen ze, als een paradijsvogel die de hele nacht buiten in de regen had gezeten, de kamer uit fladderde, en een flauwe geur van jasmijnparfum achterliet. Toen stak hij een sigaret op en liet zich op de divan vallen.

'Trouw nooit met een vrouw met strokleurig haar, Dorian,' zei hij na enkele trekken.

'Waarom, Harry?'

'Omdat ze zo sentimenteel zijn.'

'Maar ik hou van sentimentele mensen.'

'Trouw maar helemaal niet, Dorian. Mannen trouwen omdat ze vermoeid zijn; vrouwen omdat ze nieuwsgierig zijn; beiden worden teleurgesteld.'

'Ik denk dat het niet waarschijnlijk is dat ik zal trouwen, Henry. Ik ben te verliefd. Dat is een van jouw aforismen. Ik breng die in de praktijk, zoals alles wat je zegt.'

'Op wie ben je verliefd?' vroeg Lord Henry na een stilte.

'Op een actrice,' zei Dorian Gray, blozend.

Lord Henry haalde zijn schouders op. 'Dat is een nogal alledaags debuut.'

'Dat zou je niet zeggen als je haar zag, Harry.'

'Wie is zij?'

'Ze heet Sybil Vane.'

'Nooit van gehoord.'

'Dat heeft niemand. Maar eens zullen de mensen van haar horen. Ze is een genie.'

'Beste jongen, geen enkele vrouw is een genie. Vrouwen zijn een decoratieve sekse. Ze hebben nooit iets te zeggen, maar ze zeggen het op een charmante manier. Vrouwen vertegenwoordigen de triomf van de stof over de geest, zoals mannen de triomf van de geest over de moraal vertegenwoordigen.'

'Harry, hoe kun je!'

'Beste Dorian, het is volkomen waar. Ik ben op het ogenblik bezig met de vrouwen te analyseren, dus ik kan het weten. Het onderwerp is niet zo duister als ik dacht. Ik heb ontdekt dat er uiteindelijk maar twee soorten zijn, de gewone en de interessante vrouwen. De gewone vrouwen zijn erg nuttig. Als je je de reputatie van eerbiedwaardigheid wilt verwerven, hoef je ze alleen maar mee uit souperen te nemen. De andere vrouwen zijn erg charmant. Maar ze maken een fout. Ze verven zich om te proberen er jong uit te zien. Onze grootmoeders verfden zich om te proberen briljant te praten. *Rouge* en *esprit* plachten samen te gaan. Dat is nu allemaal voorbij. Zolang een vrouw er tien jaar jonger uit kan zien dan haar eigen dochter, is ze volmaakt tevreden. Wat conversatie betreft, er zijn slechts vijf vrouwen in Londen met wie het de moeite waard is om te praten, maar twee van ze kunnen niet tot fatsoenlijk gezelschap worden toegelaten. Maar vertel me van je genie. Hoe lang ken je haar al?'

'Ach, Harry, je ideeën maken me bang.'

'Dat hindert niet. Hoe lang ken je haar?'

'Ongeveer drie weken.'

'En waar heb je haar ontmoet?'

'Dat zal ik je vertellen, Harry; maar je moet er niet negatief tegenover staan. Per slot van rekening zou het nooit zijn gebeurd als ik jou niet had ontmoet. Jij hebt me met een wild verlangen vervuld om het leven helemaal te leren kennen. Dagenlang nadat ik je had ontmoet, scheen er iets in mijn aderen te bonzen. Als ik in het park wandelde, of langs Piccadilly slenterde, keek ik iedereen die langskwam aan en vroeg me met een waanzinnige nieuwsgierigheid af wat voor soort leven ze leidden. Sommigen van hen boeiden me. Anderen vervulden me met angst. Er hing een geraffineerd vergif in de lucht. Ik hunkerde naar sensaties... Welnu, op een avond om ongeveer zeven uur besloot ik op avontuur uit te gaan. Ik voelde dat dit grijze, monsterlijke Londen van ons, met zijn myriaden mensen, zijn verachtelijke zondaren en zijn prachtige zonden, zoals jij het eens noemde, iets voor me in petto moest hebben. Ik stelde me duizend dingen voor. Alleen het gevaar al gaf me een gevoel van verrukking. Ik herinnerde me wat je tegen me gezegd had op die wonderlijke avond toen we voor het eerst samen dineerden: dat het zoeken naar schoonheid het ware geheim van het leven was. Ik weet niet wat ik verwachtte, maar ik ging uit en zwierf oostwaarts en verdwaalde algauw in een doolhof van smerige straten en zwarte pleinen zonder gras. Om ongeveer halfnegen kwam ik langs een belachelijk klein theater, met grote flakkerende gaslantarens en smoezelige aanplakbiljetten. Een lelijke jood met het wonderlijkste vest dat ik ooit van m'n leven heb gezien, stond voor de ingang een stinkende sigaar te roken. Hij had vettige lokken en een enorme diamant fonkelde midden op een vuil overhemd. "Wilt u een loge, mylord?" vroeg hij toen hij me zag, en hij nam zijn hoed af met een houding van grandioze onderdanigheid. Hij had iets, Harry, dat me amuseerde. Hij was zo'n monster. Je zult me uitlachen, dat weet ik, maar ik ben echt naar binnen gegaan en heb een hele guinje voor een loge avant scène betaald. Tot op de dag van vandaag kan ik me niet indenken waarom; en toch – beste Harry, als ik het niet had gedaan, zou ik het grootste liefdesavontuur van mijn leven zijn misgelopen. Ik zie dat je lacht. Dat is afschuwelijk van je!'

'Ik lach niet, Dorian; in ieder geval lach ik niet om jou. Maar je moet niet zeggen het grootste liefdesavontuur van je leven. Je moet zeggen het eerste liefdesavontuur van je leven. Jij zult altijd bemind worden, en jij zult altijd verliefd zijn op de liefde. Een *grande passion* is het voorrecht van mensen die niets te doen hebben. Dat is het enige nut van de nietsdoende klassen in een land. Er staan je uitgelezen dingen te wachten. Dit is nog maar het begin.'

'Vind je mijn karakter zo oppervlakkig?' riep Dorian Gray boos uit.

'Nee, ik vind dat je karakter zo ondoorgrondelijk is.'

'Hoe bedoel je?'

'Beste jongen, de mensen die slechts een keer van hun leven liefhebben zijn in werkelijkheid oppervlakkig. Wat zij hun aanhankelijkheid en trouw noemen, noem ik of de lethargie van de gewoonte, of hun gebrek aan voorstellingsvermogen. Trouw is voor het emotionele leven wat beginselvastheid voor het intellectuele leven betekent – eenvoudig een bekentenis van mislukkingen. Trouw! Ik moet het eens analyseren. Het houdt het verlangen naar bezit in. We zouden een hoop dingen weggooien als we niet bang waren dat anderen ze zouden oprapen. Maar ik wil je niet in de rede vallen. Ga verder met je verhaal.'

'Goed, ik zat in een afschuwelijke kleine privé loge met een vulgair decordoek tegenover mij. Ik nam het theater van achter het gordijn op. Het was een goedkoop geval, allemaal Cupido's en hoorns des overvloeds, als een derderangs bruidstaart.

Het schellinkje en het balkon waren behoorlijk bezet, maar de twee groezelige rijen stalles waren helemaal leeg, en er was nauwelijks iemand in wat ze vermoedelijk de *fauteuils de balcon* noemen. Er liepen vrouwen rond met sinaasappelen en gemberbier, en iedereen was noten aan het kraken.'

'Het moet precies zo zijn geweest als in de bloeitijd van het Britse drama.'

'Ja, net zo, stel ik me voor, en bijzonder deprimerend. Ik begon me af te vragen wat ik daar in vredesnaam deed, toen ik het programma zag. Wat denk je dat er werd gespeeld, Harry?'

'Ik zou zeggen *De Idiote Knaap* of *Stom, maar Onschuldig*. Onze grootvaders hielden gewoonlijk nogal van zo'n stuk. Hoe langer ik leef, Dorian, des te duidelijker voel ik dat alles wat goed genoeg was voor onze grootvaders, niet goed genoeg is voor ons. *Les grandpères ont toujours tort*, zowel in de kunst als in de politiek.'

'Dit stuk was goed genoeg voor ons, Harry. Het was *Romeo en Julia*. Ik moet toegeven dat het idee Shakespeare in zo'n gribus te zien opvoeren me nogal ergerde. Maar toch voelde ik me op de een of andere manier geïnteresseerd. In elk geval besloot ik het eerste bedrijf af te wachten. Er was een afschuwelijk orkestje onder leiding van een jonge Hebreeër, die voor een gebarsten piano zat die me bijna wegjoeg, maar ten slotte ging het doek op en begon de voorstelling. Romeo was een gezette heer op leeftijd met zwartgemaakte wenkbrauwen, een hese tragediestem en een figuur als een bierton. Mercutio was al bijna even erg. Hij werd gespeeld door een platvloerse komiek die moppen van zichzelf had ingelast en op goede voet stond met het publiek van het schellinkje. Ze waren beiden even grotesk als de decors, en die zagen eruit alsof ze uit een dorpstent kwamen. Maar Julia! Harry, stel je een meisje van nauwelijks zeventien jaar voor, met een gezichtje lieflijk als een bloem, een klein Grieks hoofd met gevlochten tressen donkerbruin haar, ogen als violette bronnen van hartstocht, lippen als rozenblaadjes. Ze was het lieflijkste wezen dat ik ooit had gezien. Jij hebt eens tegen mij gezegd dat pathos je onbewogen liet, maar dat schoonheid, zuivere schoonheid je ogen met tranen kon vullen. Ik verzeker je, Harry, ik kon dit meisje nauwelijks zien door de mist van tranen die voor mijn ogen kwamen. En haar stem – ik heb nog nooit zo'n stem gehoord. Eerst was die laag, met diepe, warme tonen die het oor één voor één schenen te strelen. Toen werd hij iets luider en klonk als een fluit of een verre hobo. In de tuinscène had hij heel die trillende verrukking die je vlak voor zonsopgang hoort wanneer de nachtegalen zingen. Er waren ogenblikken, later, waarop hij de wilde passie van violen had. Je weet hoe een stem kan ontroeren. Jouw stem en die van Sybil Vane zal ik nooit vergeten. Als ik mijn ogen dichtdoe, hoor ik ze, en elk van ze zegt iets anders. Ik weet niet welke ik moet volgen. Waarom zou ik haar niet liefhebben, Harry? Ik heb haar lief. Zij betekent alles voor me in het leven. Avond na avond ga ik naar haar spel kijken. De ene avond is ze Rosalinde en de volgende Imogen. Ik heb haar zien sterven in de duisternis van een Italiaanse graftombe, het vergif van de lippen van haar minnaar drinkend. Ik heb haar door het woud van Arden zien lopen, vermomd als een aardige jongen in een broek, wambuis en een pet op. Ze is krankzinnig geweest, en is bij een schuldige gekomen, heeft hem berouw doen voelen en bittere kruiden te eten gegeven. Ze is onschuldig geweest, en zwarte jaloerse handen hebben haar slanke hals dichtgeknepen. Ik heb haar in iedere tijd en in elk kostuum gezien. Gewone vrouwen werken nooit op je verbeelding. Ze blijven beperkt tot hun eigen tijd. Geen glans herschept hen ooit. Men kent hun gedachten even goed als hun hoeden. Je kunt ze altijd doorgronden. Geen van ze heeft iets mysterieus. Ze maken 's morgens een ritje in het park en babbelen 's middags op theekransjes. Ze hebben hun stereotype glimlach en hun conventionele manieren. Ze zijn erg doorzichtig. Maar een actrice! Een actrice is heel anders, Harry! Waarom heb je me niet gezegd dat een actrice de enige is die het beminnen waard is?'

'Omdat ik er zo veel heb bemind, Dorian.'

'O ja, afzichtelijke vrouwen met geverfd haar en geschminkte gezichten.'

'Je moet geverfd haar en geschminkte gezichten niet geringschatten. Ze bezitten soms een buitengewone charme,' zei Lord Henry.

'Ik wou dat ik je niet van Sybil Vane had verteld.'

'Dat had je toch niet kunnen laten, Dorian. Je hele leven zul je mij alles vertellen wat je doet.'

'Ja, Harry, ik denk dat je gelijk hebt. Onwillekeurig vertel ik je allerlei dingen. Je hebt een vreemde invloed op me. Als ik ooit een misdaad zou begaan, zou ik naar jou toekomen en je die bekennen. Jij zou me begrijpen.'

'Mensen als jij – de eigenzinnige zonnestralen van het leven – bedrijven geen misdaden, Dorian. Maar ik ben je niettemin zeer dankbaar voor het compliment. En vertel me nu – wil je zo goed zijn me de lucifers even aan te geven; dank je – wat je werkelijke verhouding tot Sybil Vane is.'

Dorian Gray sprong overeind met een blos op de wangen en brandende ogen. 'Harry, Sybil Vane is heilig!'

'Alleen heilige dingen zijn het waard te worden aangeraakt, Dorian,' zei Lord Henry met een vreemd pathos in zijn stem. 'Maar waarom zou je je ergeren? Ik veronderstel dat ze jou op een dag zal toebehoren. Als je verliefd bent, begin je altijd met jezelf iets wijs te maken en je eindigt altijd met anderen te bedriegen. Dat noemt de wereld een liefdesavontuur. Je kent haar in elk geval, neem ik aan.'

'Natuurlijk ken ik haar. De eerste avond toen ik in het theater was, kwam de afzichtelijke oude jood na de voorstelling naar mijn loge en bood mij aan, me mee achter het toneel te nemen en me aan haar voor te stellen. Ik was woedend op hem en zei dat Julia al honderden jaren dood was en dat haar lichaam in een marmeren tombe in Verona lag. Uit zijn verbaasde blik maakte ik op dat hij dacht dat ik te veel champagne had gedronken of iets dergelijks.'

'Dat verbaast me niets.'

'Toen vroeg hij mij of ik soms voor een krant schreef. Ik zei

hem dat ik die niet eens las. Hij scheen daarover erg teleurgesteld en vertrouwde me toe dat alle toneelcritici tegen hem sa-
menspanden, en dat ze een voor een omkoopbaar waren.'

'Het zou me niets verbazen als hij daar gelijk in had. Maar
aan de andere kant kunnen de meesten van hen niet erg duur
zijn, naar hun uiterlijk te oordelen.'

'Nu goed, hij scheen te denken dat ze voor hem wel te duur
waren,' zei Dorian lachend. 'Tegen die tijd werden de lichten in
het theater echter gedoofd, en ik moest gaan. Hij probeerde me
nog een paar sigaren op te dringen die hij warm aanbeval. Ik
weigerde. De volgende avond ging ik natuurlijk weer kijken.
Toen hij me zag, maakte hij een diepe buiging en verzekerde
me dat ik een milddadig beschermheer van de kunst was. Hij
was een onaangename bruut, hoewel hij een bijzondere liefde
voor Shakespeare had. Hij zei me eens, met een trotse houding, dat zijn vijf faillissementen geheel aan de "Bard", zoals
hij hem noemde, te wijten waren geweest. Hij scheen dat een
eer te vinden.'

'Dat was het ook, Dorian, een grote eer. De meeste mensen
gaan failliet omdat ze te zwaar in het proza van het leven hebben geïnvesteerd. Zich te hebben geruïneerd door poëzie is een
eer. Maar wanneer heb je voor het eerst met Sybil Vane gesproken?'

'De derde avond. Ze had Rosalinde gespeeld. Ik kon het niet
nalaten achter de schermen te gaan. Ik had haar een paar bloemen toegeworpen, en zij had naar mij gekeken, dat verbeeldde
ik me althans. De oude jood was vasthoudend. Hij scheen vastbesloten me mee achter het toneel te nemen, en dus stemde ik
toe. Het was vreemd dat ik haar niet wilde leren kennen, vind
je niet?'

'Nee, dat vind ik niet.'

'Beste Harry, waarom niet?'

'Dat zal ik je een andere keer weleens vertellen. Nu wil ik
over het meisje horen.'

'Sybil? O, ze was zo verlegen en zo vriendelijk. Ze heeft iets
van een kind. Haar ogen gingen wijdopen van verbazing toen

ik haar vertelde wat ik van haar spel dacht en zij scheen zich onbewust van haar vermogens. Ik geloof dat we allebei nogal nerveus waren. De oude jood stond grinnikend bij de deuropening van de stoffige artiestenkamer breedvoerig over ons te praten, terwijl wij elkaar als kinderen aanstaarden. Hij wilde me met alle geweld met "Milord" aanspreken, dus moest ik Sybil geruststellen dat ik niets van die aard was. Ze zei heel eenvoudig tegen mij: "U ziet er meer uit als een prins. Ik moet u mijn Droomprins noemen".'

'Ik kan niet anders zeggen, Dorian, ze weet hoe ze complimenten moet maken.'

'Jij begrijpt haar niet, Harry. Ze zag mij alleen maar als een personage in een toneelstuk. Ze weet niets van het leven af. Ze woont samen met haar moeder, een verlepte vrouw, die op de eerste avond Lady Capulet speelde in een soort felrode peignoir, en eruitziet alsof ze betere tijden heeft gekend.'

'Ik ken dat type. Het maakt me neerslachtig,' mompelde Lord Henry, terwijl hij naar zijn ringen keek.

'De jood wilde mij haar geschiedenis vertellen, maar ik zei dat die me niet interesseerde.'

'Daar had je groot gelijk in. Er zit altijd iets oneindig vulgairs in andermans tragedies.'

'Sybil is de enige om wie ik geef. Het kan me niet schelen waar ze vandaan komt. Van haar hoofdje tot haar kleine voeten is ze volmaakt goddelijk. Iedere avond van mijn leven ga ik kijken om haar te zien spelen, en iedere avond is ze verrukkelijker.'

'Dat is de reden, veronderstel ik, waarom je tegenwoordig nooit meer met me dineert. Ik dacht al dat je een vreemd avontuur aan de hand moest hebben. Dat heb je ook; maar het is niet precies wat ik had verwacht.'

'Beste Harry, wij lunchen of souperen iedere dag samen, en ik ben verschillende keren met je naar de Opera geweest,' zei Dorian, die zijn blauwe ogen verbaasd opensperde.

'Je komt altijd vreselijk laat.'

'Ik kan er niets aan doen dat ik naar Sybils spel ga kijken,' riep hij uit, 'al is het maar één bedrijf. Ik hunker naar haar aanwezigheid; en als ik aan de wondermooie ziel denk die in dat kleine ivoren lichaam huist, word ik met ontzag vervuld.'

'Je kunt vanavond toch wel met me dineren, Dorian?'

Hij schudde het hoofd. 'Vanavond speelt ze Imogen,' antwoordde hij, 'en morgenavond Julia.'

'Wanneer is zij Sybil Vane?'

'Nooit.'

'Ik feliciteer je.'

'Wat ben je afschuwelijk! Zij is alle grote heldinnen van de wereld in een. Zij is meer dan een individu. Je lacht, maar ik zeg je dat ze talent heeft. Ik hou van haar en ik moet maken dat ze ook van mij houdt. Jij, die alle geheimen van het leven kent, moet me vertellen hoe ik Sybil Vane moet bekoren, zodat ze van me gaat houden! Ik wil Romeo jaloers maken. Ik wil dat de gestorven geliefden van de wereld ons horen lachen en droevig worden. Ik wil dat een ademtocht van onze liefde hun stof tot bewustzijn wekt, om hun as te doen lijden. Mijn God, Harry, ik hou zoveel van haar!' Hij liep door de kamer heen en weer terwijl hij sprak. Koortsachtige rode vlekken brandden op zijn wangen. Hij was vreselijk opgewonden.

Lord Henry sloeg hem met een verfijnd gevoel van genoegen gade. Hoe anders was hij nu dan de verlegen, angstige jongen die hij in Basil Hallwards atelier had ontmoet. Zijn karakter had zich als een bloem ontwikkeld, had bloesems van rode vlammen gedragen. Zijn ziel was uit haar geheime schuilplaats gekropen, en verlangen was haar onderweg tegengekomen.

'En wat denk je te doen?' vroeg Lord Henry ten slotte.

'Ik wil dat jij en Basil een avond met me meegaan om haar te zien acteren. Ik ben helemaal niet bang voor het resultaat. Jullie zullen haar talent zeker erkennen. Daarna moeten we haar uit handen van de jood zien te krijgen. Ze is voor drie jaar aan hem gebonden – dat wil zeggen twee jaar en acht maanden – van dit ogenblik af. Ik zal hem natuurlijk iets moeten betalen. Wanneer dat allemaal is geregeld, zal ik een theater in de West

End huren en haar behoorlijk lanceren. Ze zal de wereld even krankzinnig maken als ze mij heeft gemaakt.'

'Dat is onmogelijk, beste jongen.'

'Ja, dat zal ze. Ze heeft niet alleen talent, een volmaakt kunstzinnig instinct, maar ze is ook een persoonlijkheid, en jij hebt me vaak verteld dat persoonlijkheden en niet beginselen de tijd in beroering brengen.'

'Goed dan, welke avond zullen we gaan?'

'Even kijken. Vandaag is het dinsdag. Laten we zeggen morgen. Ze speelt morgen Julia.'

'Goed. Om acht uur in Hotel Bristol; en ik breng Basil mee.'

'Niet om acht uur, Harry, alsjeblieft. Halfzeven. We moeten er zijn voor het doek opgaat. Je moet haar in het eerste bedrijf zien, waarin ze Romeo ontmoet.'

'Halfzeven! Wat een tijd! Het zal net zijn alsof je een thee-maaltijd met vlees gebruikt, of een Engelse roman leest. Nee, zeven uur. Geen enkele heer dineert voor zeven uur. Zie jij Basil voor die tijd nog? Of zal ik hem schrijven?'

'Beste Basil, ik heb hem een week lang niet gezien. Het is nogal onaardig van me, omdat hij mij mijn portret in een prachtige lijst heeft gestuurd, speciaal door hemzelf ontworpen, en hoewel ik enigszins jaloers ben op het schilderij omdat het een hele maand jonger is dan ik, moet ik bekennen dat ik er een groot behagen in schep. Misschien is het beter als jij schrijft. Ik wil hem niet alleen ontmoeten. Hij zegt dingen die me ergeren. Hij geeft me goede raad.'

Lord Henry glimlachte. 'Mensen geven graag weg wat ze zelf het meest nodig hebben. Dat is wat ik het toppunt van edelmoedigheid noem.'

'O, Basil is een beste kerel, maar hij heeft soms iets van een droogstoppel. Sinds ik jou heb leren kennen, Harry, ben ik daarachter gekomen.'

'Basil, m'n beste jongen, legt al wat hij aan charme bezit in zijn werk. Met het gevolg dat hij niets anders voor het leven over heeft dan zijn vooroordelen. De enige kunstenaars die ik ooit gekend heb die persoonlijk alleraardigst zijn, zijn slechte kunstenaars. Goede kunstenaars bestaan alleen in wat ze maken, en zijn dientengevolge als persoonlijkheden volmaakt oninteressant. Een groot dichter, een werkelijk groot dichter, is het meest onpoëtische wezen dat er bestaat. Maar inferieure dichters zijn geweldig boeiend. Hoe slechter hun verzen zijn, hoe schilderachtiger ze er uitzien. Alleen al het feit dat hij een bundel tweederangs sonnetten heeft geschreven, maakt iemand volmaakt onweerstaanbaar. Hij leeft de poëzie die hij niet kan schrijven. De anderen schrijven de poëzie die ze niet durven verwezenlijken.'

'Ik vraag me af of dat werkelijk zo is, Harry,' zei Dorian Gray, terwijl hij wat parfum uit een grote fles met een gouden dop die op de tafel stond op zijn zakdoek sprenkelde. 'Het zal wel zo zijn als jij het zegt. En nu moet ik weg. Imogen wacht op me. Denk om morgen. Adieu.'

Toen hij de kamer uitging, vielen Lord Henry's vermoeide oogleden neer en hij begon na te denken. Zeker: hij had zelden zo veel belangstelling gekoesterd voor mensen als voor Dorian Gray, maar toch wekte de dwaze adoratie van de jongen voor iemand anders niet de minste jaloezie in hem op. Hij was er aangenaam door getroffen. Het maakte hem een nog interessanter studie object. Hij was altijd in de ban geraakt door de methoden van de natuurwetenschap, maar de gewone stof van die wetenschap had hem triviaal en van geen belang toegeschenen. En dus was hij begonnen met vivisectie op zichzelf toe te passen, zoals hij was geëindigd met het op anderen te doen. Het menselijk leven – dat scheen hem het enige toe dat waard was om te onderzoeken. Daarmee vergeleken was niets anders van enige waarde. Het was waar dat je, wanneer je het leven in zijn vreemde smeltkroes van pijn en genot gadesloeg, geen glazen masker over je gezicht kon dragen, of de zwaveldampen kon beletten de geest te verstoren en met monsterlijke fantasieën en misvormde dromen te vertroebelen. Er bestonden zulke verfijnde vergiften dat je er ziek van moest worden om hun eigenschappen te leren kennen. Er waren zulke vreemde ziekten dat je die moest doorstaan als je hun aard wilde begrijpen. En toch, hoe rijk werd je ervoor beloond! Hoe wonderlijk deed de hele wereld zich aan je voor! Om de vreemde harde logica van de hartstocht, en het emotioneel gekleurde leven van het intellect op te merken – om te zien waar ze elkaar raakten, en waar ze uiteen gingen, op welk punt ze één werden, en op welk punt ze dissoneerden – daarin zat iets verrukkelijks! Wat kwam de prijs die men ervoor betaalde erop aan? Voor een zintuiglijke gewaarwording kon men nooit een te hoge prijs betalen!

Hij was zich bewust – en die gedachte bracht een glans van genoegen in zijn bruine agaten ogen – dat het door bepaalde woorden was gekomen die hij gezegd had, muzikale woorden op een muzikale manier uitgesproken, dat Dorian Gray's ziel zich tot dit blanke meisje had gewend en in aanbidding voor haar was neergeknield. Voor een groot deel was de jongen zijn eigen schepping. Hij had hem vroegrijp gemaakt. Dat was iets. Gewone mensen wachtten tot het leven hun zijn geheimen openbaarde, maar aan de weinigen, de uitverkorenen, werden de geheimen van het leven onthuld voor de sluier werd weggetrokken. Soms was dat de uitwerking van de kunst, en vooral de literaire kunst die zich rechtstreeks met de gevoelens en het intellect bezighield. Maar af en toe nam een gecompliceerde persoonlijkheid die plaats in om de taak van de kunst te vervullen; was eigenlijk, op zijn manier, een echt kunstwerk, want het leven heeft zijn doorwrochte kunstwerken net zoals de poëzie, de beeldhouwkunst, of de schilderkunst.

Ja, de jongen was vroegrijp. Hij haalde zijn oogst binnen terwijl het nog voorjaar was. Hij bezat de hartenklop en de hartstocht van de jeugd, maar hij begon zich van zichzelf bewust te worden. Het was verrukkelijk hem gade te slaan. Met zijn mooie gezicht, en zijn mooie ziel, was hij iets om je over te verbazen. Het hinderde niet hoe het allemaal zou aflopen of was voorbestemd te eindigen. Hij was als een van die bevallige figuren in een optocht of een toneelstuk, wier vreugden de toeschouwers zo ver af schijnen, maar wier verdriet het gevoel van schoonheid ontroert, en wier wonden als rode rozen zijn.

Ziel en lichaam, lichaam en ziel – wat waren ze toch geheimzinnig! Er school dierlijkheid in de ziel, terwijl het lichaam zijn ogenblikken van spiritualiteit had. De zinnen konden verfijnen en het intellect kon in verval raken. Wie kon zeggen waar de vleselijke impuls ophield, of de psychische begon? Hoe oppervlakkig waren de willekeurige definities van gewone psychologen? Maar toch, hoe moeilijk was het om een keuze te doen tussen de aanspraken van de verschillende scholen. Was de ziel een schaduw die zetelde in het huis der zonde? Of huisde het lichaam in werkelijkheid in de ziel, zoals Giordano Bruno meende? De scheiding tussen geest en stof was een mysterie, en de verbintenis van de geest met de stof eveneens.

Hij begon zich af te vragen of we de psychologie ooit tot zo'n volstrekte wetenschap konden maken dat iedere kleine bron van leven ons zou worden geopenbaard. Want nu begrepen we onszelf altijd verkeerd, en begrepen anderen zelden. Ervaring had geen ethische waarde. Het was alleen maar de naam die mensen aan hun fouten gaven. Moralisten hadden haar in de regel als een soort waarschuwing beschouwd, hadden er een zekere ethische doeltreffendheid voor opgeëist bij de vorming van het karakter, hadden het geprezen als iets wat ons leerde wat wij moesten volgen en ons liet zien wat we moesten vermijden. Maar ervaring had geen beweegkracht. Zij was evenmin een actieve oorzaak als het geweten zelf. Het enige wat zij aantoonde was dat onze toekomst hetzelfde zou zijn als ons verleden, en dat we de zonde die we eens, en wel met walging, hadden bedreven, vele keren, en met genoegen, zouden bedrijven.

Het was hem duidelijk dat de experimentele methode de enige methode was waarmee men tot een wetenschappelijke analyse van de hartstochten kon komen, en Dorian Gray was ongetwijfeld een onderwerp dat voor hem geschapen was, en scheen rijke en vruchtbare resultaten af te werpen. Zijn plotselinge waanzinnige liefde voor Sybil Vane was een psychologisch verschijnsel van niet weinig belang. Het leed geen twijfel dat nieuwsgierigheid er veel mee te maken had, nieuwsgierigheid en het verlangen naar nieuwe ervaringen; toch was het geen eenvoudige, maar een vrij ingewikkelde liefde. Wat er aan zuiver sensueel instinct van de jongensjaren in was, was getransformeerd tot iets dat zelf ver van het gezonde verstand af stond en daarom des te gevaarlijker was. Die hartstochten over wier oorsprong we onszelf voor de gek hielden, tiranniseerden ons het meest. Onze zwakste motieven waren die van wier aard we ons bewust waren. Het gebeurde vaak dat als we dachten dat we op anderen experimenteerden, we dat eigenlijk op onszelf deden.

Terwijl Lord Henry over deze zaken zat te dromen, werd er op de deur geklopt, en zijn bediende kwam binnen, en herinnerde hem eraan dat het tijd was om zich voor het diner te kleden. Hij stond op en keek naar buiten op straat. De zonsondergang had de bovenste ramen in het huis aan de overkant in een rode gloed gezet. De ruiten gloeiden als platen verhit metaal. De hemel erboven was als een verlepte roos. Hij dacht aan het jonge felgekleurde leven van zijn vriend, en vroeg zich af hoe het allemaal zou eindigen.

Toen hij om ongeveer halfeen thuiskwam, zag hij een telegram op de tafel in de hal liggen. Hij opende het, en zag dat het van Dorian Gray kwam. Het was om hem te zeggen dat hij zich met Sybil Vane had verloofd.

5

'Moeder, moeder, ik ben zo gelukkig,' fluisterde het meisje terwijl ze haar gezicht in de schoot van de verlepte, vermoeid uitziende vrouw verborg die, met haar rug naar het schelle indringerige licht gekeerd, in de enige leunstoel zat die hun armoedige zitkamer bevatte. 'Ik ben zo gelukkig,' herhaalde zij, 'en u moet ook gelukkig zijn!'

Mevrouw Vane huiverde, en legde haar magere, loodgrijze handen op het hoofd van haar dochter. 'Gelukkig!' herhaalde zij, 'ik ben alleen maar gelukkig, Sybil, als ik jou zie toneelspelen. Je moet aan niets anders denken dan je acteren. Meneer Isaacs is erg goed voor ons geweest, en we zijn hem geld schuldig.'

Het meisje keek op en pruilde. 'Geld, moeder?' riep ze uit, 'wat speelt geld voor rol? Liefde is meer dan geld.'

'Meneer Isaacs heeft ons vijftig pond voorgeschoten om onze schulden af te betalen, en een behoorlijke uitrusting voor James te kopen. Dat moet je niet vergeten, Sybil. Vijftig pond is een heel groot bedrag. Meneer Isaacs is erg attent geweest.'

'Hij is geen heer, moeder, en ik heb een hekel aan de manier waarop hij tegen mij praat,' zei het meisje. Ze stond op en liep naar het raam.

'Ik weet niet wat we zonder hem moesten beginnen,' antwoordde de oudere vrouw, klagelijk.

Sybil Vane wierp haar hoofd achterover en lachte. 'We hebben hem niet meer nodig, moeder. De Droomprins beheerst ons leven nu.' Toen hield ze op. Een roos trilde in haar bloed, en overschaduwde haar wangen. Een snelle ademhaling scheidde de bloemblaadjes van haar lippen. Ze beefden. Een zuidelijke wind van hartstocht stoof over haar heen en beroerde de sierlijke plooien van haar japon. 'Ik hou van hem,' zei ze eenvoudig.

'Dwaas kind! Dwaas kind,' luidde de papegaai-achtige uitdrukking, die ze bij wijze van antwoord terugkreeg. Het zwaaien van kromme vingers met namaakjuwelen maakte die woorden grotesk.

Het meisje lachte opnieuw. In haar stem klonk de blijdschap van een gekooide vogel. Haar ogen vingen de melodie, en kaatsten die stralend terug; toen sloten ze zich een ogenblik alsof ze haar geheim wilden verbergen. Toen ze zich weer openden, was de mist van een droom erover heen gegaan.

Wijsheid sprak tegen haar met dunne lippen uit de versleten stoel, zinspeelde op voorzichtigheid, citeerde uit dat boek van lafheid, welke auteur de naam van gezond verstand na-aapt. Ze luisterde niet. Ze was vrij in haar gevangenis van hartstocht. Haar prins, de Droomprins, was bij haar. Zij had een beroep op het geheugen gedaan om hem te herscheppen. Ze had haar ziel uitgestuurd om hem te zoeken, en de herinnering had hem teruggebracht. Zijn kus brandde opnieuw op haar mond. Haar oogleden waren warm van zijn adem.

Toen veranderde de Wijsheid van tactiek en sprak over spionage en ontdekking. Die jongeman zou rijk kunnen zijn. Als dat zo was, zou men aan een huwelijk kunnen denken. De golven van wereldse list braken tegen de schelp van haar oor. De pijlen van sluwheid vlogen langs haar heen. Ze zag de dunne lippen bewegen en glimlachte.

Plotseling voelde ze de behoefte om te spreken. De wijdlopige stilte verontrustte haar. 'Moeder, moeder,' zei ze, 'waarom houdt hij zoveel van me? Ik weet waarom ik van hem hou. Ik hou van hem omdat hij is wat de liefde zelf zou moeten zijn. Maar wat ziet hij in mij? Ik ben hem niet waard. En toch – ik kan het niet zeggen – hoewel ik mij minder voel dan hij, voel ik me niet nederig. Ik voel me trots, vreselijk trots. Moeder, hebt u evenveel van vader gehouden als ik van mijn Droom-prins hou?'

De oudere vrouw verbleekte onder de goedkope poeder die haar wangen bedekte, en haar droge lippen werden vertrokken in een aanval van pijn. Sybil snelde haar naar toe, sloeg haar armen om haar hals en kuste haar. 'Vergeef me, moeder, ik weet dat het je pijn doet om over vader te praten. Maar dat komt alleen omdat u zoveel van hem hebt gehouden. Kijk niet zo droevig. Ik ben vandaag even gelukkig als u twintig jaar ge-leden was. Ach, laat me altijd gelukkig zijn!'

'Mijn kind, je bent nog veel te jong om aan verliefd zijn te denken. Bovendien, wat weet je van die jongeman af? Je weet niet eens hoe hij heet. De hele zaak is erg lastig en werkelijk, nu James naar Australië gaat en ik zoveel aan m'n hoofd zal hebben, moet ik zeggen dat je weleens wat meer consideratie kon hebben. Maar, zoals ik al zei, als hij rijk is...'

'Ach moeder! Moeder! Laat me gelukkig zijn!'

Mevrouw Vane keek haar aan en met een van die valse the-atrale gebaren die bij de toneelspeler zo vaak een tweede na-tuur worden, nam zij haar in haar armen. Op dat ogenblik ging de deur open en een jongen met warrig bruin haar kwam de kamer in. Hij was zwaar gebouwd en zijn handen en voeten waren groot, en hij bewoog zich nogal lomp. Hij was niet zo beschaafd als zijn zuster. Men zou nauwelijks hebben vermoed dat ze familie van elkaar waren.

Mevrouw Vane keek hem aan en verhevigde de glimlach. Zij verhief haar zoon geestelijk tot de waardigheid van publiek. Ze was er zeker van dat het *tableau* belangwekkend was.

'Je zou een paar van je kussen voor mij kunnen bewaren, Sybil,' zei de jongen met een goedaardig gebrom.

'Ach, maar je vindt het niet prettig om gekust te worden, Jim,' zei ze. 'Je bent een vreselijke ouwe brombeer.' En ze snel-de naar hem toe en kuste hem.

James Vane keek zijn zuster liefdevol aan. 'Ik wil dat je een eindje met me gaat wandelen, Sybil. Ik denk niet dat ik dit af-schuwelijke Londen ooit zal weerzien. En dat wil ik ook niet.'

73

'M'n jongen, zeg niet zulke vreselijke dingen,' mompelde mevrouw Vane terwijl ze met een zucht een opzichtige theaterjurk oppakte en die begon te verstellen. Ze voelde zich enigszins teleurgesteld dat hij geen deel van de troep uitmaakte. Het zou de theatrale schilderachtigheid van de situatie hebben verhoogd.

'Waarom niet, moeder? Ik meen het.'

'Je doet me pijn, jongen. Ik reken erop dat je als een rijke man uit Australië terug zult komen. Ik geloof dat er helemaal geen hogere kringen in de koloniën zijn, tenminste niets wat ik hogere kringen zou noemen, dus wanneer je je fortuin hebt gemaakt, moet je terugkomen en je in Londen doen gelden.'

'Hogere kringen,' mompelde de jongen. 'Daar wil ik niets mee te maken hebben. Ik zou graag wat geld willen verdienen om u en Sybil bij het toneel weg te halen. Ik haat het.'

'O, Jim,' zei Sybil. 'Wat onvriendelijk van je. Maar ga je echt met me wandelen? Dat is aardig van je! Ik was bang dat je afscheid van een paar van je vrienden ging nemen – Tom Hardy, die je die afschuwelijke pijp heeft gegeven, of Ned Langton, die je voor de gek houdt wanneer je er uit rookt. Het is erg lief van je dat je je laatste middag aan mij besteedt. Waar zullen we heengaan? Laten we naar het park gaan.'

'Ik zie er te sjofel uit,' antwoordde hij fronsend. 'Alleen sjieke lui gaan naar het park.'

'Onzin, Jim,' fluisterde zij terwijl ze de mouw van zijn jas streelde. Hij aarzelde een ogenblik. 'Vooruit dan maar,' zei hij ten slotte, 'maar maak het niet te lang met aankleden.' Ze liep dansend de kamer uit. Je kon haar horen zingen terwijl ze de trap op liep. Haar kleine voeten klepperden boven zijn hoofd.

Hij liep een paar keer door de kamer heen en weer. Toen wendde hij zich tot de stille gestalte in de stoel. 'Zijn mijn spullen klaar, moeder?' vroeg hij.

'Alles, James,' antwoordde zij, terwijl ze haar ogen op haar werk gericht hield. De afgelopen paar maanden had ze zich slecht op haar gemak gevoeld wanneer ze alleen was met haar ruwe, ernstige zoon. Haar oppervlakkige gesloten karakter werd verontrust wanneer hun blikken elkaar troffen. Ze vroeg zich af of hij iets vermoedde. De stilte, want hij zei verder niets meer, werd ondraaglijk voor haar. Ze begon te klagen. Vrouwen verdedigen zich door tot de aanval over te gaan, evenals ze aanvallen door zich plotseling over te geven. 'Ik hoop, James, dat je tevreden zult zijn met het zeemansleven,' zei ze. 'Je moet niet vergeten dat je het zelf hebt gewild. Je had op een advocatenkantoor kunnen komen. Advocaten behoren tot een zeer respectabele stand, en in de provincie dineren ze vaak bij de beste families.'

'Ik haat kantoren en klerken,' antwoordde hij. 'Maar u hebt groot gelijk. Ik heb mijn eigen leven gekozen. Het enige wat ik zeg is, pas op Sybil. Zorg dat haar geen kwaad overkomt. Moeder, u moet goed op haar passen.'

'James, je praat over dingen die je niet begrijpt. In ons beroep zijn we gewend om heel wat prettige attenties te krijgen. Er was een tijd dat ik zelf zo veel bossen bloemen kreeg. Dat was toen men werkelijk wist wat toneelspelen was. Wat Sybil betreft, ik weet op dit ogenblik niet of haar genegenheid ernst is of niet. Maar het lijdt geen twijfel dat de jongeman in kwestie een volmaakte heer is. Hij is altijd erg beleefd tegen mij. Bovendien ziet hij eruit alsof hij rijk is, en de bloemen die hij stuurt zijn prachtig.'

'Maar u weet toch niet hoe hij heet,' zei de jongen hardvochtig.

'Nee,' antwoordde zijn moeder, met een onbewogen uitdrukking op het gezicht. 'Hij heeft zijn ware naam nog niet verteld. Ik vind het erg romantisch van hem. Hij behoort waarschijnlijk tot de adel.'

James Vane beet zich op de lip. 'Pas goed op Sybil, moeder,' riep hij uit, 'pas op dat haar niets overkomt.'

'Jongen, je maakt je helemaal van streek. Sybil staat altijd onder mijn speciale hoede. Natuurlijk, als deze heer rijk is, is er geen enkele reden waarom ze geen verbintenis met hem zou aangaan. Het zou een schitterend huwelijk voor Sybil kunnen worden. Ze zouden een charmant paar vormen. Zijn knappe uiterlijk is bijzonder opmerkelijk; het valt iedereen op.'

De jongen mompelde iets bij zichzelf, en trommelde met z'n grove vingers op de ramen. Hij had zich net omgedraaid om iets te zeggen toen de deur openging en Sybil binnenkwam.

'Wat zijn jullie ernstig,' riep ze uit. 'Wat is er?'

'Niets,' antwoordde hij. 'Ik veronderstel dat je af en toe weleens ernstig moet zijn. Dag, moeder, ik kom om vijf uur eten. Alles is gepakt, behalve mijn overhemden, dus je hoeft geen drukte te maken.'

'Dag jongen,' zei ze met een geforceerd statige buiging.

Ze was bijzonder ontstemd over de toon die hij tegen haar had aangeslagen, en er was iets in zijn ogen dat haar angst aanjoeg.

'Kus me, moeder,' zei het meisje. Haar lippen, die op een bloem leken, beroerden de verwelkte wang, en verdreven de kou ervan.

'Mijn kind! Mijn kind!' riep mevrouw Vane uit, terwijl ze omhoog keek naar het plafond op zoek naar een denkbeeldig schellinkje.

'Kom Sybil,' zei haar broer ongeduldig. Hij had een hekel aan de aanstellerij van zijn moeder.

Ze gingen naar buiten in het flikkerende winderige zonlicht, en wandelden de sombere Euston Road door. De voorbijgangers keken verbaasd naar de lompe zware jongen in grove slechtzittende kleren, die vergezeld werd door zo'n bevallig, verfijnd uitziend meisje. Hij leek op een gewone tuinman die met een roos loopt.

Jim fronste van tijd tot tijd wanneer hij de onderzoekende blik van een vreemdeling opving. Hij had dezelfde afkeer van aangestaard te worden als genieën later in hun leven krijgen, en die de gewone man nooit kwijtraakt. Sybil was zich echter helemaal niet bewust van de uitwerking die ze had. Haar liefde trilde als een lach op haar lippen. Ze dacht aan de Droomprins en opdat ze des te meer aan hem kon denken, praatte ze niet over hem, maar babbelde al maar over het schip waarmee Jim zou uitvaren, over het goud dat hij ongetwijfeld zou vinden, over de wonderbaarlijke erfgenamen wier leven hij zou redden uit handen van de slechte struikrovers met hun rode hemden. Want hij zou geen zeeman blijven, of ladingopzichter, of wat dan ook. O nee! Het zeemansleven was afgrijselijk. Stel je voor op een afschuwelijk schip opgesloten te zijn terwijl de hese, gebochelde golven probeerden binnen te komen, en een zwarte wind de masten omver woei en de zeilen gillend aan lange flarden scheurde! Hij zou het schip in Melbourne verlaten, beleefd afscheid nemen van de kapitein, en regelrecht naar de goudvelden gaan. Voor het een week verder was, zou hij en grote klomp zuiver goud vinden, de grootste klomp die ooit was ontdekt, en die naar de kust brengen met een wagen bewaakt door zes politiemannen te paard. De struikrovers zouden hen drie keer aanvallen, en in een geweldig bloedbad worden verslagen. Of nee. Hij zou helemaal niet naar de goudvelden gaan. Dat waren afgrijselijke oorden waar mannen dronken werden en elkaar in gelagkamers doodschoten, en gemene taal uitsloegen. Hij zou een aardige schapenfokker worden, en op een avond terwijl hij naar huis reed, zou hij zien hoe de mooie erfgename door een rover op een zwart paard werd ontvoerd, en haar redden. Natuurlijk zou ze verliefd op hem worden, en hij op haar, en ze zouden trouwen en naar huis gaan en in een enorm huis in Londen gaan wonen. Ja, er stonden hem heerlijke dingen te wachten. Maar hij moest goed oppassen, en niet boos worden, of zijn geld op een dwaze manier erdoor jagen. Zij was maar een jaar ouder dan hij, maar zij kende het leven zoveel beter. Hij moest haar ook met iedere post schrijven, en iedere avond zijn gebeden opzeggen voor hij ging slapen. God was heel erg goed, en zou over hem waken. Zij zou ook voor hem bidden, en over een paar jaar zou hij heel rijk en gelukkig terugkomen.

De jongen luisterde wrevelig naar haar, en zei niets. Het deed hem hartzeer van huis weg te gaan.

Maar dat was niet het enige dat hem somber en knorrig maakte. Hoewel hij onervaren was, voelde hij sterk het gevaar van Sybils positie. Die jonge dandy die haar het hof maakte, kon niet veel goeds in de zin hebben. Hij was een heer, en daarom haatte hij hem, haatte hem vanwege een of ander vreemd rasse-instinct dat hij niet kon verklaren, en dat hem daarom des te sterker beheerste. Hij was zich ook bewust van de oppervlakkigheid en ijdelheid van het karakter van zijn moeder, en daarin zag hij een enorm gevaar voor Sybil en Sybils geluk. Kinderen beginnen met hun ouders lief te hebben. Wanneer ze opgroeien oordelen ze over hen; soms vergeven zij hen. Zijn moeder! Hij wilde haar iets vragen, iets waarover hij gedurende vele maanden van zwijgen had nagedacht. Een terloopse opmerking die hij in de schouwburg had gehoord, een gefluisterde snier die hij op een avond toen hij bij de toneeluitgang had staan wachten had opgevangen, had een reeks afschuwelijke gedachten op gang gebracht. Hij herinnerde het zich alsof hij een klap met een jachtzweep over zijn gezicht had gehad. Hij kneep zijn wenkbrauwen samen tot een wigvormige rimpel en met een zenuwtrek van pijn beet hij op zijn onderlip.

'Je hoort geen woord van wat ik zeg, Jim,' riep Sybil uit, 'en ik ben de heerlijkste plannen voor je toekomst aan het maken. Zeg toch iets!'

'Wat wil je dat ik zeg?'

'O, dat je een brave jongen zult zijn en ons niet zult vergeten,' zei ze terwijl ze tegen hem glimlachte.

Hij haalde zijn schouders op. 'Jij zult me waarschijnlijk veel eerder vergeten dan ik jou, Sybil.'

Ze bloosde. 'Wat bedoel je, Jim?'

'Ik hoor dat je een nieuwe vriend hebt. Wie is het? Waarom heb je mij niet van hem verteld? Hij heeft niets goeds met je in de zin.'

'Hou op, Jim,' riep zij uit. 'Je mag niets ten nadele van hem zeggen. Ik hou van hem.'

'En je weet niet eens hoe hij heet,' antwoordde de knaap. 'Wie is hij? Ik heb er recht op het te weten...'

'Hij heet de Droomprins. Vind je dat geen mooie naam? O, domme jongen! Die behoor je nooit te vergeten! Als je hem zag, zou je hem de wonderbaarlijkste mens ter wereld vinden. Eens zul je hem ontmoeten: wanneer je uit Australië terugkomt. Je zult hem heel aardig vinden. Iedereen vindt hem aardig, en ik... ik hou van hem. Ik wou dat je vanavond naar de schouwburg kon komen. Hij zal daar zijn, en ik zal Julia spelen. O, en hoe! Stel je voor, Jim, verliefd zijn en Julia spelen! Terwijl hij daar zit! Te spelen om hem te verrukken! Ik ben bang dat ik mijn medespelers misschien bang zal maken, bang zal maken of betoveren. Verliefd zijn is jezelf overtreffen. Die arme vreselijke meneer Isaacs zal tegen zijn lanterfanters aan de bar "genie" schreeuwen. Hij heeft mij als een dogma gepredikt; vanavond zal hij me aankondigen als een openbaring. Ik voel het. En het is allemaal voor hem, hem alleen, de Droomprins, mijn wondermooie minnaar, mijn god van de gratiën. Maar vergeleken bij hem ben ik arm. Arm? Wat hindert dat? Wanneer de armoede door de deur naar binnen sluipt, vliegt de liefde door het raam naar binnen. Onze spreekwoorden moeten herschreven worden. Zij zijn in de winter gemaakt, maar nu is het zomer; voorjaar voor mij, denk ik, een ware dans van bloesems in blauwe hemelen.'

'Hij is een heer,' zei de knaap, gemelijk.

'Een prins!' riep ze zangerig uit. 'Wat wil je nog meer?'

'Hij wil jou tot zijn slavin maken.'

'Ik huiver bij de gedachte om vrij te zijn.'

'Ik wil dat je voor hem oppast.'

'Hem zien is hem vereren, hem kennen is hem vertrouwen.'

'Sybil, je bent gek op hem.'

Ze lachte en nam hem bij de arm. 'Lieve goeie Jim, je praat alsof je honderd jaar oud bent. Eens zul je zelf verliefd zijn. Dan zul je weten wat het is. Kijk niet zo chagrijnig. Je zou blij moeten zijn dat je mij, ook al ga je weg, gelukkiger achterlaat dan ik ooit ben geweest. Het leven is hard en moeilijk voor ons beiden geweest. Maar dat wordt nu anders. Jij gaat naar een nieuwe wereld, en ik heb er een gevonden. Hier zijn twee stoelen; laten we gaan zitten en naar de rijke lui kijken die langskomen.'

Ze gingen zitten tussen een menigte toeschouwers. De tulpenbedden aan de andere kant van de weg vlamden als bewogen ringen van vuur. Wit stof, een trillende wolk van vioolwortel leek het, hing in de hijgende lucht. De kleurige parasols dansten en wiegden als monsterlijke vlinders.

Ze liet haar broer over zichzelf praten, zijn hoop, zijn vooruitzichten. Hij sprak langzaam en moeizaam. Ze praatten met elkaar zoals spelers bij een spel tegenzetten doen. Sybil voelde zich bedrukt. Ze kon haar blijdschap niet mededelen. Een flauwe glimlach die om zijn stuurse mond krulde, was de enige weerklank die ze kon wekken. Na enige tijd werd ze zwijgzaam. Plotseling ving ze heel even een blik op van gouden haar en lachende monden, en in een open rijtuig met twee dames reed Dorian Gray voorbij.

Ze sprong overeind. 'Daar is hij!' riep ze uit.

'Wie?' vroeg Jim Vane.

'Mijn Droomprins,' antwoordde ze, terwijl ze het rijtuig nakeek.

Hij sprong op en pakte haar ruw bij de arm. 'Ik wil hem zien. Wie is het? Wijs hem mij. Ik moet hem zien!' riep hij uit; maar op datzelfde ogenblik kwam de vierspan van Lord Berwick ertussen, en toen die voorbij was, was het rijtuig het park al uitgereden.

'Hij is weg,' mompelde Sybil, droevig. 'Ik wou dat je hem had gezien.'

'Dat wou ik ook, want zo zeker als er een god in de hemel is, als hij je ooit kwaad doet zal ik hem vermoorden.'

Ze keek hem met afgrijzen aan. Hij herhaalde zijn woorden. Ze sneden als een dolk door de lucht. De mensen om hen heen begonnen hen aan te staren. Een dame die vlakbij stond giechelde.

'Kom mee, Jim, kom mee,' fluisterde ze. Hij volgde haar nors terwijl ze zich door de menigte drongen. Hij was blij om wat hij had gezegd.

Toen ze het standbeeld van Achilles bereikten, draaide ze zich om. Er was medelijden in haar ogen dat tot een lach op haar lippen werd. Ze schudde het hoofd tegen hem. 'Je bent dwaas, Jim, volmaakt dwaas; een slecht gehumeurde jongen, dat is alles. Hoe kun je zulke afschuwelijke dingen zeggen? Je weet niet waarover je spreekt. Je bent gewoonweg jaloers en onaardig. Ach, ik zou willen dat jij eens verliefd zou worden. Liefde maakt de mensen goed en wat jij zei was slecht.'

'Ik ben zestien,' antwoordde hij, 'en ik weet waar ik het over heb. Moeder is geen steun voor je. Ze weet niet hoe ze op je moet passen. Ik wou nu dat ik helemaal niet naar Australië ging. Ik denk er ernstig over de hele zaak op te geven. Ik zou het doen als mijn contract niet getekend was.'

'O, wees niet zo zwaar op de hand, Jim. Je bent net een van die helden uit die stomme melodrama's die moeder zo graag speelde. Ik ben niet van plan ruzie met je te maken. Ik heb hem gezien en, o! hem zien is volmaakt gelukkig zijn. We zullen geen ruzie maken. Ik weet dat je iemand van wie ik hou nooit kwaad zou doen.'

'Niet zolang je van hem houdt, neem ik aan,' luidde het gemelijke antwoord.

'Ik zal eeuwig van hem houden!' riep ze uit.

'En hij?'

'Hij ook van mij.'

'Dat zal hem geraden zijn.'

Ze deinsde voor hem terug. Toen lachte ze en legde haar hand op zijn arm. Hij was immers nog maar een jongen.

Bij Marble Arch namen ze een bus, die hen dicht bij hun armoedige huis in Euston Road bracht. Het was over vijven, en Sybil moest een paar uur gaan liggen voordat ze optrad. Jim drong daar op aan. Hij zei dat hij liever afscheid van haar wilde nemen als haar moeder er niet bij was. Zij zou ongetwijfeld een scène maken, en hij had een hekel aan scènes. In Sybils eigen kamer namen ze afscheid. Er was jaloezie in het hart van de jongen en een felle, moorddadige haat jegens de vreemde man die, naar het hem toescheen, tussen hen was gekomen. Toch, toen haar armen om zijn nek werden geslagen en haar vingers door zijn haar woelden, werd hij vertederd en kuste haar met oprechte genegenheid. Er stonden tranen in zijn ogen toen hij de trap af ging.

Zijn moeder stond beneden op hem te wachten. Ze mopperde toen hij binnenkwam omdat hij te laat was. Hij gaf geen antwoord, maar zette zich aan zijn karige maaltijd. De vliegen gonsden rond de tafel, en kropen over het vuile tafelkleed. Door het lawaai van de bussen en het gekletter van de rijtuigen op straat kon hij de dreunende stem horen die iedere minuut die hem nog restte, verslond.

Na enige tijd schoof hij het bord van zich af en legde het hoofd in de handen. Hij vond dat hij het recht had alles te weten. Hij had het al veel eerder horen te weten, als het werkelijk zo was als hij vermoedde.

Zijn moeder sloeg hem met angst in het hart gade. De woorden kwamen werktuiglijk over haar lippen. Een gerafelde zakdoek werd in haar vingers verfrommeld. Toen de klok zes uur sloeg, stond hij op en ging naar de deur. Toen draaide hij zich om en keek haar aan. Hun blikken ontmoetten elkaar. In de hare zag hij een wild beroep op medelijden. Dat maakte hem woedend.

'Moeder, ik moet u iets vragen,' begon hij. Haar ogen dwaalden vaag de kamer rond. Ze gaf geen antwoord. 'Zeg me de waarheid. Ik heb er recht op die te weten. Was u met mijn vader getrouwd?'

Ze slaakte een diepe zucht. Het was een zucht van opluchting. Het vreselijke ogenblik, het ogenblik dat ze weken en maandenlang dag en nacht had gevreesd, was eindelijk aangebroken, maar toch voelde ze geen angst. Eigenlijk was het enigszins een teleurstelling voor haar. De vulgaire directheid van de vraag vereiste een rechtstreeks antwoord. De situatie was niet langer voorbereid. Ze was cru. Ze deed haar aan een slechte repetitie denken.

'Nee,' zei ze, zich verbazend over de wrange eenvoud van het leven.

'Was mijn vader dan een schurk?' riep de jongen met gebalde vuisten uit.

Ze schudde haar hoofd. 'Ik wist dat hij niet vrij was. We hielden heel veel van elkaar. Als hij was blijven leven, zou hij voor ons gezorgd hebben. Zeg niets ten nadele van hem, m'n jongen. Hij was je vader, en een heer. En van een voorname familie.'

Een ogenblik kwam er een akelig gevoel van vernedering over de vrouw. Ze liet het hoofd hangen. Ze droogde met trillende handen haar ogen. 'Sybil heeft een moeder,' mompelde ze; 'ik heb er geen gehad.'

De jongen was ontroerd. Hij ging naar haar toe, boog zich voorover en kuste haar. 'Het spijt me dat ik u verdriet heb gedaan door u over mijn vader te vragen,' zei hij, 'maar ik kon niet anders. Ik moet nu gaan. Vaarwel. Vergeet niet dat u nu nog maar één kind zult hebben om op te passen, en geloof me: als die man mijn zuster slecht behandelt, zal ik erachter komen wie hij is, hem achtervolgen en als een hond doden. Ik zweer het.'

De overdreven dwaasheid van die bedreiging, het hartstochtelijke gebaar dat ermee gepaard ging, de waanzinnig melodramatische woorden, maakten het bestaan levendiger voor haar. De atmosfeer was haar vertrouwd. Ze haalde ruimer adem, en voor het eerst in vele maanden voelde zij echt bewondering voor haar zoon. Ze zou de scène graag op dezelfde emotionele manier hebben willen vervolgen, maar hij maakte er een eind aan. Er moesten koffers naar beneden worden gedragen en naar dassen worden gezocht. De duvelstoejager van het pension liep in en uit. Er moest met de koetsier worden gemarchandeerd. Het ogenblik ging in banale details verloren. Met een hernieuwd gevoel van teleurstelling wuifde ze met de gerafelde kanten zakdoek uit het raam toen haar zoon wegreed. Ze was zich ervan bewust dat er een grote gelegenheid onbenut was voorbijgegaan. Ze troostte zich door Sybil te vertellen hoe troosteloos haar leven voor haar gevoel zou zijn nu ze maar één kind had om voor te zorgen. Ze herinnerde zich dat gezegde. Ze had dat mooi gevonden. Over de bedreiging zei ze niets. Die was duidelijk en dramatisch uitgedrukt. Ze had het gevoel dat ze er eens allen om zouden lachen.

6

'Ik neem aan dat je het nieuws heb gehoord, Basil?' zei Lord Henry die avond toen Hallward een klein privé zaaltje in Hotel Bristol was binnengeleid, waar de tafel voor drie personen was gedekt.

'Nee, Harry,' antwoordde de kunstenaar, terwijl hij zijn hoed en jas aan de buigende kelner gaf. 'Wat is er? Toch niets met de politiek, hopelijk? Die interesseert me niet. Er is nauwelijks iemand in het Lagerhuis die het waard is om te schilderen, hoewel een laagje vernis velen van ze goed zou doen.'

'Dorian Gray heeft zich verloofd,' zei Lord Henry, en keek hem aan terwijl hij dat zei.

Hallward was verbaasd en fronste het voorhoofd. 'Dorian Gray verloofd!' riep hij uit. 'Onmogelijk!'

'Maar het is echt waar.'

'Met wie?'

'Met een of ander actrice'tje.'

'Ik kan het niet geloven. Dorian is veel te verstandig.'

'Dorian is veel te verstandig om af en toe geen dwaze dingen te doen, beste Basil.'

'Trouwen is nauwelijks iets dat je af en toe kunt doen, Harry.'

'Behalve in Amerika,' zei Lord Henry sloom. 'Maar ik zei niet dat hij getrouwd is. Ik zei dat hij zich heeft verloofd. Dat is heel wat anders. Ik herinner me heel duidelijk dat ik getrouwd ben, maar van mijn verloving herinner ik me niets. Ik ben geneigd te denken dat ik nooit verloofd ben geweest.'

· 'Maar denk aan Dorians afkomst, positie en rijkdom. Het zou belachelijk voor hem zijn om zover beneden zijn stand te trouwen.'

'Als je wilt maken dat hij met dat meisje trouwt, moet je dat juist tegen hem zeggen, Basil. Dan doet hij het zeker. Wanneer men iets door en door stoms doet is het altijd met de nobelste motieven.'

'Ik hoop dat het een fatsoenlijk meisje is, Harry. Ik wil Dorian niet graag aan een of ander waardeloos schepsel gebonden zien dat zijn karakter zou verlagen en zijn intellect zou bederven.'

'O, ze is beter dan fatsoenlijk – ze is mooi,' mompelde Lord Henry, terwijl hij aan een glas vermout met oranjebitter nipte. 'Dorian zegt dat ze mooi is; en in dat soort zaken heeft hij het niet vaak mis. Jouw portret van hem heeft zijn waardering voor het uiterlijk van andere mensen verscherpt. Het heeft onder andere die voortreffelijke uitwerking gehad. We zullen haar vanavond te zien krijgen als de jongen zijn afspraak niet vergeet.'

'Meen je dat in ernst?'

'In alle ernst, Basil. Ik zou ongelukkig zijn als ik dacht dat ik ooit ernstiger zou worden dan ik op dit ogenblik ben.'

'Maar keur je het goed, Harry?' vroeg de schilder, die door het vertrek heen en weer liep en zich op zijn lip beet. 'Je kunt het onmogelijk goedkeuren. Het is een dwaze verliefdheid.'

'Ik keur tegenwoordig niets goed of af. Het is een absurde houding om tegenover het leven aan te nemen. We worden niet op de wereld gezet om onze morele vooroordelen te luchten. Ik neem nooit notitie van wat gewone mensen zeggen, en ik bemoei me nooit met wat aantrekkelijke mensen doen. Als een persoonlijkheid me boeit, dan is iedere manier van uitdrukken die die persoonlijkheid kiest absoluut verrukkelijk voor me. Dorian Gray wordt verliefd op een mooi meisje dat Julia speelt, en verlooft zich met haar. Waarom niet? Als hij met Messalina ging trouwen, zou hij niet minder interessant zijn. Je weet dat ik geen voorstander van het huwelijk ben. Het echte nadeel van het huwelijk is dat het je onzelfzuchtig maakt. En onzelfzuchtige mensen zijn kleurloos. Ze missen individualiteit. Toch zijn er bepaalde temperamenten die door het huwelijk ingewikkelder worden. Ze behouden hun egoïsme, maar voegen er vele andere ego's aan toe. Ze worden gedwongen meer dan één leven te leiden. Ze worden hoger georganiseerd, en het doel van het bestaan is om hoog georganiseerd te zijn, zo stel ik me voor.

Bovendien, iedere ervaring is waardevol, en wat je ook tegen het huwelijk kunt inbrengen, een ervaring is het zeker. Ik hoop dat Dorian Gray dit meisje tot zijn vrouw zal maken, haar zes maanden lang hartstochtelijk zal liefhebben, en dan plotseling door iemand anders zal worden aangetrokken. Hij zou een prachtig studie-object zijn.'

'Je meent geen woord van dit alles, Harry, dat weet je zelf. Als Dorian Grays leven zou worden bedorven, zou niemand dat erger vinden dan jij. Je bent veel beter dan je je voordoet.'

Lord Henry lachte. 'De reden dat wij allemaal zo graag goed over anderen denken is dat we allen bang zijn voor onszelf. De grondslag van optimisme is louter angst. We denken dat we edelmoedig zijn omdat we onze buurman het bezit van deugden toeschrijven die ons waarschijnlijk tot voordeel strekken. We prijzen de bankier opdat we rood mogen staan, en ontdekken goede eigenschappen in de struikrover in de hoop dat hij onze zakken zal sparen. Ik meen alles wat ik heb gezegd. Ik heb de grootst mogelijke verachting voor optimisme. En wat een bedorven leven aangaat, geen enkel leven wordt bedorven behalve als het in zijn groei wordt belemmerd. Als jij een karakter wilt ontsieren, hoef je het alleen maar om te vormen. Wat het huwelijk betreft, natuurlijk zou dat dwaasheid zijn, maar er zijn andere en interessantere banden tussen mannen en vrouwen. Ik zal die zeker aanmoedigen. Ze bezitten de charme dat ze in de mode zijn. Maar daar heb je Dorian zelf. Hij zal je meer kunnen vertellen dan ik.'

'Beste Harry, beste Basil, jullie mogen me allebei feliciteren!' zei de jongen, terwijl hij zijn avondcape met een zwierige zwaai afwierp en zijn vrienden beurtelings de hand schudde. 'Ik ben nog nooit zo gelukkig geweest. Natuurlijk is het plotseling, maar dat zijn alle gelukkige dingen. En toch schijnt het mij het enige toe waar ik mijn hele leven naar heb gezocht.' Hij had een blos van opwinding en zag er buitengewoon knap uit.

'Ik hoop dat je altijd heel gelukkig zult zijn, Dorian,' zei Hallward, 'maar ik vergeef het je niet helemaal dat je me niet op de hoogte hebt gesteld van je verloving. Je hebt het Harry wel laten weten.'

'En ik vergeef het je niet dat je te laat bent voor het diner,' viel Lord Henry hem in de rede, terwijl hij zijn hand op de schouder van de jongen legde en lachte terwijl hij dat zei. 'Kom, laten we gaan zitten en proberen hoe de nieuwe kok hier is, en in de tussentijd moet je ons vertellen hoe het allemaal is gebeurd.'

'Er valt eigenlijk niet veel te vertellen,' zei Dorian toen ze hun plaatsen aan de kleine ronde tafel innamen. 'Wat er gebeurd is, is eenvoudig dit. Nadat ik gisteravond bij je was weggegaan, heb ik me gekleed, ben een hapje gaan eten bij dat kleine Italiaanse restaurant in Rupert Street waar je me hebt geïntroduceerd, en ben om acht uur naar het theater gegaan. Sybil speelde Rosalinde. Natuurlijk, de mise en scène was afgrijselijk en Orlando belachelijk. Maar Sybil! Je had haar moeten zien! Toen ze in haar jongenskleren opkwam was ze volmaakt mooi. Ze droeg een mosgroen fluwelen buis met kaneelbruine mouwen, strakke bruine broek met kruisbanden, een klein groen mutsje met een haviksveer die in een juweel was gevat, en een mantel met capuchon, dofrood gevoerd. Ze had mij nooit lieflijker toegeschenen. Ze bezat heel die verrukkelijke bekoring van het Tanagra beeldje dat jij in je atelier hebt, Basil. Haar haar omlijstte haar gezicht als donkere bladen een rode roos. Wat haar spel aangaat, welnu dat zullen jullie vanavond zien. Ze is eenvoudig een geboren kunstenares. Ik zat absoluut betoverd in de armzalige loge. Ik had vergeten dat ik in Londen was, en in de negentiende eeuw. Ik was weg met mijn geliefde in een woud, dat niemand ooit heeft gezien. Na de voorstelling ging ik achter het toneel om haar te spreken. Terwijl we daar samen zaten, kwam er plotseling een blik in haar ogen die ik daar nooit eerder had gezien. Mijn lippen bewogen zich naar de hare toe. We kusten elkaar. Ik kan jullie niet beschrijven wat ik op dat ogenblik voelde. Het scheen me toe dat mijn hele leven zich in een punt van gelukzalige vreugde had geconcentreerd. Ze beefde over haar hele lichaam en trilde als een witte narcis. Toen viel ze op haar knieën en kuste mijn handen. Ik denk dat ik jullie dit eigenlijk niet zou behoren te vertellen, maar ik kan niet anders. Natuurlijk is onze verloving een diep geheim. Ze heeft het haar eigen moeder zelfs niet verteld. Ik weet niet wat mijn voogden zullen zeggen. Lord Radley zal vast woedend zijn. Maar dat kan me niet schelen. Binnen het jaar zal ik meerderjarig zijn en dan kan ik doen en laten wat ik wil. Ik heb er goed aan gedaan, nietwaar Basil, om mijn liefde uit de poëzie te halen en mijn vrouw in Shakespeares toneelstukken te vinden? Lippen die Shakespeare heeft leren spreken hebben hun geheim in mijn oor gefluisterd. Ik heb de armen van Rosalinde om me heen gehad, en Julia op de lippen gekust.'

'Ja, Dorian, ik veronderstel dat je er goed aan hebt gedaan,' zei Hallward langzaam.

'Heb je haar vandaag gezien?' vroeg Lord Henry.

Dorian Gray schudde het hoofd. 'Ik heb haar in het bos van Arden achtergelaten en ik zal haar in een boomgaard in Verona terugvinden.'

Lord Henry nam peinzend een teugje van zijn champagne. 'Op welk punt heb je het woord huwelijk genoemd, Dorian? En wat heeft zij geantwoord? Misschien ben je het helemaal vergeten.'

'M'n beste Harry, ik heb het niet als een zakentransactie afgehandeld, en heb geen formeel aanzoek gedaan. Ik heb haar gezegd dat ik van haar hield, en zij zei dat ze niet goed genoeg was om mijn vrouw te worden. Niet goed genoeg! Mijn hemel, de hele wereld is niets bij haar vergeleken.'

'Vrouwen zijn wonderlijk praktisch,' mompelde Lord Henry – 'veel praktischer dan wij. In dat soort situaties vergeten wij vaak iets over trouwen te zeggen, maar zij herinneren ons er altijd aan.'

Hallward legde zijn hand op zijn arm. 'Niet doen, Harry. Je hebt Dorian geërgerd. Hij is niet zoals andere mannen. Hij zou niemand ooit ongelukkig maken. Daarvoor is hij te fijnbesnaard.'

Lord Henry keek hem over tafel aan. 'Dorian ergert zich nooit aan mij,' was het antwoord. 'Ik heb die vraag om de best mogelijke reden gesteld, om de enige reden eigenlijk die een excuus is waarom je een vraag stelt – eenvoudig nieuwsgierigheid. Ik heb een theorie dat het altijd de vrouwen zijn die ons een aanzoek doen, en dat niet wij degenen zijn die haar ten huwelijk vragen. Behalve natuurlijk bij de middenstand. Maar de middenstand is dan ook niet modern.'

Dorian Gray lachte en wierp het hoofd achterover. 'Je bent werkelijk onverbeterlijk, Harry; maar het kan mij niet schelen. Het is onmogelijk om kwaad op je te zijn. Wanneer je Sybil Vane ziet, zul je voelen dat de man die zich tegenover haar zou misdragen een beest zou zijn, een beest zonder hart. Ik kan niet begrijpen hoe iemand datgene waarvan hij houdt schande zou willen aandoen. Ik hou van Sybil Vane. Ik wil haar op een gouden voetstuk zetten en zien hoe de wereld de vrouw die de mijne is aanbidt. Wat is het huwelijk? Een onherroepelijke gelofte. Daarom spot je ermee. Ach, spot niet. Ik wil een onherroepelijke gelofte afleggen. Haar vertrouwen maakt me gelovig, haar geloof maakt me goed. Wanneer ik bij haar ben, betreur ik alles wat jij me hebt geleerd. Ik word heel anders dan jij me hebt gekend. Ik ben veranderd, en alleen al de aanraking van Sybil Vane's hand maakt dat ik jou en al je verkeerde, boeiende, giftige, verrukkelijke theorieën vergeet.'

'En die zijn...?' vroeg Lord Henry, terwijl hij wat sla nam.

'O, jouw theorieën over het leven, jouw theorieën over de liefde, jouw theorieën over het genot. Eigenlijk al je theorieën, Harry.'

'Genot is het enige wat het waard is om een theorie over te hebben,' antwoordde hij met zijn lome, melodieuze stem. 'Maar ik vrees dat mijn theorie niet van mezelf is. Ze behoort aan de Natuur toe, niet aan mij. Genot is de toets van de natuur, haar teken van goedkeuring. Wanneer we gelukkig zijn, zijn we altijd goed, maar wanneer we goed zijn, zijn we niet altijd gelukkig.'

'Ah, maar wat bedoel je met goed?' riep Basil Hallward uit.

'Ja,' herhaalde Dorian Gray, terwijl hij achterover leunde in zijn stoel en Lord Henry aankeek over de zware trossen purperen irissen die midden op de tafel stonden, 'wat bedoel je met goed, Harry?'

'Goed zijn is in harmonie zijn met jezelf,' antwoordde hij, terwijl hij de dunne steel van zijn glas met zijn bleke spitse vingers betastte. 'Tweedracht is gedwongen worden in harmonie met anderen te zijn. Je eigen leven – dat is het belangrijkste. Wat het leven van je buren betreft, als je pedant of puriteins wilt zijn, kun je met je morele opinies omtrent hen geuren, maar die gaan je niet aan. Bovendien is het doel van het individualisme hoger. De moderne moraliteit is gebaseerd op de aanvaarding van de norm van je eigen tijd. Ik beschouw het als een vorm van de grofste immoraliteit wanneer een beschaafd mens de norm van zijn tijd aanvaardt.'

'Maar wanneer je uitsluitend voor jezelf leeft, Harry, betaal je daarmee toch zeker een verschrikkelijke prijs?' opperde de schilder.

'Ja, we moeten tegenwoordig alles te duur betalen. Ik geloof dat de werkelijke tragedie van de armen is dat ze zich niets anders kunnen veroorloven dan zelfverloochening. Mooie zonden zijn, evenals prachtige dingen, het voorrecht van de rijken.'

'Men moet op andere manieren betalen dan met geld.'

'Op wat voor manieren, Basil?'

'O, ik zou zeggen door wroeging te hebben, door te lijden, door... nou ja, door het bewustzijn van verwording.'

Lord Henry haalde de schouders op. 'Beste kerel, de kunst van de middeleeuwen is bekoorlijk, maar middeleeuwse gevoelens zijn uit de tijd. Je kunt ze natuurlijk in romans gebruiken. Maar per slot van rekening zijn de enige dingen die men in romans kan gebruiken de dingen die men eigenlijk niet meer gebruikt. Geloof me, geen enkel beschaafd mens heeft ooit spijt van genot, en geen enkel onbeschaafd mens weet ooit wat genot is.'

'Ik weet wat genot is,' zei Dorian Gray. 'Het is om iemand te aanbidden.'

'Dat is stellig beter dan aanbeden te worden,' antwoordde hij terwijl hij met een paar vruchten speelde. 'Het is stomvervelend om aanbeden te worden. Vrouwen behandelen ons precies eender als de mensheid haar goden behandelt. Ze vereren ons, en vallen ons altijd lastig met iets wat wij voor hen moeten doen.'

'Ik zou hebben gezegd dat zij hetgene waar ze om vragen eerst aan ons hebben gegeven,' mompelde de jongeman ernstig. 'Zij scheppen liefde in onze natuur. Ze hebben er recht op die terug te eisen.'

'Dat is volkomen waar, Dorian,' zei Hallward.

'Niets is ooit volmaakt waar,' zei Lord Henry.

'Maar dit wel,' viel Dorian hem in de rede. 'Je moet toegeven, Harry, dat vrouwen het goud van hun leven aan mannen schenken.'

'Mogelijk,' zei hij met een zucht, 'maar ze willen het altijd in kleingeld terug hebben. Dat is de moeilijkheid. Zoals een geestige Fransman eens heeft gezegd: vrouwen inspireren ons tot meesterwerken, maar beletten ons altijd ze te maken.'

'Harry, je bent afschuwelijk! Ik weet niet waarom ik je zo aardig vind.'

'Je zult me altijd aardig vinden, Dorian,' antwoordde hij.

'Willen jullie koffie? Kelner, breng koffie en *fine-champag-*

ne, en wat sigaretten. Nee: laat de sigaretten maar; ik heb nog. Basil, ik wil niet dat je sigaren rookt. Je moet een sigaret opsteken. Een sigaret is het volmaakte voorbeeld van een volmaakt genot. Het is verfijnd en laat je onbevredigd. Wat meer kun je je wensen? Ja, Dorian, je zult me altijd aardig vinden. Ik vertegenwoordig voor jou alle zonden die jij nooit heb durven begaan.'

'Wat een onzin kraam je daar uit, Harry!' riep de jongen uit, terwijl hij zijn sigaret aan een vuurspuwende zilveren draak aanstak, die de kelner op de tafel had gezet. 'Laten we naar het theater gaan. Wanneer Sybil het toneel op komt, zul je een nieuw levensideaal hebben. Zij zal iets voor je betekenen wat je nooit hebt gekend.'

'Ik heb alles gekend,' zei Lord Henry, met een vermoeide blik in zijn ogen, 'maar ik sta altijd open voor een nieuwe emotie. Maar ik vrees dat er, althans voor mij, niet zoiets bestaat. Toch zal je wonderbaarlijke meisje mij misschien verrukken. Ik hou van het toneel. Het is zoveel echter dan het leven. Laten we gaan. Dorian, jij gaat met mij mee. Het spijt me erg, Basil, maar er is slechts plaats voor twee in de coupé. Jij kunt ons in een aapje volgen.'

Ze stonden op, trokken hun jas aan en dronken hun koffie staande op. De schilder was zwijgzaam en gepreoccupeerd. Hij was somber gestemd. Hij kon dit huwelijk niet verdragen, en toch leek het hem beter dan een heleboel andere dingen die hadden kunnen gebeuren. Na een paar minuten gingen ze naar beneden. Hij reed alleen weg, zoals was afgesproken, en keek naar de flakkerende lichten van het rijtuig voor hem. Er kwam een vreemd gevoel over hem alsof hij iets verloren had. Hij had het gevoel dat Dorian Gray nooit meer al datgene zou zijn wat hij in het verleden was geweest. Het leven was tussen hen gekomen. Zijn verblik versomberde, en de drukke, flikkerende straten schemerden voor zijn ogen. Toen het rijtuigje voor het theater stilhield, scheen het hem toe dat hij jaren ouder was geworden.

7

Om de een of andere reden was de schouwburg die avond vol, en de dikke joodse directeur die hen bij de ingang begroette, straalde van oor tot oor met een vettige, trillende glimlach. Hij bracht hen met een soort overdreven onderdanigheid naar hun loge, terwijl hij met zijn dikke beringde handen zwaaide, en hard praatte. Dorian Gray verafschuwde hem meer dan anders. Het was alsof hij gekomen was om Miranda te zien en door Kalibaan was ontvangen. Lord Henry daarentegen mocht hem wel. Dat beweerde hij tenminste, en hij stond erop hem de hand te schudden en hem te verzekeren dat hij er trots op was kennis te maken met een man die een echt genie had ontdekt en failliet was gegaan aan een dichter. Hallward vermaakte zich met naar de gezichten in de parterre te kijken. De hitte was erg drukkend, en de enorme schijnwerper vlamde als een monsterlijke dahlia met bloembladen van geel vuur. De jongelui op het schellinkje hadden hun jasjes en vesten uitgetrokken en die over de balustrade gehangen. Ze praatten dwars door het theater met elkaar, en deelden hun sinaasappels met de opgetutte meisjes die naast hen zaten. Een paar vrouwen in de parterre lachten. Hun stemmen waren vreselijk schel en vals. Uit de bar kwam het geluid van knallende kurken.

'Wat een plaats om je aangebedene te vinden!' zei Lord Henry.

'Ja,' antwoordde Dorian Gray. 'Hier heb ik haar gevonden, en zij is de aanbiddelijkste van alle levende wezens. Wanneer zij acteert vergeet je alles. Deze gewone, onbeschaafde mensen met hun grove gezichten en brute gebaren worden heel anders wanneer zij op het toneel staat. Dan zitten ze stil naar haar te kijken. Ze huilen en lachen, al naar zij het wil. Ze maakt hen even gevoelig als een viool. Ze vergeestelijkt hen en dan heb je het gevoel dat ze van hetzelfde vlees en bloed zijn als je zelf bent.'

'Van hetzelfde vlees en bloed als jezelf! O, dat hoop ik niet!' riep Lord Henry uit, die het publiek op het schellinkje door zijn toneelkijker gadesloeg.

'Neem maar geen notitie van hem, Dorian,' zei de schilder. 'Ik begrijp wat je bedoelt en ik geloof in dat meisje. Iedereen van wie jij houdt moet wonderbaarlijk zijn, en ieder meisje dat de uitwerking heeft die jij beschrijft, kan niet anders dan mooi en nobel zijn. Je tijd vergeestelijken – dat is iets wat de moeite waard is. Als het meisje een ziel kan geven aan hen die zonder een ziel hebben geleefd, als zij het gevoel voor schoonheid in mensen kan wekken wier leven laag en slecht is geweest, als zij hen van hun egoïsme kan ontdoen en hun tranen geeft voor een verdriet dat niet hun eigen verdriet is, is zij heel je verering waard, is zij zelfs de verering van de hele wereld waard. Dit huwelijk is uitstekend. Eerst dacht ik daar niet zo over, maar nu erken ik het. De goden hebben Sybil Vane voor je geschapen. Zonder haar zou je onvolledig zijn geweest.'

'Dank je, Basil,' zei Dorian Gray, en gaf hem een hand. 'Ik wist dat je me zou begrijpen. Harry is zo cynisch, hij maakt me bang. Maar daar komt het orkest. Het is echt afschuwelijk, maar het duurt hooguit vijf minuten. Dan gaat het doek op, en zullen jullie het meisje te zien krijgen aan wie ik mijn hele leven zal geven, aan wie ik alles heb gegeven wat goed is in mij.'

Een kwartier later kwam Sybil onder een buitengewoon luidruchtig applaus, op. Ja, ze was werkelijk mooi – een van de lieflijkste wezens die hij ooit had gezien, dacht Lord Henry. Haar bedeesde bevalligheid en verschrikte ogen hadden iets van een jong hert. Een flauwe blos, als de schaduw van een roos in een zilveren spiegel, verscheen op haar wangen toen ze naar de volle, enthousiaste zaal keek. Ze ging een paar passen achteruit en haar lippen schenen te trillen. Basil Hallward sprong overeind en begon te applaudisseren. Dorian Gray zat onbeweeglijk, en als iemand die droomt, naar haar te kijken. Lord Henry keek door zijn kijker, terwijl hij mompelde: 'Allerliefst! Allerliefst!'

Het toneel stelde de hal van Capulets huis voor, en Romeo, in zijn pelgrimskleed, was met Mercutio en zijn andere vrienden binnengekomen. Het orkestje, als het die naam mocht hebben, speelde enkele maten en de dans begon. Sybil Vane bewoog zich door de menigte lompe, armoedig geklede toneelspelers als een wezen uit een andere wereld. Haar lichaam wiegde terwijl ze danste, zoals een plant in het water wiegt. De welvingen van haar hals waren als die van een witte lelie. Haar handen schenen van koel ivoor gemaakt.

Toch was ze eigenaardig lusteloos. Ze vertoonde geen spoor van vreugde toen haar blikken op Romeo rustten. De weinige woorden die zij te zeggen had –

> Good pilgrim, you do wrong your hand too much,
> Which mannerly devotion shows in this;
> For saints have hands that pilgrim's hands do touch,
> And palm to palm is holy palmers' kiss –

met de korte dialoog die erop volgt, werden op een volkomen gekunstelde manier gesproken. De stem was verrukkelijk, maar de toon was door en door vals. Het timbre was verkeerd, en ontnam de verzen alle leven. De hartstocht werd er onwerkelijk door.

Dorian Gray verbleekte terwijl hij naar haar keek. Hij was ontsteld en onrustig. Geen van zijn vrienden durfde iets tegen hem te zeggen. Zij scheen hun volmaakt onbekwaam toe. Ze waren vreselijk teleurgesteld.

Toch voelden ze dat de ware proef voor iedere Julia de balkonscène is. Daar wachtten ze op. Als zij daar faalde, had ze niets in zich.

Ze zag er bekoorlijk uit toen zij in het maanlicht naar buiten kwam. Dat viel niet te ontkennen. Maar de overdrevenheid van haar acteren was niet om aan te zien en werd alleen maar erger naarmate ze verder ging. Haar gebaren werden belachelijk gekunsteld. Ze legde te veel nadruk op alles wat ze zeggen moest. De mooie passage –

Thou knowest the mask of night is on my face,
Else would a maiden blush bepaint my cheek
For that which thou hast heard me speak to-night –

werd uitgesproken met de pijnlijke precisie van een schoolmeisje dat les heeft gehad van een tweederangs spraakleraar. Toen zij zich over het balkon boog en bij de prachtige regels kwam –

Although I joy in thee,
I have no joy of this contract to-night:
It is too rash, too unadvised, too sudden;
Too like the lightning, which doth cease to be
Ere one can say, "It lightens," Sweet good night!
This bud of love by summer's ripening breath
May prove a beauteous flower when next we meet –

sprak zij die woorden alsof ze geen enkele betekenis voor haar hadden. Het kwam niet door de zenuwen. Integendeel, ze was verre van zenuwachtig, maar volkomen beheerst. Het was eenvoudig slechte kunst. Ze was een volslagen mislukking.

Zelfs het gewone, onontwikkelde publiek van het schellinkje verloor zijn belangstelling voor het stuk. Het werd rusteloos en begon hardop te praten en te fluiten. De joodse directeur, die achter de *fauteuils de balcon* stond, stampte en vloekte van woede. De enige die onbewogen was, was het meisje zelf.

Toen het tweede bedrijf was afgelopen, stak er een storm van gefluit op, en Lord Henry stond uit zijn stoel op en trok zijn jas aan. 'Ze is heel erg mooi, Dorian,' zei hij, 'maar ze kan niet acteren. Laten we weggaan.'

'Ik blijf tot het einde van het stuk,' zei de jongeman, met een harde, bittere stem. 'Het spijt me ontzettend dat ik je avond heb bedorven, Harry. Ik bied jullie allebei mijn verontschuldiging aan.'

'Beste Dorian, ik denk dat juffrouw Vane ziek was,' viel Hallward hem in de rede. 'We zullen nog eens een andere avond terugkomen.'

'Was ze maar ziek,' vervolgde hij. 'Maar het komt mij voor dat ze gewoon ongevoelig is en koud. Ze is volkomen veranderd. Gisteravond was ze een grote kunstenares. Vanavond is ze niet meer dan een doodgewone middelmatige actrice.'

'Je moet niet zo praten over iemand van wie je houdt, Dorian. Liefde is veel mooier dan kunst.'

'Beide zijn eenvoudig een vorm van navolging,' merkte Lord Henry op. 'Maar laten we gaan. Dorian, je moet hier niet langer blijven. Het is niet goed voor je moreel om slecht te zien acteren. Bovendien neem ik aan dat je toch niet zult willen dat je vrouw aan het toneel blijft. Dus wat hindert het dan of ze Julia speelt als een houten pop? Ze is erg mooi, en als ze even weinig van het leven afweet als van acteren, zal ze een verrukkelijke ervaring zijn. Er zijn slechts twee mensen die werkelijk boeiend zijn – mensen die absoluut alles en mensen die absoluut niets weten. Lieve hemel, jongen, kijk niet zo tragisch! Het geheim van jong blijven is nooit een emotie te hebben die niet bij je past. Ga met Basil en mij mee naar de club. We zullen sigaretten roken en op de schoonheid van Sybil Vane drinken. Ze is mooi. Wat wil je nog meer?'

'Ga weg, Harry,' riep de jongen uit. 'Ik wil alleen zijn. Basil, je moet gaan. Ach! Zie je niet dat mijn hart breekt.' De hete tranen kwamen in zijn ogen. Zijn lippen trilden en hij ging naar de achterkant van de loge, en verborg het gezicht in zijn handen.

'Laten we gaan, Basil,' zei Lord Henry met een vreemde tederheid in zijn stem; en de twee jongemannen gingen samen weg.

Enkele ogenblikken later vlamden de voetlichten op en het gordijn ging omhoog voor het derde bedrijf. Dorian Gray ging naar zijn plaats terug. Hij zag er bleek uit, en trots, en onverschillig. Het stuk sleepte zich voort en er scheen geen einde aan te komen. De helft van het publiek ging weg, met zware schoenen klossend en lachend. Het hele stuk was een fiasco. Het laatste bedrijf werd voor bijna lege rijen gespeeld. Toen het doek zakte werd er gegiecheld en hier en daar gegromd.

Zodra het voorbij was, snelde Dorian Gray naar de artiestenkamer achter het toneel. Het meisje stond daar alleen met een triomfantelijke blik op het gezicht. Een verrukkelijk vuur deed haar ogen oplichten. Zij scheen te stralen. Haar geopende lippen glimlachten om een geheim dat alleen zij kende.

Toen hij binnenkwam, keek ze hem aan, en er verscheen een uitdrukking van oneindige vreugde op haar gezicht. 'Wat heb ik vanavond slecht gespeeld, Dorian!' riep zij uit.

'Afgrijselijk,' antwoordde hij, haar met verbazing aanstarend – 'afgrijselijk! Het was vreselijk. Ben je ziek? Je hebt er geen idee van hoe erg het was. Je hebt er geen idee van wat ik heb doorgemaakt.'

Het meisje glimlachte. 'Dorian,' zei ze, terwijl ze zijn naam met langgerekte muziek in haar stem uitsprak – 'Dorian, je had het moeten begrijpen. Maar je begrijpt het nu toch zeker?'

'Wat begrijpen?' vroeg hij boos.

'Waarom ik vanavond zo slecht was. Waarom ik altijd slecht zal zijn. Waarom ik nooit meer goed zal acteren.'

Hij haalde zijn schouders op. 'Ik neem aan dat je ziek bent. Wanneer je ziek bent moet je niet acteren. Je maakt jezelf belachelijk. Mijn vrienden hebben zich verveeld. Ik heb me verveeld.'

Ze scheen niet naar hem te luisteren. Ze was buiten zichzelf van vreugde. Een extatisch gevoel beheerste haar.

'Dorian! Dorian,' riep ze uit. 'Voor ik jou leerde kennen was toneelspelen de enige werkelijkheid van mijn leven. Ik leefde alleen in het theater. Ik dacht dat het allemaal waar was. De ene avond was ik Rosalinde, de andere Portia. De vreugde van Beatrice was mijn vreugde, en het verdriet van Cordelia was ook mijn verdriet. Ik geloofde in alles. De gewone mensen die met mij acteerden schenen me als goden toe. De geschilderde decors waren mijn wereld. Ik kende alleen maar schimmen, en ik dacht dat ze echt waren. Toen kwam jij – mijn mooie lieveling! – en jij bevrijdde mijn ziel uit haar gevangenis. Jij hebt me de echte werkelijkheid leren kennen. Vanavond heb ik voor het eerst van mijn leven de leegte, de schijn en de dwaasheid van het waardeloze schouwspel waarin ik altijd had gespeeld doorzien. Vanavond ben ik me er voor het eerst van bewust geworden dat Romeo afzichtelijk en oud en geschminkt was, dat het maanlicht in de boomgaard vals was, dat het decor vulgair was en dat de woorden die ik moest spreken onwerkelijk waren, niet mijn woorden waren, niet waren wat ik wilde zeggen. Jij had me tot iets hogers gebracht, iets waarvan alle kunst slechts een afspiegeling is. Jij hebt me doen begrijpen wat de liefde werkelijk is. Mijn liefste! Mijn liefste! Droomprins! Prins van mijn leven. Ik heb genoeg van schimmen. Jij betekent meer voor mij dan alle kunst ooit kan betekenen. Wat heb ik met de marionetten van een toneelstuk te maken? Toen ik vanavond opkwam, kon ik niet begrijpen hoe het kwam dat ik helemaal niet meer kon acteren. Ik dacht dat ik zou schitteren. Maar ik merkte dat ik niets meer kon. Plotseling zag mijn ziel in wat het allemaal betekende. Die wetenschap was zalig. Ik hoorde ze fluiten, en ik lachte. Wat konden zij van een liefde als de onze begrijpen? Neem me mee, neem me ergens mee naar toe waar we helemaal alleen kunnen zijn. Ik haat het toneel. Ik zou een hartstocht kunnen imiteren die ik niet voel, maar ik kan er geen nabootsen die in me brandt als vuur. O, Dorian, Dorian, begrijp je nu wat het betekent? Zelfs als ik het zou kunnen, zou het een ontheiliging voor me zijn om te spelen dat ik verliefd ben. Jij hebt mij tot dat inzicht gebracht.'

Hij wierp zich op de divan en wendde het gezicht af. 'Je hebt mijn liefde gedood,' stamelde hij.

Ze keek hem verbaasd aan en lachte. Hij antwoordde niet. Ze ging naar hem toe, en met haar kleine vingers streelde ze zijn haar. Ze knielde en drukte zijn handen tegen haar lippen. Hij trok ze terug, en er voer een rilling door hem heen.

Toen sprong hij overeind en liep naar de deur. 'Ja,' riep hij uit, 'jij hebt mijn liefde gedood. Eerst stimuleerde je mijn verbeelding. Nu wek je niet eens meer mijn nieuwsgierigheid op. Je doet me eenvoudig niets meer. Ik hield van je omdat je fantastisch was, omdat je talent en intellect bezat, omdat je de dromen van grote dichters verwezenlijkte en vorm en inhoud gaf aan de schaduwen van de kunst. Je hebt het allemaal vergooid. Je bent banaal en dom. Mijn God! Wat krankzinnig was het van me om je lief te hebben! Wat ben ik een dwaas geweest! Je betekent nu niets meer voor me. Ik wil je nooit meer zien. Ik wil nooit meer aan je denken. Ik zal nooit meer je naam noemen. Je weet niet wat je eens voor mij betekend hebt. Eens... O, ik moet er niet aan denken! Ik wou dat ik je nooit had gezien. Jij hebt het liefdesavontuur van mijn leven bedorven. Hoe weinig kun je van de liefde afweten als je zegt dat zij je kunst ontsiert. Zonder je kunst ben je niets. Ik zou je beroemd, groot en schitterend hebben gemaakt. De wereld zou je hebben aanbeden, en je zou mijn naam hebben gedragen. Wat ben je nu? Een derderangs actrice'tje met een aardig gezichtje.'

Het meisje verbleekte en beefde. Ze balde haar handen, en haar stem scheen in haar keel te stokken. 'Je meent het niet in ernst, Dorian?' mompelde ze. 'Je speelt toneel.'

'Toneelspelen! Dat laat ik aan jou over, je doet het zo goed,' antwoordde hij bitter.

Ze stond op en met een jammerlijke uitdrukking van pijn op het gezicht ging ze naar hem toe. Ze legde haar hand op zijn arm, en keek hem in de ogen. Hij duwde haar van zich weg. 'Raak me niet aan!' riep hij uit.

Ze kreunde zacht, en ze wierp zich aan zijn voeten en bleef daar liggen als een vertrapte bloem.

'Dorian! Dorian, verlaat me niet!' fluisterde ze. 'Het spijt me zo dat ik niet goed geacteerd heb. Ik moest de hele tijd aan jou denken. Maar ik zal het proberen – echt, ik zal het proberen. Het overviel mij zo, mijn liefde voor jou. Ik denk dat ik het nooit zou hebben geweten als je me niet had gekust – als we elkaar niet hadden gekust. Kus me opnieuw, m'n liefste. O! Ga niet van me weg. Ik zou het niet kunnen verdragen. Mijn broer... Nee; niets. Hij meende het niet. Hij maakte maar een grapje... Maar jij, o! Kun je me niet vergeven voor vanavond? Ik zal zo hard werken en proberen beter te worden. Wees niet wreed tegen mij omdat ik meer van jou hou dan van wat ter wereld ook. Per slot van rekening heb ik je maar één keer teleurgesteld. Maar je hebt gelijk, Dorian. Ik had me een betere kunstenares moeten tonen. Het was dom van me; en toch kon ik er niets aan doen. O, verlaat me niet; ga niet van me weg.' Een aanval van hartstochtelijk snikken verstikte haar. Ze zat ineengedoken op de grond als een gewond dier, en Dorian Gray, met zijn mooie ogen, keek op haar neer, en trok zijn fijne lippen met intense verachting op. Emoties van mensen van wie men niet langer houdt hebben altijd iets belachelijks. Sybil Vane scheen hem belachelijk melodramatisch toe. Haar tranen en snikken ergerden hem.

'Ik ga,' zei hij ten slotte, met zijn kalme, heldere stem. 'Ik wil niet onvriendelijk zijn, maar ik kan je niet meer ontmoeten. Je hebt me teleurgesteld.'

Ze huilde zacht en gaf geen antwoord, maar kroop dichterbij. Haar kleine handen strekten zich naar hem uit en schenen hem te zoeken. Hij draaide zich om en liep de kamer uit. Enkele ogenblikken later stond hij buiten de schouwburg. Hij wist nauwelijks waar hij naar toe ging. Hij herinnerde zich door flauw verlichte straten gedwaald te hebben, door naargeestige donkere steegjes met onguur uitziende huizen. Vrouwen met hese stemmen en een rauwe lach hadden hem nageroepen. Dronkaards waren vloekend voorbij geslingerd, als monsterlijke apen, in zichzelf brabbelend. Hij had groteske kinderen op drempels bijeen gezien, en kreten en vloeken op sombere pleinen gehoord.

Toen de dag aanbrak was hij vlakbij Covent Garden. De duisternis verdween, en gekleurd door fletse vuren rondde de hemel zich tot een volmaakte parel. Grote wagens, gevuld met wiegende lelies, ratelden langzaam door de glanzende stille straat.

De lucht was bezwangerd met de geur van bloemen, en hun schoonheid scheen een balsem voor zijn pijn te zijn. Hij volgde ze naar de markt en zag daar hoe de mannen hun wagens uitlaadden. Een witgekielde kruier bood hem een paar kersen aan. Hij bedankte hem, vroeg zich af waarom hij weigerde er geld voor aan te nemen, en begon ze lusteloos op te eten. Ze waren om middernacht geplukt en de koelheid van de maan was in ze doorgedrongen. Een lange rij jongens die kratten met gestreepte tulpen, en gele en rode rozen droegen, liep voor hem uit tussen de enorme jadegroene stapels groenten. Onder de zuilengang, met zijn grijze, door de zon verschoten pilaren, slenterde een groep bemodderde blootshoofdse meisjes, die wachtten tot de veiling afgelopen zou zijn. Anderen verdrongen zich rond de klapdeuren van het koffiehuis op het plein. De zware trekpaarden gleden en stampten op de ruwe stenen, hun bellen en tuig schuddend. Enkele koetsiers lagen op een stapel zakken te slapen. Met nekken als regenbogen en roze poten liepen de duiven graantjes op te pikken.

Na enige tijd riep hij een rijtuig aan en reed naar huis. Hij bleef enkele ogenblikken op de stoep staan rondkijken naar het stille plein met zijn gesloten luiken en starende blinden. De hemel was nu zuiver opaal en de daken van de huizen staken er zilver glinsterend tegen af. Uit een schoorsteen aan de overkant steeg een kleine krans van rook op. Hij kringelde als een paars lint door de paarlemoeren lucht.

In de grote vergulde Venetiaanse lantaarn, uit de gondel van de een of andere doge geroofd, die aan het plafond van de grote hal met eiken lambrisering hing, brandde nog licht uit drie flakkerende pitten: dunne blauwe blaadjes van vuur leken het, met witte randen. Hij draaide ze uit en, nadat hij zijn hoed en cape op de tafel had gegooid, ging hij door de bibliotheek naar de deur van zijn slaapkamer, een groot achthoekig vertrek op de benedenverdieping die hij, met zijn pas ontstane gevoel voor weelde, juist voor zichzelf had ingericht en waarin hij een paar eigenaardige wandtapijten uit de Renaissance had opgehangen, die in een sinds lang in onbruik geraakte zolderkamer van Selby Royal waren ontdekt. Toen hij de kruk van de deur omdraaide, viel zijn oog op het portret dat Basil Hallward van hem had geschilderd. Hij deinsde terug alsof hij verrast was. Toen ging hij zijn eigen kamer binnen, enigszins verbaasd kijkend. Nadat hij de bloem uit zijn knoopsgat had gehaald, scheen hij te aarzelen. Ten slotte kwam hij terug, ging naar het schilderij en bekeek het aandachtig. In het flauwe gedempte licht, dat door de roomkleurige rolgordijnen filterde, scheen het hem toe alsof het gezicht enigszins veranderd was. De uitdrukking leek anders. Je zou hebben gezegd dat de mond een wreed trekje had. Het was inderdaad vreemd.

Hij draaide zich om, ging naar het raam en trok het gordijn op. De heldere dageraad stroomde de kamer binnen, en veegde de fantastische schaduwen in de donkere hoeken waar ze huiverend bleven hangen. Maar de vreemde uitdrukking die hij op het gezicht van het portret had opgemerkt scheen daar nog te zijn, nog sterker te zijn geworden zelfs. Het trillende felle zonlicht gaf hem de wrede lijnen om de mond even duidelijk te zien alsof hij in een spiegel had gekeken na iets vreselijks te hebben gedaan.

Hij huiverde en nam een ovale spiegel van de tafel met een lijst van ivoren Cupido's, een van de vele geschenken die Lord Henry hem had gegeven, en sloeg haastig een blik in zijn glanzende diepte. Zijn lippen werden niet door een dergelijke lijn ontsierd. Wat betekende dat?

Hij wreef zijn ogen uit en ging vlakbij het schilderij staan, en onderzocht het opnieuw. Er waren geen tekenen van enigerlei verandering wanneer hij naar het schilderij keek, maar toch leed het geen twijfel dat de hele uitdrukking was veranderd. Het was geen verbeelding van hem. Het geval was afschuwelijk duidelijk.

Hij liet zich in een stoel vallen, en begon na te denken. Plotseling herinnerde hij zich in een flits wat hij in Basil Hallwards atelier had gezegd, die dag toen het schilderij was voltooid. Ja, hij herinnerde het zich volkomen duidelijk. Hij had de idiote wens uitgesproken dat hijzelf jong zou blijven en het portret oud zou worden; dat zijn eigen schoonheid onaangetast zou blijven en het gezicht op het doek de last van zijn hartstochten en zijn zonden zou dragen; dat de geschilderde beeltenis doorgroefd zou worden met de lijnen van leed en overpeinzing, en dat hij heel de verrukkelijke glans en schoonheid van zijn toen net bewust geworden jongelingschap zou behouden. Zijn wens was toch zeker niet in vervulling gegaan? Dergelijke dingen waren onmogelijk. Het scheen monsterachtig om er ook maar aan te denken. En toch, het schilderij stond daar voor hem met een zweem van wreedheid om de mond.

Wreedheid! Was hij wreed geweest? Het was de schuld van het meisje, niet van hem. Hij had van haar gedroomd als een groot kunstenares en haar zijn liefde geschonken, omdat hij had gedacht dat ze groot was. Toen had ze hem teleurgesteld. Ze was banaal en onwaardig geweest. En toch werd hij door een gevoel van oneindige spijt overvallen toen hij aan haar dacht, zoals ze als een klein kind aan zijn voeten had liggen snikken. Hij herinnerde zich hoe ongevoelig hij naar haar had gekeken. Waarom was hij zo? Waarom had hij een dergelijke ziel gekregen? Maar hij had ook geleden. Gedurende de drie ontzettende uren dat het stuk had geduurd, had hij eeuwen van pijn doorgemaakt, eeuwigheid na eeuwigheid van marteling. Zijn leven was net zoveel waard als het hare. Zij had hem een ogenblik gekrenkt, zij het dat hij haar voor eeuwig had gewond. Bovendien waren vrouwen beter in staat verdriet te dragen dan mannen. Ze leefden van hun emoties. Ze dachten alleen maar aan hun emoties. Wanneer ze minnaars namen, was het alleen maar om iemand te hebben met wie ze een scène konden maken. Lord Henry had hem dat verteld, en Lord Henry kende de vrouwen. Waarom zou hij zich zorgen maken om Sybil Vane? Ze betekende nu niets meer voor hem.

Maar het schilderij? Wat moest hij daarvan zeggen? Het bevatte het geheim van zijn leven, en vertelde zijn geschiedenis. Het had hem geleerd zijn eigen schoonheid lief te hebben. Zou het hem leren zijn eigen ziel te verafschuwen? Zou hij er ooit weer naar kijken?

Nee, het was slechts een illusie die op de gestoorde zinnen doorwerkte. De afgrijselijke nacht die hij had doorgemaakt had fantomen achter gelaten. Plotseling was er dat kleine scharlakenrode vlekje op zijn brein gekomen dat mensen gek maakt. Het schilderij was niet veranderd. Het was dwaasheid dat te denken.

Toch keek het hem met zijn mooie ontluisterde gezicht en zijn wrede glimlach aan. Het blonde haar glansde in het vroege zonlicht. De blauwe ogen keken de zijne aan. Een gevoel van oneindig medelijden, niet met hemzelf, maar met zijn geschilderde evenbeeld, kwam over hem. Het was al veranderd, en zou nog meer veranderen. Het goud zou in grijs veranderen. De rode en witte rozen zouden sterven. Voor iedere zonde die hij beging, zou een vlek zijn schoonheid bezoedelen en ruïneren. Maar hij zou geen zonde bedrijven. Het schilderij, of het veranderd was of niet, zou voor hem het zichtbare symbool van het geweten blijven. Hij zou de verleiding weerstaan. Hij zou Lord Henry niet meer ontmoeten – zou in elk geval niet meer naar die subtiele giftige theorieën luisteren, die in de tuin van Basil Hallward voor het eerst zijn passie voor onmogelijke dingen hadden opgewekt. Hij zou teruggaan naar Sybil Vane en het goedmaken, met haar trouwen, proberen haar opnieuw lief te hebben. Ja, het was zijn plicht om dat te doen. Ze moest meer hebben geleden dan hij. Het arme kind! Hij was egoïstisch en wreed tegen haar geweest. De betovering die zij over hem had uitgeoefend zou terugkeren. Ze zouden samen gelukkig worden. Zijn leven met haar zou mooi en zuiver zijn.

Hij stond op uit zijn stoel, en zette een groot scherm voor het portret, huiverend toen hij ernaar keek. 'Wat afgrijselijk!' mompelde hij bij zichzelf, en hij liep naar het raam en zette het open. Toen hij op het gras stapte, haalde hij diep adem. De frisse ochtendlucht scheen al zijn sombere gevoelens te verdrijven. Hij dacht alleen maar aan Sybil. Een flauwe echo van zijn liefde kwam terug. Hij herhaalde haar naam telkens en telkens weer. De vogels, die in de bedauwde tuin zongen, schenen de bloemen van haar te vertellen.

8

Het was ver over twaalven toen hij wakker werd. Zijn bediende was een paar keer op zijn tenen de kamer binnengekomen om te zien of hij wakker was en had zich afgevraagd hoe het kwam dat zijn jonge meester zo lang bleef slapen. Ten slotte klonk zijn bel, en Victor kwam zachtjes binnen met een kop thee, en een stapeltje brieven, op een klein dienblad van oud Sèvres porselein, en opende de olijfkleurige gordijnen met hun glanzende blauwe voering die voor de drie hoge ramen hingen.

'Monsieur heeft vanmorgen goed geslapen,' zei hij met een glimlach.

'Hoe laat is het, Victor?' vroeg Dorian Gray slaperig.

'Kwart voor één, monsieur.'

Wat was het al laat! Hij ging rechtop zitten, en na wat thee te hebben gedronken, keek hij zijn brieven door. Een ervan was van Lord Henry, en was die morgen persoonlijk bezorgd. Hij aarzelde een ogenblik, en legde hem toen terzijde. De andere maakte hij lusteloos open. Ze bevatten de gebruikelijke verzameling kaarten, uitnodigingen voor diners, toegangskaarten voor voorbezichtigingen van tentoonstellingen, programma's van liefdadigheidsconcerten en dergelijke, waarmee modieuze jongelieden tijdens het uitgaansseizoen iedere ochtend worden overstroomd.

Er was een nogal gepeperde rekening, voor een Louis Seize-toiletgarnituur van gedreven zilver, die hij nog niet had durven doorzenden aan zijn voogden, die bijzonder ouderwets waren en niet beseften dat wij in een tijd leven waarin onnodige dingen onze enige behoefte zijn; en er waren verscheidene uiterst beleefd gestelde briefjes van geldschieters die aanboden elk bedrag op staande voet voor te schieten en wel tegen een uiterst schappelijke rente.

Na ongeveer tien minuten stond hij op en, na een fijn bewerkte kamerjas van geborduurde kasjmir wol te hebben aangetrokken, ging hij naar de met onyx betegelde badkamer. Het koele water verfriste hem na zijn lange slaap. Hij scheen alles wat hij had doorgemaakt te zijn vergeten. Een paar keer kreeg hij een vaag gevoel dat hij deel had gehad aan een of andere vreemde tragedie, maar het had de onwerkelijkheid van een droom.

Zodra hij was aangekleed ging hij naar de bibliotheek, en at een licht Frans ontbijt, dat op een kleine ronde tafel dicht bij het open raam voor hem was klaargezet. Het was een heerlijke dag. De warme lucht scheen bezwangerd met geuren. Een bij vloog naar binnen en zoemde om de blauwe drakenvaas die vol gele rozen voor hem stond. Hij voelde zich volmaakt gelukkig.

Plotseling viel zijn oog op het scherm dat hij voor het portret had gezet en hij huiverde.

'Is het te koud voor monsieur?' vroeg zijn bediende, die een omelet op tafel zette. 'Zal ik het raam dichtdoen?'

Dorian schudde het hoofd. 'Ik heb het niet koud,' mompelde hij.

Was het allemaal waar? Was het portret werkelijk veranderd? Of was het gewoon zijn eigen verbeelding geweest die hem een boze blik had laten zien waar eerst een vreugdevolle blik was geweest. Een geschilderd doek kon toch zeker niet veranderen? Het was een belachelijke zaak. Het zou als verhaal dienen dat hij Basil op een dag zou vertellen. Hij zou erom glimlachen.

En toch, hoe levendig was zijn herinnering aan het hele voorval! Eerst, in de vage schemering, en toen in het heldere ochtendlicht had hij de zweem van wreedheid om de vertrokken lippen gezien. Hij was bijna bang dat zijn bediende de kamer uit zou gaan. Hij wist dat hij het portret zou moeten onderzoeken wanneer hij alleen was. Hij vreesde de zekerheid. Toen de koffie en sigaretten waren binnengebracht en de bediende zich omdraaide om weg te gaan, voelde hij een wild verlangen hem te zeggen dat hij moest blijven. Toen de deur zich achter hem sloot, riep hij hem terug. De man stond op zijn orders te wachten. Dorian keek hem een ogenblik aan. 'Ik ben voor niemand thuis, Victor,' zei hij met een zucht. De bediende boog en trok zich terug.

Toen stond hij van de tafel op en wierp zich op een divan met weelderige kussens die tegenover het scherm stond. Het scherm was een oud exemplaar, van verguld Spaans leer, gestempeld en versierd met een nogal opzichtig Louis Quatorzepatroon. Hij bekeek het nieuwsgierig en vroeg zich af of het ooit eerder het geheim van een mensenleven aan het oog had onttrokken.

Zou hij het dan toch maar wegzetten? Waarom zou hij het niet laten staan? Wat had het voor nut om het te weten? Als het waar was, was het verschrikkelijk. Als het niet waar was, waarom zou hij zich er dan druk om maken? Maar wat zou er gebeuren als, door een speling van het lot of een noodlottiger toeval, andere ogen dan de zijne erachter keken en de ontstellende verandering zagen? Wat zou hij doen als Basil Hallward kwam en vroeg of hij zijn eigen schilderij mocht zien? Basil zou dat ongetwijfeld doen. Nee, het moest onderzocht worden en wel meteen. Alles zou beter zijn dan deze afschuwelijke toestand van twijfel.

Hij stond op en sloot beide deuren af. Hij zou tenminste alleen zijn wanneer hij het masker van zijn schande zag. Toen trok hij het scherm weg, en stond van aangezicht tot aangezicht met zichzelf. Het was volmaakt waar. Het portret was veranderd.

Zoals hij zich later vaak, en altijd met niet geringe verbazing herinnerde, stond hij eerst met een gevoel van bijna wetenschappelijke belangstelling naar het schilderij te kijken. Het kwam hem ongelooflijk voor dat zich een dergelijke verandering had voltrokken. En toch was het zo. Bestond er een subtiele affiniteit tussen de scheikundige atomen die vorm en kleur op het doek aannamen, en de ziel in hem? Kon het zijn dat zij verwezenlijkten wat de ziel dacht? – dat zij waar maakten wat hij droomde? Of was er een andere, verschrikkelijke reden? Hij huiverde, en voelde zich bang en, nadat hij naar de divan was teruggegaan, lag hij daar met afgrijzen naar het schilderij te staren.

Hij had echter het gevoel dat het één ding voor hem had gedaan. Het had hem ervan bewust gemaakt hoe onrechtvaardig, hoe wreed, hij tegenover Sybil Vane was geweest. Het was niet te laat om dat goed te maken. Ze kon toch nog zijn vrouw worden. Zijn onwerkelijke en zelfzuchtige liefde zou zich aan een hogere invloed overgeven, zou worden omgevormd in een nobeler liefde, en het portret dat Basil Hallward van hem had geschilderd zou hem zijn hele leven lang tot leidraad dienen, zou voor hem hetzelfde zijn wat heiligheid voor sommigen, het geweten voor anderen, en de vrees voor God voor ons allen is. Er waren verdovende middelen voor wroeging, medicijnen die het zedelijk gevoel in slaap konden wiegen. Maar hier was een zichtbaar symbool van de ontaarding van de zonde. Hier was een altijd aanwezig teken van de verwoesting die mensen in hun eigen ziel aanrichtten.

Het sloeg drie uur, en vier, en het halve uur luidde twee maal, maar Dorian Gray verroerde zich niet. Hij probeerde de scharlaken draden van het leven op te vatten en ze tot een patroon te weven; zijn weg te zoeken door het bloedrode labyrint van de hartstocht waarin hij doolde. Hij wist niet wat hij moest doen, of wat hij moest denken. Ten slotte ging hij naar de tafel, en schreef een hartstochtelijke brief aan het meisje van wie hij had gehouden waarin hij haar om vergiffenis smeekte en zichzelf van krankzinnigheid beschuldigde. Hij schreef de ene bladzij na de andere met wilde woorden van verdriet, en nog wildere woorden van pijn. Er schuilt weelde in zelfverwijt. Wanneer we onszelf de schuld geven, denken we dat niemand anders het recht heeft ons de schuld te geven. Het is de biecht, niet de priester, die ons absolutie schenkt. Toen Dorian Gray zijn brief af had, had hij het gevoel dat hem vergiffenis was geschonken.

Plotseling werd er op de deur geklopt en hij hoorde de stem van Lord Henry buiten. 'Beste jongen, ik moet je spreken. Laat me onmiddellijk binnen. Ik kan het niet verdragen dat je je op een dergelijke manier opsluit.'

Aanvankelijk gaf hij geen antwoord, maar hield zich muisstil. Het kloppen hield aan en werd luider. Ja, het was beter om Lord Henry binnen te laten, en hem het nieuwe leven dat hij ging leiden uit te leggen, ruzie met hem te maken als het nodig was om ruzie te maken, te scheiden als een scheiding onvermijdelijk was. Hij sprong overeind, trok het scherm haastig voor het schilderij, en ontsloot de deur.

'Het spijt me allemaal zo, Dorian,' zei Lord Henry toen hij binnenkwam. 'Maar je moet er niet te veel aan denken.'

'Je bedoelt over Sybil Vane?' vroeg de jongen.

'Ja, natuurlijk,' antwoordde Lord Henry, die zich in een stoel liet zakken, en langzaam zijn gele handschoenen uittrok. 'Aan de ene kant was het verschrikkelijk, maar het was niet jouw schuld. Vertel me eens, ben je achter het toneel bij haar geweest nadat het stuk was afgelopen?'

'Ja.'

'Dat dacht ik wel. Heb je een scène gemaakt?'

'Ik ben wreed geweest, Harry, ontzettend wreed. Maar het is nu in orde. Ik heb geen spijt van alles wat er is gebeurd. Ik ben er mezelf beter door gaan kennen.'

'Ach, Dorian, ik ben zo blij dat je het zo opneemt. Ik was bang dat ik je in wroeging ondergedompeld zou vinden terwijl je dat mooie krullende haar van je aan het uittrekken was.'

'Dat heb ik allemaal achter de rug,' zei Dorian hoofdschuddend en glimlachend. 'Ik ben nu volmaakt gelukkig. In de eerste plaats weet ik wat het geweten is. Het is niet wat jij me hebt verteld. Het is het goddelijkste in ons. Drijf niet de spot met me, Harry – althans niet in mijn bijzijn. Ik wil goed zijn. Ik kan het idee niet verdragen dat mijn ziel weerzinwekkend is.'

'Een allercharmantste artistieke grondslag voor de ethiek, Dorian! Ik feliciteer je ermee. Maar hoe denk je te beginnen?'

'Door met Sybil Vane te trouwen.'

'Met Sybil Vane te trouwen?' riep Lord Henry uit terwijl hij opstond en hem verbijsterd aankeek. 'Maar, mijn beste Dorian –'

'Ja, Harry, ik weet wat je gaat zeggen. Iets verschrikkelijks over het huwelijk. Zeg het niet. Zeg nooit meer dergelijke dingen tegen me. Twee dagen geleden heb ik Sybil gevraagd om met me te trouwen. Ik zal mijn woord tegenover haar niet breken. Zij wordt mijn vrouw!'

'Je vrouw! Dorian!... Heb je mijn brief dan niet gekregen? Ik heb je vanmorgen geschreven en het briefje door mijn eigen butler laten bezorgen.'

'Je brief? O ja, ik herinner het me nu. Ik heb hem nog niet gelezen, Harry. Ik was bang dat er misschien iets in zou staan dat ik niet prettig zou vinden. Jij snijdt het leven aan stukken met je epigrammen.'

'Weet je dan van niets?'

'Wat bedoel je?'

Lord Henry liep de kamer door, ging naast Dorian zitten en nam zijn beide handen en hield die stevig vast. 'Dorian,' zei hij, 'mijn brief – schrik niet – was om je te vertellen dat Sybil Vane dood is.'

Een kreet van pijn kwam over de lippen van de jongen, en hij sprong overeind, zijn handen uit Lord Henry's greep losrukkend. 'Dood! Sybil dood! Dat is niet waar! Het is een afgrijselijke leugen! Hoe durf je dat te zeggen?'

'Het is echt waar, Dorian,' zei Lord Henry ernstig. 'Het staat in alle ochtendbladen. Ik heb je geschreven om je te vragen niemand te ontvangen tot ik kwam. Er zal natuurlijk een lijkschouwing moeten worden gehouden, en jij moet daar niet bij betrokken raken. Zoiets maakt iemand in Parijs gevierd, maar in Londen is men zo bevooroordeeld. Hier moet je nooit debuteren met een schandaal. Dat moet je bewaren om je oude dag interessant te maken. Ik neem aan dat ze je naam bij het theater niet kennen? Zo niet, dan is het in orde. Heeft iemand je naar haar kamer zien gaan? Dat is een belangrijk punt.'

Dorian zweeg enkele ogenblikken. Hij was versuft van afgrijzen. Ten slotte stamelde hij met een verstikte stem: 'Zei je een lijkschouwing, Harry? Wat bedoelde je daarmee? Heeft Sybil –? O, Harry, ik kan het niet verdragen. Maar vlug. Vertel me meteen alles.'

'Ik twijfel er niet aan dat het geen ongeluk was, Dorian, hoewel het als zodanig aan het publiek moet worden opgedist. Het schijnt dat ze, toen ze om ongeveer halfeen met haar moeder het theater verliet, heeft gezegd dat ze boven iets had laten liggen. Ze wachtten enige tijd op haar, maar ze kwam niet meer naar beneden. Ten slotte vonden zij haar dood op de grond van haar kleedkamer liggen. Ze had per ongeluk iets ingenomen, iets vreselijks dat in schouwburgen wordt gebruikt. Ik weet niet wat het was, maar er zat pruisisch zuur of loodwit in. Ik neem aan dat het pruisisch zuur was, want ze schijnt onmiddellijk te zijn gestorven.'

'Harry, Harry, het is ontzettend!' riep de jongen uit.

'Ja, het is natuurlijk erg tragisch, maar je moet er niet bij betrokken raken. Ik heb in *The Standard* gelezen dat ze zeventien jaar was. Ik had gedacht dat ze jonger was. Ze zag er nog uit als een kind, en scheen zo weinig van toneelspelen af te weten. Dorian, je moet die zaak niet op je zenuwen laten werken. Je moet bij me komen dineren, en daarna gaan we naar de Opera. Patti zingt, en iedereen zal er zijn. Er is plaats voor je in de loge van mijn zuster. Ze heeft een paar mooie vrouwen bij zich.'

'Dus ik heb Sybil Vane vermoord,' zei Dorian Gray, half tegen zichzelf – 'heb haar even zeker vermoord als wanneer ik haar kleine keel met een mes zou hebben doorgesneden. Toch zijn de rozen daar niet minder mooi om. De vogels zingen even gelukkig in mijn tuin. En vanavond moet ik met je dineren, en daarna naar de Opera gaan, en daarna ergens souperen, veronderstel ik. Wat is het leven buitengewoon dramatisch! Als ik dit alles in een boek zou hebben gelezen, Harry, denk ik dat ik erom zou hebben gehuild. Maar nu het echt is gebeurd, en mij is overkomen, lijkt het op de een of andere manier te wonderlijk voor tranen. Hier is de eerste hartstochtelijke liefdesbrief die ik ooit van mijn leven heb geschreven. Vreemd dat mijn eerste hartstochtelijke liefdesbrief aan een dood meisje was gericht. Kunnen ze voelen, vraag ik me af, die witte stille wezens die wij de doden noemen? Sybil! Kan zij voelen, of weten, of luisteren? O Harry, wat heb ik haar eens liefgehad! Het lijkt nu jaren geleden. Zij was alles voor me. Toen kwam die afschuwelijke avond – was het werkelijk pas gisteren? – toen ze zo slecht speelde, en mijn hart bijna brak. Ze heeft het me allemaal uitgelegd. Het was verschrikkelijk pathetisch. Maar ik was in het minst niet ontroerd. Ik vond haar banaal. Ineens gebeurde er iets dat me bang maakte. Ik kan je niet zeggen wat het was, maar het was vreselijk. Ik zei dat ik naar haar terug zou gaan. Ik voelde dat ik verkeerd had gedaan. En nu is ze dood. Mijn God! Mijn God! Harry, wat moet ik doen? Jij weet niet in wat voor gevaar ik verkeer, en er is niets om me op het rechte pad te houden. Dat zou jij voor me hebben gedaan. Ze had niet het recht haar eigen leven te nemen. Het was egoïstisch van haar.'

'M'n beste Dorian,' antwoordde Lord Henry, terwijl hij een sigaret uit zijn koker nam en een gouden lucifersdoosje te voorschijn bracht, 'de enige manier waarop een vrouw een man ooit kan hervormen is door hem zo grenzeloos te vervelen dat hij zijn belangstelling voor het leven volledig verliest. Als je met dat meisje was getrouwd, zou je doodongelukkig zijn geworden. Natuurlijk zou je haar aardig hebben behandeld. Men kan altijd aardig zijn voor mensen om wie men niets geeft. Maar zij zou er weldra achter zijn gekomen dat ze je volkomen onverschillig liet. En wanneer een vrouw dat van haar man merkt, wordt ze of vreselijk slonzig of ze draagt opzichtige hoeden die de man van een andere vrouw moet betalen. Om nog maar te zwijgen van de sociale misstap, die abject zou zijn geweest en die ik natuurlijk nooit zou hebben toegestaan, maar ik verzeker je dat de hele zaak in elk geval op een volkomen mislukking zou zijn uitgedraaid.'

'Dat denk ik ook,' mompelde de jongen, terwijl hij door de kamer heen en weer liep, en er vreselijk bleek uit zag. 'Maar ik achtte het mijn plicht. Het is niet mijn schuld dat deze vreselijke tragedie mij heeft belet datgene te doen dat ik behoorde te doen. Ik herinner me dat je me eens gezegd hebt dat goede voornemens iets noodlottigs hebben – dat ze altijd te laat komen. De mijne waren dat zeker.'

'Goede voornemens zijn nutteloze pogingen om je met wetenschappelijke wetten te bemoeien. Ze komen uit louter ijdelheid voort. En het resultaat ervan is volkomen nihil. Ze schenken ons soms af en toe de weelderige steriele emoties die voor de zwakken een zekere bekoring hebben. Meer valt er niet over te zeggen. Het zijn eenvoudig wissels die mensen op een bank trekken waarbij ze geen rekening hebben.'

'Harry,' riep Dorian Gray uit, terwijl hij naar hem toeging en naast hem ging zitten, 'waarom kan ik deze tragedie niet zo diep aanvoelen als ik wil? Ik denk niet dat ik harteloos ben. Jij wel?'

'Je hebt in de afgelopen veertien dagen te veel dwaze dingen gedaan om jezelf die naam te mogen geven, Dorian,' antwoordde Lord Henry met zijn aardige, melancholieke glimlach.

De jongen fronste het voorhoofd. 'Die verklaring staat me niet erg aan, Harry,' zei hij, 'maar ik ben blij dat je me niet harteloos vindt. Dat ben ik ook niet. Ik weet dat ik dat niet ben. Maar toch moet ik toegeven dat het gebeurde me niet zo erg aangrijpt als het had behoren te doen. Het schijnt me eenvoudig een wonderlijk einde van een wonderlijk toneelstuk toe. Het heeft heel de vreselijke schoonheid van een Griekse tragedie, een tragedie waarin ik een grote rol heb gespeeld, maar waar ik niet door ben bezeerd.'

'Het is een interessant geval,' zei Lord Henry, die er een bijzonder genoegen in schepte misbruik te maken van het onbewuste egoïsme van de jongen, – 'een bijzonder interessant geval. Ik geloof dat de ware verklaring de volgende is. Het gebeurt vaak dat de echte tragedies van ons leven zich op zo'n onartistieke manier voltrekken dat ze ons kwetsen vanwege hun grove gewelddadigheid, hun volstrekte onsamenhangendheid, hun belachelijke gebrek aan betekenis, hun volkomen gebrek aan stijl. Ze treffen ons op precies dezelfde manier als vulgariteit. Ze geven ons een indruk van louter bruut geweld, en daartegen komen wij in opstand. Soms echter kruist een tragedie die artistieke elementen van schoonheid bevat, ons leven. Als die elementen van schoonheid echt zijn, appelleert het hele geval eenvoudig aan ons gevoel voor dramatische werking. Plotseling merken we dat we niet langer de acteurs in het toneelstuk zijn, maar de toeschouwers. Of liever, we zijn beiden. We kijken naar onszelf, en alleen de verbazing om wat we zien verrukt ons. Wat is er in het huidige geval werkelijk gebeurd? Iemand heeft zich uit liefde voor jou omgebracht. Ik wou dat ik ooit een dergelijke ervaring had gehad. Het zou me voor de rest van mijn leven verliefd hebben gemaakt op de liefde. Degenen die mij aanbeden hebben – erg veel zijn dat er niet geweest, maar toch wel een paar – hebben er altijd op gestaan om verder te leven, lang nadat ik had opgehouden om hen te geven, of zij om mij. Ze zijn dik en stomvervelend geworden, en wanneer ik ze ontmoet, beginnen ze meteen herinneringen op te halen. Dat afschuwelijke geheugen van vrouwen! Het is iets vreselijks. En het openbaart zo'n volkomen intellectuele stilstand. Je behoort de kleur van het leven in je op te nemen, maar je nooit de bijzonderheden ervan te herinneren. Bijzonderheden zijn altijd vulgair.'

'Ik moet papavers in mijn tuin zaaien,' zei Dorian met een zucht.

'Dat is niet nodig,' zei zijn vriend. 'Het leven heeft altijd papavers bij de hand. Natuurlijk blijven er af en toe dingen hangen. Ik heb eens een heel seizoen niets anders dan viooltjes gedragen, bij wijze van artistieke rouw om een liefde die niet wilde sterven. Maar ten slotte is ze toch gestorven. Ik ben vergeten waaraan ze is bezweken. Ik denk dat het haar voorstel was om de hele wereld voor mij op te offeren. Dat is altijd een ellendig ogenblik. Het maakt je bang voor de eeuwigheid. Je zou het bijna niet geloven – maar een week geleden, bij Lady Hampshire, kwam ik naast de dame in kwestie te zitten, en ze wilde met alle geweld de hele zaak weer ophalen. Ik had mijn avontuur in een bed leliën begraven. Zij haalde het er weer uit en verzekerde mij dat ik haar leven had bedorven. Ik moet er wel bij zeggen dat ze een enorm diner wegwerkte, zodat ik me niet ongerust maakte. Maar ze getuigde van een groot gebrek aan goede smaak. De enige bekoring van het verleden is dat het 't verleden is. Maar vrouwen weten nooit wanneer het doek gezakt is! Ze willen altijd een zesde bedrijf en zodra de belangstelling voor het stuk helemaal voorbij is willen ze het vervolgen. Als men ze hun gang liet gaan, zou iedere komedie een tragisch einde hebben, en iedere tragedie zou als een klucht eindigen. Ze zijn op een charmante manier gekunsteld, maar ik verzeker je, Dorian, dat niet een van de vrouwen die ik heb gekend voor mij zou hebben gedaan wat Sybil Vane voor jou gedaan heeft. Alledaagse vrouwen troosten zich altijd.

Sommigen gaan sentimentele kleuren dragen. Vertrouw nooit een vrouw die lila draagt, wat haar leeftijd ook is, of een vrouw van vijfendertig die dol is op roze linten. Het betekent altijd dat ze een verleden hebben. Anderen vinden grote troost in de plotselinge ontdekking van de goede eigenschappen van hun echtgenoten. Ze pralen openlijk met hun echtelijke trouw alsof die de boeiendste zonde was. Sommigen worden door de godsdienst getroost. Zijn mysteries bezitten heel de bekoring van geflirt, zei een vrouw mij eens, en ik heb daar volkomen begrip voor. Bovendien is er niets dat iemand zo ijdel maakt als wanneer hij te horen krijgt dat hij een zondaar is. Het geweten maakt van ons allen egoïsten. Ja, de vertroostingen die de vrouwen uit het moderne leven putten zijn werkelijk eindeloos. En de belangrijkste heb ik nog niet eens genoemd.'

'En die is, Harry?'

'O, de meest voor de hand liggende troost. De bewonderaar van een ander te nemen wanneer je je eigen bewonderaar verliest. In goed gezelschap wast dat een vrouw altijd schoon. Maar werkelijk, Dorian, hoe heel anders moet Sybil Vane zijn geweest dan de vrouwen waarmee je gewoonlijk in aanraking komt! Er zit voor mijn gevoel iets prachtigs in haar dood. Ik ben blij dat we in een tijd leven waarin zulke wonderen gebeuren. Ze maken dat je gelooft in de werkelijkheid van de dingen waarmee wij allen spelen, zoals avontuurtjes, hartstocht en liefde.'

'Ik ben ontzettend wreed tegenover haar geweest. Dat vergeet je.'

'Ik vrees dat vrouwen wreedheid, botte wreedheid, meer dan wat ook op prijs stellen. Ze hebben verwonderlijk primitieve instincten. Wij hebben ze geëmancipeerd, maar toch blijven ze slavinnen die haar meesters naar de ogen kijken. Ze houden ervan te worden overheerst. Ik weet zeker dat je groots was. Ik heb je nog nooit echt boos gezien, maar ik kan me voorstellen hoe verrukkelijk je er moet hebben uitgezien. En per slot van rekening heb je mij eergisteren iets gezegd dat mij toen alleen maar fantastisch toescheen, maar dat nu volkomen waar blijkt en de sleutel tot alles is.'

'Wat was dat, Harry?'

'Je zei tegen me dat Sybil Vane voor jou alle heldinnen van de romance vertegenwoordigde – dat zij de ene avond Desdemona was en de andere Ophelia; dat zij als Julia stierf en als Imogen weer tot leven kwam.'

'Ze zal nu nooit meer tot leven komen,' mompelde de jongen terwijl hij de handen voor het gezicht sloeg.

'Nee, ze zal nooit meer tot leven komen. Ze heeft haar laatste rol gespeeld. Maar je moet die eenzame dood in de goedkope kleedkamer eenvoudig zien als een luguber fragment uit een jacobijnse tragedie, als een wonderbaarlijke scène van Webster, Ford of Cyril Tourneur. Het meisje heeft nooit echt geleefd en dus is ze nooit echt gestorven. Voor jou was ze ten slotte altijd een droom, een schim die door Shakespeares stukken zweefde en ze mooier maakte; een rietstengel waardoor Shakespeares muziek voller en blijer klonk. Op het ogenblik dat zij het echte leven aanraakte, ontluisterde zij het en heeft het haar ontluisterd, en dus verdween ze. Treur om Ophelia als je wilt. Strooi as op je hoofd omdat Cordelia werd gewurgd. Schreeuw het uit tegen de hemel omdat de dochter van Brabantio is gestorven. Maar verspil je tranen niet aan Sybil Vane. Zij was minder echt dan zij allen.'

Er viel een stilte. De avond verduisterde de kamer. Geluidloos en op zilveren voeten slopen de schaduwen uit de tuin naar binnen. De kleuren van de voorwerpen werden langzaam onduidelijker.

Na enige tijd keek Dorian Gray op. 'Jij hebt mij aan mezelf verklaard, Harry,' mompelde hij, met iets als een zucht van opluchting. 'Ik voelde alles wat je hebt gezegd, maar ik was er zelf bang voor en kon het niet onder woorden brengen. Wat ken je me goed! Maar laten we niet langer praten over wat er is gebeurd. Het is een zeldzame ervaring geweest. Dat is alles. Ik vraag me af of het leven me nog iets te geven heeft dat even wonderbaarlijk is.'

'Het leven heeft je nog alles te geven, Dorian. Er is niets dat jij, met je bijzonder knappe uiterlijk, niet zult kunnen doen.'

'Maar stel je voor Harry, als ik zou aftakelen en oud en gerimpeld worden, wat dan?'

'Ach dan,' zei Lord Henry, terwijl hij opstond om weg te gaan – 'dan, beste Dorian, zou je voor je veroveringen moeten vechten. Zoals het nu is worden ze je in de schoot geworpen. Nee, je moet je mooie uiterlijk behouden. We leven in een tijd waarin men te veel leest om wijs, en te veel denkt om mooi te kunnen zijn. We kunnen je niet missen. En nu moest je je maar liever aankleden en naar de club rijden. We zijn al behoorlijk laat.'

'Ik denk dat ik je in de Opera zal ontmoeten, Harry. Ik voel me te moe om iets te eten. Wat is het nummer van de loge van je zuster?'

'Zevenentwintig, meen ik. Haar naam staat op de deur. Maar het spijt me dat je niet met me wilt dineren.'

'Ik voel me er niet toe in staat,' zei Dorian lusteloos. 'Maar ik ben je ontzettend dankbaar voor alles wat je me hebt gezegd. Je bent ongetwijfeld mijn beste vriend. Niemand heeft me ooit begrepen zoals jij.'

'We staan nog maar aan het begin van onze vriendschap, Dorian,' antwoordde Lord Henry, terwijl hij hem de hand schudde. 'Adieu. Ik hoop je voor halftien te zien. Vergeet niet dat Patti zingt.'

Toen hij de deur achter hem dicht deed, belde Dorian Gray en enkele minuten later verscheen Victor met de lampen en trok de gordijnen dicht. Hij wachtte ongeduldig tot hij zou weggaan. De man scheen voor alles oneindig veel tijd nodig te hebben.

Zodra hij weg was snelde hij naar het scherm en trok het weg. Nee; er was geen verdere verandering in het schilderij. Het had het nieuws van Sybils dood ontvangen voordat hij het zelf had gehoord. Het was zich van de gebeurtenissen van het leven bewust zodra ze zich voordeden. De zondige wreedheid, die de fijne lijnen van de mond ontsierde, was ongetwijfeld op hetzelfde ogenblik verschenen waarop het meisje het vergif, of wat dan ook, had ingenomen. Of was het onverschillig voor resultaten? Nam het alleen maar kennis van wat er zich in de ziel voltrok? Dat vroeg hij zich af en hoopte dat hij eens de verandering zich met zijn eigen ogen zou zien voltrekken, huiverend terwijl hij dat hoopte.

Arme Sybil! Welk een liefdesavontuur was het geweest. Zij had het sterven vaak op het toneel nagebootst. Toen had de Dood haar zelf aangeraakt en haar meegenomen. Hoe had ze die verschrikkelijke laatste scène gespeeld? Had zij hem al stervende vervloekt? Nee, ze was uit liefde voor hem gestorven en de liefde zou van nu af aan voor hem altijd een sacrament zijn. Zij had alles goedgemaakt door haar leven te offeren. Hij wilde niet meer denken aan wat ze hem die verschrikkelijke avond in de schouwburg had aangedaan. Als hij aan haar dacht zou het zijn als aan een wondermooie tragische figuur die op het wereldtoneel was neergezet om de opperste werkelijkheid van de liefde te tonen. Een wondermooie tragische figuur? De tranen sprongen hem in de ogen toen hij zich haar kinderlijke gezichtje herinnerde, haar innemende fantasievolle manieren en verlegen, schroomvallige gratie. Hij bande ze snel uit zijn gedachten en keek weer naar het schilderij.

Hij had het gevoel dat nu de tijd gekomen was waarop hij moest kiezen. Of was zijn keuze al gemaakt? Ja, het leven had voor hem besloten – het leven en zijn eigen nieuwsgierigheid ernaar. Eeuwige jeugd, oneindige hartstocht, subtiele en geheime genietingen, wilde vreugden, en nog wildere zonden – dit alles zou hem ten deel vallen. Het portret zou de last van zijn schande moeten dragen: dat was het enige.

Er kwam een pijnlijk gevoel over hem toen hij aan de ontluistering dacht, die het mooie gezicht op het doek te wachten stond. Eens had hij in jongensachtige navolging van Narcissus de geschilderde lippen die hem nu zo wreed toelachten gekust, of geveinsd ze te kussen. Ochtenden achtereen had hij voor het portret gezeten, zich verbazend om de schoonheid ervan, bijna verliefd erop, zoals het hem nu en dan toescheen. Zou het nu met iedere stemming waaraan hij zich overgaf veranderen? Zou het een monsterlijk en weerzinwekkend ding worden dat moest worden weggeborgen in een afgesloten vertrek, weg van het zonlicht dat het golvende wonder van zijn haar nog glanzender goud had gemaakt? Helaas! Helaas!

Heel even dacht hij erover om te bidden dat de afschuwelijke sympathie die er tussen hem en het schilderij bestond, zou ophouden. Het was in antwoord op een bede veranderd; misschien zou het in antwoord op een bede onveranderd blijven. Maar toch, wie, die iets van het leven afwist, zou zich niet overgeven aan de kans altijd jong te blijven, hoe fantastisch die kans ook mocht zijn of welke noodlottige gevolgen er aan vastzaten? Bovendien, had hij het werkelijk in zijn macht? Was de plaatsvervanging werkelijk door een bede bewerkstelligd? Zou er misschien voor dit alles niet een vreemde wetenschappelijke reden kunnen zijn? Als het denken invloed kon uitoefenen op een levend organisme, kon dan het denken ook geen invloed uitoefenen op dode en anorganische dingen? Konden dingen die buiten ons lagen niet, zonder denken of bewust verlangen, in harmonie trillen met onze stemmingen en hartstochten, waarbij het ene atoom het andere in een geheime liefde van vreemde affiniteit aantrok? Maar de reden was van geen belang. Hij zou nooit meer enige verschrikkelijke macht met een bede tarten. Als het schilderij moest veranderen, dan zou het ook veranderen. Dat was alles. Waarom zou hij er zich te zeer in verdiepen?

Want het zou een waar genoegen zijn om ernaar te kijken. Hij zou zijn geest tot in zijn geheime uithoeken kunnen volgen. Dit portret zou voor hem de betoverendste spiegel zijn. Zoals het hem zijn eigen lichaam had geopenbaard zou het hem ook zijn eigen ziel openbaren. En wanneer het door de winter werd overvallen, zou hij nog staan waar de lente trilt op de rand van de zomer. Wanneer het bloed uit zijn gezicht wegtrok en een bleek masker van krijt met doffe ogen achterliet, zou hij de glans van de jeugd behouden. Niet één bloesem van zijn schoonheid zou ooit verwelken. Niet één hartenklop van zijn leven zou ooit verzwakken. Hij zou sterk zijn en snel en blij als de goden van de Grieken. Wat deed het ertoe wat er met de gekleurde afbeelding op het doek gebeurde? Hij zou veilig zijn. Dat was het voornaamste.

Hij zette het scherm weer op zijn oude plaats voor het schilderij, glimlachend terwijl hij dat deed, en ging naar zijn slaapkamer waar zijn bediende al op hem wachtte. Een uur later zat hij in de Opera, en Lord Henry leunde over zijn stoel.

9

Toen hij de volgende morgen zat te ontbijten, werd Basil Hallward de kamer binnengelaten.

'Ik ben blij dat ik je thuis tref, Dorian,' zei hij ernstig. 'Ik ben gisteravond langs gekomen, maar ze zeiden dat je naar de Opera was. Natuurlijk wist ik dat dat uitgesloten was. Maar ik wou dat je een boodschap had achtergelaten om te zeggen waar je in werkelijkheid naar toe was gegaan. Ik heb een afschuwelijke avond gehad, half vrezend dat de ene tragedie door een tweede zou worden gevolgd. Ik vind dat je wel om me had kunnen telegraferen toen je het voor het eerst hoorde. Ik heb het louter bij toeval in een late editie van *The Globe* gelezen die ik op de club in handen kreeg. Ik ben onmiddellijk hier naar toe gegaan, en voelde me ellendig toen ik je niet thuis trof. Ik kan je niet zeggen hoe diepbedroefd de hele zaak me heeft gemaakt. Ik weet wat je moet doormaken. Maar waar was je? Ben je de moeder van het meisje gaan opzoeken? Ik heb er nog een ogenblik over gedacht je daarheen te volgen. Het adres stond in de krant. Ergens in Euston Road, is het niet? Maar ik was bang dat ik me aan een verdriet zou opdringen dat ik niet kon verlichten. Arme vrouw! Ze moet er wel erg aan toe zijn. En dan haar enige kind! Wat heeft ze ervan gezegd?'

'Beste Basil, hoe weet ik dat?' mompelde Dorian Gray en nam een slokje van een lichtgele wijn uit een kostbare met gouden kralen bezette bol van Venetiaans glas, en keek enorm verveeld. 'Ik was naar de Opera. Jij had ook moeten gaan. Ik heb Lady Gwendolen, Harry's zuster, voor het eerst ontmoet. We zaten in haar loge. Ze is bijzonder charmant en Patti zong goddelijk. Praat niet over afgrijselijke onderwerpen. Als je over iets zwijgt, is het nooit gebeurd. Het is eenvoudig de expressie die dingen werkelijk maakt. Misschien mag ik opmerken dat zij niet het enige kind van die vrouw was. Er is ook een zoon, een charmante kerel, geloof ik. Maar hij is niet aan het toneel. Hij is zeeman of iets dergelijks. En vertel me nu van jezelf en wat je aan het schilderen bent.'

'Dus je bent naar de Opera geweest?' zei Hallward, die heel langzaam sprak, en met een gespannen zweem van pijn in zijn stem. 'Jij bent naar de Opera gegaan terwijl Sybil Vane dood lag in het een of andere smerige pension? Jij kunt met mij praten over andere charmante vrouwen, en over Patti die goddelijk heeft gezongen, voor het meisje van wie je hield ook nog maar de rust van het graf heeft om in te slapen? Hemel, man, dat kleine blanke lichaam van haar staan gruwelen te wachten!'

'Hou op, Basil. Ik wil het niet horen!' riep Dorian uit terwijl hij opsprong. 'Je moet me niets vertellen. Wat gebeurd is, is gebeurd. Je moet het verleden laten rusten.'

'Noem jij gisteren het verleden?'

'Wat heeft het werkelijke tijdsverloop ermee te maken? Alleen oppervlakkige mensen hebben jaren nodig om een gevoel kwijt te raken. Iemand die zichzelf beheerst kan even gemakkelijk een einde maken aan een verdriet als hij een vermaak kan bedenken. Ik wil niet aan de genade van mijn gevoelens worden overgeleverd. Ik wil ze gebruiken, ervan genieten, en ze beheersen.'

'Dorian, dit is afgrijselijk! Iets heeft je volkomen veranderd. Je ziet er precies zo uit als de wonderbaarlijke jongen die dag na dag naar mijn atelier placht te komen om voor mijn schilderij te poseren. Maar je was toen eenvoudig, natuurlijk en hartelijk. Je was het meest onbedorven schepsel ter wereld. Ik weet niet wat er over je is gekomen. Dat is allemaal Harry's invloed. Dat is duidelijk.'

De jongen bloosde en, terwijl hij naar het raam liep, keek hij enkele ogenblikken neer op de groene, schitterende, door de zon gestriemde tuin. 'Ik heb heel veel aan Harry te danken, Basil,' zei hij ten slotte – 'meer dan ik aan jou te danken heb. Jij hebt me alleen maar geleerd ijdel te zijn.'

'Daar ben ik genoeg voor gestraft, Dorian – of dat zal op zekere dag gebeuren.'

'Ik weet niet wat je bedoelt, Basil,' zei hij, en draaide zich om. 'Ik weet niet wat je wilt. Wat wil je eigenlijk?'

'Ik wil de Dorian Gray die ik heb geschilderd,' zei de kunstenaar op droeve toon.

'Basil,' zei de jongen, terwijl hij naar hem toeging en een hand op zijn schouder legde. 'Je bent te laat gekomen. Gisteren, toen ik hoorde dat Sybil Vane zelfmoord had gepleegd –'

'Zelfmoord gepleegd! Lieve hemel! Is daar geen twijfel aan mogelijk?' riep Hallward uit, terwijl hij hem met een blik van afschuw aankeek.

'Beste Basil! Je denkt toch zeker niet dat het een ordinair ongeluk was? Natuurlijk heeft ze zelfmoord gepleegd.'

De oudere man sloeg de handen voor het gezicht. 'Wat verschrikkelijk,' mompelde hij, en er voer een huivering door hem heen.

'Nee,' zei Dorian Gray, 'er is niets verschrikkelijks aan. Het is een van de grote romantische tragediën van deze tijd. Mensen die toneelspelen leiden meestal een zeer banaal leven. Ze zijn goede echtgenoten of trouwe vrienden, of iets anders vervelends. Je weet wat ik bedoel – burgerlijk fatsoen en zo. Sybil was heel anders. Zij heeft haar mooiste tragedie geleefd. Ze is altijd een heldin geweest. De laatste avond dat ze speelde – de avond dat jij haar hebt gezien – acteerde ze slecht omdat ze de werkelijke liefde had leren kennen. Toen ze zich van de onwerkelijkheid bewust werd, stierf ze, zoals Julia had kunnen sterven. Ze ging weer over tot de sfeer van de kunst. Ze heeft iets van een martelares. Haar dood heeft heel de pathetische nutteloosheid en heel de verspilde schoonheid van het martelaarschap. Maar, zoals ik zei, je moet niet denken dat ik niet heb geleden. Als je gisteren op een bepaald moment was gekomen – om ongeveer halfzes, misschien kwart voor – zou je mij in tranen hebben aangetroffen. Zelfs Harry, die hier was en mij het nieuws eigenlijk heeft verteld, had er geen idee van wat ik doormaakte. Ik leed ontzettend. Toen ging het over. Ik kan een emotie niet een tweede keer beleven. Dat kan niemand, behalve sentimentele mensen. En je bent vreselijk onrechtvaardig, Basil. Je komt hier om mij te troosten. Dat is aardig van je. Je merkt dat ik al getroost ben, en je wordt woedend. Wat sympathiek van je! Je herinnert me aan een verhaal dat Harry me heeft verteld over een filantroop die twintig jaar van zijn leven doorbracht met te proberen een of andere grief geredresseerd, of de een of andere onrechtvaardige wet gewijzigd te krijgen – ik ben vergeten hoe het precies in elkaar zat. Ten slotte slaagde hij erin, en zijn teleurstelling had niet groter kunnen zijn. Hij had absoluut niets meer te doen, hij ging bijna dood van verveling en werd een overtuigd mensenhater. En bovendien, waarde Basil, als je me werkelijk wilt troosten, leer mij dan liever te vergeten wat er is gebeurd, of het van een zuiver artistiek standpunt te zien. Was het niet Gautier die over *la consolation des arts* heeft geschreven? Ik herinner me eens in je atelier een klein in kalfsleer gebonden boekje te hebben opgepakt waarin ik die verrukkelijke formulering tegenkwam. Welnu, ik ben niet als die jongeman waarvan je me vertelde toen we samen bij Marlow waren, de jongeman die altijd zei dat geel satijn een troost kan zijn voor alle misère van het leven. Ik hou van mooie dingen die je kunt aanraken en hanteren. Aan oud brokaat, groen brons, lakwerk, ivoren snijwerk, exquise vertrekken, weelde en pracht valt veel te genieten. Maar het artistieke temperament dat ze scheppen, of in elk geval openbaren, betekent nog meer voor mij. Wanneer je de toeschouwer van je eigen leven wordt, zoals Harry zegt, ontsnap je aan het lijden van het leven. Ik weet dat het je verbaast mij op deze manier tegen je te horen spreken. Je hebt niet beseft hoe ik me heb ontwikkeld. Ik was een schooljongen toen je me leerde kennen. Nu ben ik een man. Ik heb nieuwe hartstochten, nieuwe gedachten, nieuwe denkbeelden. Ik ben anders geworden, maar daarom hoef je mij niet minder aardig te vinden. Ik ben veranderd, maar je moet altijd mijn vriend blijven. Natuurlijk ben ik erg op Harry gesteld. Maar ik weet dat jij een beter mens bent dan hij. Je bent niet sterker – je bent te bang voor het leven – maar je bent beter. En wat zijn wé samen gelukkig geweest! Laat me niet in de steek, Basil, en ga niet tegen me te keer. Ik ben wat ik ben. Meer valt er niet over te zeggen.'

De schilder voelde zich vreemd ontroerd. De jongen lag hem zeer na aan het hart en zijn persoonlijkheid was het grote keerpunt in zijn kunst geweest. Hij kon het idee niet verdragen hem nog langer verwijten te maken. Per slot van rekening was zijn onverschilligheid waarschijnlijk slechts een voorbijgaande stemming. Er stak zo veel goeds en zo veel nobels in hem.

'Welnu, Dorian,' zei hij ten slotte met een droevige glimlach, 'ik zal na vandaag niet meer met je over die afschuwelijke geschiedenis praten. Ik hoop alleen maar dat je naam er niet bij zal worden betrokken. Vanmiddag is het gerechtelijk onderzoek. Hebben ze je opgeroepen?'

Dorian schudde het hoofd en er verscheen een blik van ergernis op zijn gezicht toen hij de woorden 'gerechtelijk onderzoek' hoorde noemen. Al dat soort zaken hadden iets zo grofs en vulgairs. 'Ze kennen mijn naam niet,' antwoordde hij.

'Maar zij toch zeker wel?'

'Alleen mijn voornaam, maar ik weet zeker dat ze die nooit aan iemand heeft verteld. Ze heeft me eens gezegd dat iedereen nogal nieuwsgierig was om te weten wie ik was, en dat ze dan altijd zei dat mijn naam Droomprins was. Dat was aardig van haar. Je moet een tekening van Sybil voor me maken, Basil. Ik zou graag iets meer van haar willen hebben dan de herinnering aan een paar kussen en enkele gestamelde pathetische woorden.'

'Ik zal proberen iets te maken, Dorian, als je dat graag wilt. Maar je moet zelf weer voor me komen poseren. Ik kan zonder jou niet verder.'

'Ik kan nooit meer voor je poseren, Basil. Dat is onmogelijk,' zei hij, terwijl hij terugdeinsde.

De schilder staarde hem aan. 'Beste jongen, wat een onzin!' riep hij uit. 'Wil je zeggen dat je mijn portret van je niet mooi vond? Waar is het? Waarom heb je dat scherm ervoor gezet! Laat het mij zien. Het is het beste dat ik ooit gemaakt heb. Haal het scherm weg, Dorian. Het is eenvoudig schandalig dat je bediende mijn werk op die manier verbergt. Ik voelde dat de kamer er anders uitzag toen ik binnenkwam.'

'Mijn bediende heeft er niets mee te maken, Basil. Je denkt toch zeker niet dat ik hem mijn kamer voor me laat inrichten? Hij schikt soms mijn bloemen voor me – meer niet. Nee, ik heb het zelf gedaan. Het licht viel te sterk op het portret.'

'Te sterk! Zeker niet, beste jongen. Het is een prachtige plaats ervoor. Laat mij het zien.' En Hallward liep naar de hoek van de kamer.

Een kreet van angst kwam over de lippen van Dorian Gray, en hij ging vlug tussen de schilder en het schilderij in staan. 'Basil,' zei hij, en hij zag er heel bleek uit, 'je moet er niet naar kijken. Ik wil niet dat je dat doet.'

'Niet naar mijn eigen werk kijken! Dat meen je niet. Waarom zou ik er niet naar kijken?' riep Hallward lachend uit.

'Als je probeert ernaar te kijken, Basil, op mijn erewoord, zal ik nooit meer tegen je spreken zolang ik leef. Ik geef geen enkele verklaring, en jij mag er ook geen vragen. Maar, denk erom, als je dat scherm aanraakt, is alles uit tussen ons.'

Hallward stond als door de bliksem getroffen. Hij keek Dorian Gray volkomen verbijsterd aan. Hij had hem nog nooit eerder zo gezien. De jongen was feitelijk wit van woede. Zijn handen waren gebald, en de pupillen van zijn ogen waren als schijfjes blauw vuur. Hij beefde over zijn hele lichaam.

'Dorian!'

'Hou je mond!'

'Maar wat is er aan de hand? Natuurlijk zal ik er niet naar kijken als je dat niet wilt,' zei hij, nogal koel, terwijl hij zich op zijn hiel omdraaide, en naar het raam ging. 'Maar werkelijk, het is nogal vreemd dat ik mijn eigen werk niet mag zien, vooral omdat ik het in de herfst in Parijs ga tentoonstellen. Ik zal het waarschijnlijk voor die tijd nog een laagje vernis moeten geven, dus moet ik het eens toch zien, dus waarom niet vandaag?'

'Tentoonstellen! Wil je het tentoonstellen?' riep Dorian Gray uit, terwijl een vreemd gevoel van angst hem bekroop. Zou de wereld zijn geheim te zien krijgen? Zouden de mensen het geheim van zijn leven aangapen? Dat was onmogelijk. Er moest onmiddellijk iets gedaan worden – wat wist hij niet.

'Ja; ik neem aan dat je daar geen bezwaar tegen zult hebben. George Petit gaat al mijn beste schilderijen bijeenbrengen voor een speciale expositie in de Rue de Sèze, die in de eerste week van oktober wordt geopend. Het portret zal maar een maand weg zijn. Ik zou denken dat je het gemakkelijk zo lang kunt missen. Eigenlijk zul je zeker de stad uit zijn. En als je het altijd achter een scherm verbergt, kun je er niet erg veel om geven.'

Dorian Gray streek met de hand over zijn voorhoofd, waar zweetdruppeltjes op stonden. Hij had het gevoel dat hij zich aan de rand van een afgrijselijk gevaar bevond. 'Je hebt me een maand geleden gezegd dat je het nooit zou exposeren,' riep hij uit. 'Waarom ben je van gedachten veranderd? Jullie mensen die consequent beweren te zijn, zijn even wispelturig als anderen. Het enige verschil is dat jullie wispelturigheid nogal zinloos is. Je kunt niet vergeten zijn dat je me plechtig hebt verzekerd, dat niets ter wereld je ertoe zou kunnen brengen het naar een tentoonstelling te sturen. Je hebt precies hetzelfde tegen Harry gezegd.' Hij hield plotseling op, en zijn ogen lichtten op. Hij herinnerde zich dat Lord Henry eens, half in ernst, half schertsend, had gezegd: 'Als je een vreemd kwartiertje wilt beleven moet je Basil eens laten vertellen waarom hij je schilderij niet wil exposeren. Hij heeft me verteld waarom hij dat niet wil, en het was een openbaring voor me.' Ja, misschien had Basil ook zijn geheim. Hij zou het hem vragen en proberen erachter te komen.

'Basil,' zei hij, en ging vlak bij hem staan en keek hem recht aan, 'wij hebben allebei een geheim. Vertel mij het jouwe, dan zal ik je het mijne vertellen. Wat was de reden dat je weigerde mijn portret tentoon te stellen?'

De schilder moest onwillekeurig huiveren. 'Dorian, als ik je dat zou vertellen, zou je me misschien nog minder aardig vinden dan nu, en je zou me ongetwijfeld uitlachen. Ik zou geen van beide kunnen verdragen. Als je wilt dat ik nooit meer naar je schilderij kijk, dan neem ik daar genoegen mee. Ik heb altijd jou om naar te kijken. Als je wilt dat het beste werk dat ik ooit gemaakt heb voor de wereld verborgen blijft, leg ik me daarbij neer. Jouw vriendschap is me dierbaarder dan roem of reputatie.'

'Nee, Basil, je moet het mij vertellen,' drong Dorian Gray aan. 'Ik vind dat ik er recht op heb het te weten.' Zijn gevoel van angst was verdwenen, en had plaats gemaakt voor nieuwsgierigheid. Hij was vastbesloten achter Basil Hallwards geheim te komen.

'Laten we gaan zitten, Dorian,' zei de schilder, met een verontruste blik. 'Laten we gaan zitten. En geef me antwoord op één vraag. Heb je iets vreemds aan het schilderij opgemerkt? – iets dat je waarschijnlijk eerst niet is opgevallen, maar dat zich plotseling aan je heeft geopenbaard?'

'Basil!' riep de jongeman uit, terwijl hij de leuningen van zijn stoel met bevende handen vastgreep en hem met wilde, verbijsterde ogen aanstaarde.

'Ik zie dat je het hebt opgemerkt. Zeg niets. Wacht tot je hoort wat ik te zeggen hebt. Dorian, van het ogenblik af dat ik je heb ontmoet, heeft je persoonlijkheid een hoogst bijzondere invloed op me gehad. Mijn ziel, hersens en mijn kunnen werden door jou beheerst. Jij werd voor mij de zichtbare incarnatie van het ongeziene ideaal, dat ons kunstenaars in onze herinnering als een verrukkelijke droom achtervolgt. Ik heb je aanbeden. Ik werd jaloers op iedereen tegen wie je sprak. Ik wilde je helemaal voor mezelf hebben. Ik was alleen gelukkig als ik met jou samen was. Als je van me weg was, was je toch nog aanwezig in mijn kunst... Natuurlijk heb ik je dit alles nooit laten weten. Het zou onmogelijk zijn geweest. Jij zou het niet hebben begrepen. Ik begreep het zelf nauwelijks. Ik wist alleen dat ik de volmaaktheid van aangezicht tot aangezicht had gezien, en dat de wereld in mijn ogen wonderlijk mooi was geworden – te mooi misschien, want bij een dergelijke waanzinnige verering bestaat het gevaar, het gevaar dat je die verliest, dat niet minder groot is dan het gevaar dat je die behoudt... Weken en weken gingen voorbij, en ik werd al maar meer door je in beslag genomen. Toen kwam er een nieuwe ontwikkeling. Ik had je als Paris in sierlijke wapenrusting getekend, en als Adonis met de mantel van een jager en glanzende zwijnenspeer. Gekroond met zware lotusbloesems had je op de boeg van Adrianus' schip gezeten, over de groene woelige Nijl uit starend. Je had je over de stille vijver in een Grieks bos gebogen en in het stille zilver van het water het wonder van je eigen gezicht gezien. En het was allemaal precies zo geweest als kunst behoort te zijn, onbewust, ideaal en afstandelijk. Op een dag, een noodlottige dag denk ik soms, besloot ik een prachtig portret van je te schilderen, zoals je werkelijk bent, niet in het kostuum van voorbije eeuwen, maar in je eigen kleren en in je eigen tijd. Of het 't realisme van die methode was, of het loutere wonder van je eigen persoonlijkheid, dat zich zo rechtstreeks zonder nevel of sluier aan mij voordeed weet ik niet. Maar ik weet dat het mij, terwijl ik eraan werkte, toescheen dat elk schilfertje en vliesje kleur mijn geheim onthulde. Ik begon te vrezen dat anderen mijn verering te weten zouden komen. Ik had het gevoel, Dorian, dat ik te veel had verteld, dat ik er te veel van mezelf in had gelegd. Op dat ogenblik besloot ik dat het schilderij nooit zou mogen worden tentoongesteld. Jij was enigszins geërgerd, maar jij besefte toen nog niet wat het allemaal voor mij betekende. Harry, met wie ik erover sprak, lachte me uit. Maar daar trok ik me niets van aan. Toen het schilderij af was, en ik er alleen tegenover zat, voelde ik dat ik gelijk had... Welnu, na een paar dagen verliet het mijn atelier, en zodra ik de ondraaglijke betovering van zijn aanwezigheid kwijt was geraakt, scheen het me toe dat ik dwaas was geweest me te verbeelden, dat ik er iets meer in had gezien dan dat jij buitengewoon knap was, en dat ik kon schilderen. Ook nu voel ik onwillekeurig dat het geen vergissing is te denken dat de liefde die je voelt wanneer je iets schept ooit werkelijk zichtbaar is in het werk dat je creëert. De kunst is altijd abstracter dan we ons voorstellen. Vorm en kleur zeggen ons iets over vorm en kleur. Meer niet. Het schijnt me vaak toe dat kunst de kunstenaar veel vollediger verhult dan zij hem ooit openbaart. En toen ik dus dit aanbod uit Parijs kreeg, besloot ik jouw portret het voornaamste werk van mijn tentoonstelling te maken. Het kwam geen ogenblik in mijn hoofd op dat jij het niet goed zou vinden. Ik zie nu in dat je gelijk hebt. Het schilderij kan niet worden geëxposeerd. Je moet niet boos op me zijn, Dorian, om wat ik je heb verteld. Zoals ik eens tegen Harry heb gezegd, jij bent geschapen om vereerd te worden.'

Dorian Gray haalde diep adem. De kleur keerde naar zijn wangen terug, en een glimlach speelde om zijn lippen. Het gevaar was voorbij. Hij was voorlopig veilig. Toch voelde hij onwillekeurig een oneindig medelijden met de schilder, die hem net deze vreemde bekentenis had gedaan, en vroeg zich af of hijzelf ooit zo door de persoonlijkheid van een vriend zou worden beheerst. Lord Henry had de bekoring dat hij zeer gevaarlijk was. Maar dat was alles. Hij was te knap en te cynisch om werkelijk op hem gesteld te zijn... Zou er ooit iemand zijn die hem met een vreemde verering zou vervullen? Was dat een van de dingen die het leven nog voor hem in petto had?

'Ik vind het heel bijzonder, Dorian,' zei Hallward, 'dat je dat in het portret hebt gezien. Heb je het echt gezien?'

'Ik heb er iets in gezien,' antwoordde hij, 'iets dat me heel vreemd voorkwam.'

'Goed, dan vind je het toch niet erg als ik er nu naar kijk?'

Dorian schudde het hoofd. 'Dat moet je mij niet vragen, Basil. Ik zou je onmogelijk voor dat schilderij kunnen laten staan.'

'Maar dan toch zeker wel een andere keer?'

'Nooit.'

'Goed, misschien heb je gelijk. En nu, tot ziens, Dorian. Jij bent de enige in mijn leven geweest die mijn kunst werkelijk heeft beïnvloed. Wat ik voor goeds heb gemaakt, dank ik aan jou. Ach! je weet niet wat het me heeft gekost je alles te zeggen wat ik je verteld heb.'

'M'n waarde Basil,' zei Dorian, 'wat heb je me verteld? Eenvoudig dat je vond dat je mij te veel bewonderde. Dat is niet eens een compliment.'

'Het was ook niet als compliment bedoeld. Het was een bekentenis. Nu ik die heb gedaan, schijn ik iets verloren te hebben. Misschien hoor je je verering nooit onder woorden te brengen.'

'Het was een zeer teleurstellende bekentenis.'

'Wat had je anders verwacht, Dorian? Je hebt toch niets anders in het schilderij gezien, wel? Er was toch niets anders te zien?'

'Nee, er was niets anders te zien. Waarom vraag je dat? Maar je moet niet over verering praten. Het is dwaas. Jij en ik zijn vrienden, Basil, en dat moeten we altijd blijven.'

'Jij hebt Harry,' zei de schilder droevig.

'O, Harry!' zei de jongen met een klaterende lach. 'Harry brengt zijn dagen door met ongelooflijke dingen te zeggen, en zijn avonden met onwaarschijnlijke dingen te doen. Precies het soort leven dat ik zou willen leiden. Maar toch denk ik niet dat ik naar Harry toe zou gaan als ik in moeilijkheden zou verkeren. Ik zou eerder naar jou toegaan, Basil.'

'Wil je weer voor me poseren?'

'Onmogelijk!'

'Je bederft mijn leven als kunstenaar door te weigeren, Dorian. Geen enkel mens heeft ooit toevallig twee ideale wezens ontmoet. Weinigen ontmoeten er bij toeval een.'

'Ik kan het je niet uitleggen, Basil, maar ik kan nooit meer voor je poseren. Een portret heeft iets noodlottigs. Het heeft een eigen leven. Ik zal bij je komen theedrinken. Dat zal even prettig zijn.'

'Prettiger voor jou, vrees ik,' mompelde Hallward teleurgesteld. 'En nu, tot ziens. Het spijt me dat je me niet nog een keer naar het schilderij wilt laten kijken. Maar daar is niets aan te doen. Ik begrijp je gevoelens volkomen.'

Toen hij de kamer verliet, glimlachte Dorian Gray bij zichzelf. Arme Basil! Hoe weinig wist hij van de ware reden af! En hoe vreemd was het dat hij, in plaats van gedwongen te zijn geworden om zijn eigen geheim te onthullen, er bijna bij toeval in was geslaagd, zijn vriend een geheim te ontfutselen! De belachelijke aanvallen van jaloezie van de schilder, zijn wilde verering, zijn buitensporige lofredenen, zijn vreemde gereserveerdheid – hij begreep het nu allemaal, en hij voelde medelijden. Er scheen voor hem iets tragisch te schuilen in een vriendschap die zo door romantische neigingen was gekleurd.

Hij zuchtte en belde. Het portret moest tot elke prijs worden verborgen. Hij kon niet nog eens een dergelijk risico lopen dat het geheim zou worden ontdekt. Het was krankzinnig van hem geweest dat hij het schilderij, ook maar een uur, in een kamer had laten hangen waartoe elk van zijn vrienden toegang had.

10

Toen zijn bediende binnenkwam keek hij hem zonder blikken of blozen aan en vroeg zich af of hij op de gedachte was gekomen om achter het scherm te kijken. De man was volkomen onaandoenlijk, en wachtte op zijn instructies. Dorian stak een sigaret op en liep naar de spiegel en keek erin. Hij kon het volmaakte spiegelbeeld van Victors gezicht zien. Het was als een onbewogen masker van onderdanigheid. Van die kant had hij niets te vrezen. Toch leek het hem raadzaam om op zijn hoede te zijn.

Langzaam sprekend zei hij hem, de huishoudster te zeggen dat hij haar wilde spreken, en daarna naar de lijstenmaker te gaan en hem te vragen of hij meteen twee van zijn mensen wilde sturen. Het was alsof de ogen van de bediende toen hij de kamer verliet, de richting van het scherm uit keken. Of was dat slechts zijn eigen verbeelding?

Na enkele ogenblikken kwam mevrouw Leaf, in haar zwarte zijden japon met ouderwetse wanten aan haar gerimpelde handen, bedrijvig de bibliotheek binnen. Hij vroeg haar om de sleutel van het leslokaal.

'Het oude leslokaal, mijnheer Dorian?' riep ze uit. 'Hemeltje, dat zit onder het stof. Ik moet het laten opruimen en in orde laten maken voor u erheen gaat. U kunt het onmogelijk zien zoals het nu is, mijnheer. Onmogelijk.'

'Ik wil niet dat het wordt opgeruimd, Leaf. Ik wil alleen maar de sleutel hebben.'

'Goed, mijnheer, maar u zult onder de spinnenwebben komen te zitten als u er binnen gaat. Hemeltje, er is in bijna vijf jaar niemand geweest, niet sinds uw grootvader is gestorven.'

Hij huiverde toen zijn grootvader werd genoemd. Hij had nare herinneringen aan hem. 'Dat hindert niet,' antwoordde hij. 'Ik wil de kamer alleen maar zien – dat is alles. Geef me de sleutel.'

'En hier is de sleutel, mijnheer,' zei de oude dame, terwijl ze met beverige onzekere handen aan haar sleutelbos frommelde. 'Hier is de sleutel. Ik heb hem er zo af. Maar u bent toch niet van plan daar boven te gaan wonen, mijnheer, net nu u het hier zo gerieflijk hebt?'

'Nee, nee,' riep hij onstuimig uit. 'Dank je, Leaf. Zo is het goed.'

Ze bleef nog enkele ogenblikken treuzelen, en kwetterde nog over een of andere huishoudelijke bijzonderheid. Hij zuchtte, en zei haar dat ze maar moest doen wat zij het beste vond. Ze verliet de kamer, haar gezicht één en al glimlach.

Toen de deur dichtging stak Dorian de sleutel in zijn zak en keek de kamer rond. Zijn oog viel op een grote purperen satijnen sprei, rijkelijk met goud geborduurd, een prachtig staaltje van laat zeventiende-eeuws Venetiaans handwerk, dat zijn grootvader in een klooster in de buurt van Bologna had gevonden. Ja, dat zou goed zijn om het afschuwelijke ding in te wikkelen. Het had de doden misschien vaak als lijkkleed gediend. Nu moest het iets verbergen dat zelf verdorven was, erger dan het bederf van de dood – iets dat gruwelen zou verwekken maar toch nooit zou sterven. Wat de worm voor het lijk betekende, zouden zijn zonden zijn voor de geschilderde beeltenis op het linnen. Ze zouden de schoonheid ervan bederven en aan de bekoorlijkheid ervan knagen. Ze zouden het ontwijden en te schande maken. En toch zou het voortleven. Het zou altijd leven. Hij huiverde en heel even had hij er spijt van dat hij Basil niet de ware reden had verteld waarom hij het schilderij wilde verbergen. Basil zou hem hebben geholpen Lord Henry's invloed te weerstaan, en de nog giftiger invloeden die uit zijn eigen karakter voortkwamen. De liefde die hij hem toedroeg – want het was werkelijk liefde – had niets in zich dat niet nobel en verstandelijk was. Zij was niet de louter fysieke bewondering voor schoonheid die uit de zinnen voortkomt, en die sterft wanneer de zinnen vermoeid raken. Het was een dergelijke liefde als Michel Angelo had gekend, en Montaigne, en Winckelmann, en Shakespeare zelf. Ja, Basil had hem kunnen redden. Maar nu was het te laat. Het verleden kon altijd worden uitgewist. Spijt, ontkenning of vergeetachtigheid konden dat doen. Maar de toekomst was onvermijdelijk. Er waren driften in hem die hun verschrikkelijke uitweg zouden vinden, dromen die de schaduw van hun kwaad waar zouden maken.

Hij pakte het grote purperen en gouden kleed dat over de divan lag op en ging ermee achter het scherm. Was het gezicht op het doek gemener dan eerst? Het scheen hem toe dat het onveranderd was; maar toch was zijn afkeer ervan toegenomen. Goud haar, blauwe ogen en rozerode lippen – dat was er allemaal nog. Het was eenvoudig de uitdrukking die was veranderd. Die afgrijselijk was in haar wreedheid. Hoe oppervlakkig en van hoe weinig gewicht waren Basils verwijten over Sybil Vane geweest, vergeleken bij wat hij er aan afkeuring of berisping in zag! Zijn eigen ziel staarde hem van het doek aan en riep hem ter verantwoording. Een uitdrukking van pijn kwam over hem, en hij gooide het weelderige lijkkleed over het schilderij. Terwijl hij dat deed werd er op de deur geklopt. Hij ging naar buiten toen zijn bediende binnen kwam.

'De mannen zijn er, monsieur.'

Hij voelde dat hij hem onmiddellijk moest zien kwijt te raken. Hij mocht niet te weten komen waar het schilderij naar toe werd gebracht. Hij had iets sluws en hij had oplettende, verraderlijke ogen. Hij ging aan zijn schrijfbureau zitten en krabbelde een briefje aan Lord Henry waarin hij hem vroeg of hij hem iets te lezen wilde sturen, en hem eraan herinnerde dat ze elkaar die avond om kwart over acht zouden ontmoeten.

'Wacht op antwoord,' zei hij, terwijl hij het aan zijn bediende gaf, 'en laat de mannen binnen.'

Een paar minuten later werd er opnieuw geklopt en mijnheer Hubbard, de beroemde lijstenmaker uit South Audley Street, kwam in eigen persoon binnen met een ietwat ruw uitziende jonge assistent. Mijnheer Hubbard was een blozende kleine man met een rode snor, wiens bewondering voor de kunst aanzienlijk werd getemperd door de chronische geldnood van het merendeel van de kunstenaars die zaken met hem deden. In de regel kwam hij nooit zijn zaak uit. Hij wachtte tot men naar hem toe kwam. Maar voor Dorian Gray maakte hij altijd een uitzondering. Die had iets dat iedereen voor hem innam. Het was alleen al een genoegen om hem te zien.

'Wat kan ik voor u doen, mijnheer Gray?' vroeg hij, terwijl hij zich in zijn dikke, sproetige handen wreef. 'Ik vond dat ik mezelf de eer moest aandoen persoonlijk te komen. Ik heb zojuist een pracht van een lijst binnengekregen, mijnheer. Op een veiling op de kop getikt. Bij uitstek geschikt voor een religieus onderwerp, mijnheer Gray.'

'Het spijt me dat u zich de moeite hebt getroost zelf te komen, mijnheer Hubbard. Ik zal zeker eens naar de lijst komen kijken – hoewel ik op het ogenblik niet zoveel voor religieuze kunst voel – maar vandaag wil ik alleen maar een schilderij naar de bovenste verdieping gebracht hebben. Het is nogal zwaar, dus daarom dacht ik u te vragen of u mij een paar van uw mensen zou willen afstaan.'

'Geen enkele moeite, mijnheer Gray. Ik ben maar al te blij dat ik u ergens mee van dienst kan zijn. Om welk kunstwerk gaat het, mijnheer?'

'Dit,' antwoordde Dorian Gray, terwijl hij het scherm achteruit schoof. 'Kunt u het zoals het daar staat, met kleed en al, verplaatsen? Ik wil niet dat er krassen op komen terwijl het de trap op gedragen wordt.'

'Geen probleem, mijnheer,' zei de joviale lijstenmaker, terwijl hij het schilderij met behulp van zijn assistent van de lange koperen kettingen waaraan het was opgehangen begon los te haken. 'En waar moet het naartoe, mijnheer Gray?'

'Ik zal het u wijzen, mijnheer Hubbard, als u zo vriendelijk wilt zijn mij te volgen. Of misschien kunt u beter voorgaan.

Het is helemaal boven, vrees ik. We zullen de trap aan de voorkant nemen, die is breder.'

Hij hield de deur voor hen open en ze kwamen in de hal en begonnen de trap te bestijgen. Het ingewikkelde motief van de lijst had het schilderij buitengewoon zwaar gemaakt, en ondanks de overgedienstige protesten van mijnheer Hubbard, die de oprechte afkeer van de neringdoende had om een heer iets nuttigs te zien doen, hielp Dorian een handje mee.

'Een hele vracht, mijnheer,' zei de kleine man hijgend toen ze de bovenste verdieping bereikten. En hij veegde het zweet van zijn voorhoofd.

'Ik vrees dat het inderdaad nogal zwaar is,' mompelde Dorian, terwijl hij de deur ontsloot van de kamer die het vreemde geheim van zijn leven voor hem moest bewaren en zijn ziel voor de ogen van de mensen moest verbergen.

Het was meer dan vier jaar geleden sinds hij hier was geweest – in feite sinds hij haar eerst als speelkamer had gebruikt toen hij een kind was en later, toen hij wat ouder werd, als studeerkamer. Het was een groot, goed geproportioneerd vertrek dat door wijlen Lord Kelso speciaal was gebouwd voor zijn kleinzoon die hij, om de vreemde gelijkenis met zijn moeder en ook om nog andere redenen, altijd had gehaat en op een afstand had willen houden. Dorian vond het slechts weinig veranderd. Daar stond de enorme Italiaanse *cassone* met haar fantastische beschilderde panelen en verdofte vergulde lijstwerk, waarin hij zich als jongen zo vaak had verstopt. Daar de sandelhouten boekenkast met zijn schoolboeken met ezelsoren. Aan de muur daarachter hing hetzelfde haveloze Vlaamse wandtapijt waarop een verschoten koning en koningin schaak speelden in een tuin terwijl een groep valkeniers met vogels op hun gehandschoende pols voorbijreed. Hij herinnerde het zich allemaal nog levendig! Ieder moment van zijn eenzame jeugd kwam in zijn herinnering terug toen hij rondkeek. Hij herinnerde zich de vlekkeloze reinheid van zijn jongensjaren, en hij vond het nu afschuwelijk dat het noodlottige portret hier moest worden weggeborgen. Hoe weinig had hij in die voorbije tijd gedacht aan alles wat hem te wachten stond!

Maar er was geen andere plaats in het huis die zo veilig was voor spiedende ogen als deze. Hij had de sleutel en niemand anders kon er binnen komen. Onder zijn purperen kleed kon het gezicht op het doek beestachtig, pafferig en smerig worden. Wat hinderde het! Niemand kon het zien. Hijzelf zou het niet zien. Waarom zou hij de afzichtelijke corruptie van zijn ziel gadeslaan! Hij bleef jong – dat was voldoende. En bovendien, zou zijn karakter misschien ten slotte niet fijner kunnen worden? Er was geen reden om aan te nemen dat de toekomst even schandelijk zou zijn. Er zou een liefde in zijn leven kunnen komen en hem zuiveren en beschermen tegen de zonden die zich al in zijn geest en lichaam schenen te roeren – die vreemde, onafgebeelde zonden die hun verfijning en bekoring aan hun geheim te danken hadden. Misschien zou de wrede uitdrukking van de rode mond op een dag verdwenen zijn en zou hij de wereld Basil Hallwards meesterwerk kunnen laten zien.

Nee, dat was onmogelijk. Van uur tot uur en van week tot week verouderde het wezen op het doek. Het zou misschien aan de afzichtelijkheid van de zonde kunnen ontkomen, maar niet aan de afzichtelijkheid van de ouderdom. De wangen zouden invallen of slap worden. Gele kraaienpoten zouden om de verdoffende ogen kruipen en ze afzichtelijk maken. Het haar zou zijn glans verliezen, de mond zou gapen of openhangen, zou belachelijk of grof worden, zoals de monden van oude mannen zijn. Er zou de gerimpelde keel zijn, de koude handen met de blauwe aderen, het gebogen lichaam dat hij zich herinnerde van zijn grootvader die zo streng voor hem was geweest in zijn jeugd. Het schilderij moest worden verborgen. Het kon niet anders.

'Breng het binnen, alstublieft, mijnheer Hubbard,' zei hij lusteloos, terwijl hij zich omdraaide. 'Het spijt me dat ik u zo lang heb laten wachten. Ik was aan iets anders aan het denken.'

'Altijd blij om even uit te rusten, mijnheer Gray,' antwoordde de lijstenmaker, die nog buiten adem was. 'Waar zullen we het neerzetten, mijnheer?'

'O, dat hindert niet. Hier, dat is goed. Het hoeft niet te worden opgehangen. Zet het maar tegen de muur. Dank u wel.'

'Zou ik het kunstwerk ook even mogen zien, mijnheer?'

Dorian schrok. 'Het zou u niet interesseren, mijnheer Hubbard,' zei hij, terwijl hij zijn oog op de man gevestigd hield. Hij voelde zich in staat om zich op hem te storten en hem op de grond te gooien als hij de euvele moed zou hebben het schitterende kleed dat het geheim van zijn leven verborg op te lichten. 'Ik zal u niet langer ophouden. Ik ben u zeer dankbaar dat u zo vriendelijk bent geweest om te komen.'

'Geen dank. Helemaal geen dank, mijnheer Gray. Altijd graag bereid om iets voor u te doen, mijnheer.' Mijnheer Hubbard kloste de trap af, gevolgd door de assistent, die naar Dorian omkeek met een blik van verlegen verbazing op zijn grove onknappe gezicht. Hij had nog nooit zo'n zeldzaam mooie man gezien.

Toen het geluid van hun voetstappen was verstorven, sloot Dorian de deur af, en stak de sleutel in zijn zak. Hij voelde zich nu veilig. Niemand zou het afschuwelijke ding ooit aanschouwen. Geen ander oog dan het zijne zou ooit zijn schande zien.

Toen hij in de bibliotheek kwam, zag hij dat het even over vijven was, en dat de thee al was binnengebracht. Op een kleine tafel van donker geurig hout, zwaar ingelegd met paarlemoer, een cadeau van Lady Radley, de vrouw van zijn voogd, een knappe beroepsinvalide, die de vorige winter in Caïro had doorgebracht, lag een briefje van Lord Henry, en daarnaast een boek gebonden in geel papier, waarvan de omslag enigszins gescheurd was en de randen waren bevlekt. Een exemplaar van de derde editie van *The St. James's Gazette*. Het was duidelijk dat Victor terug was. Hij vroeg zich af of hij de mannen in de hal was tegengekomen toen ze het huis verlieten en uit hen had weten te krijgen wat ze hadden gedaan. Hij zou het schilderij stellig missen – had het ongetwijfeld al gemist, terwijl hij voor de thee had gedekt. Het scherm was niet teruggezet, en een open plek was zichtbaar op de muur. Misschien zou hij hem op een avond naar boven zien sluipen en proberen de deur van de kamer te forceren. Het was iets afschuwelijks om een spion in je huis te hebben. Hij had gehoord van rijke mannen die hun hele leven lang waren gechanteerd door een bediende, die een brief had gelezen of een gesprek had afgeluisterd, of een kaart met een adres had opgeraapt, of een verwelkte bloem of een stukje verkreukelde kant onder een kussen had gevonden.

Hij zuchtte en nadat hij voor zichzelf thee had ingeschonken, opende hij het briefje van Lord Henry. Het was alleen maar om hem te zeggen dat hij hem het avondblad toestuurde en een boek dat hem misschien zou interesseren en dat hij om kwart over acht op de club zou zijn. Hij vouwde *The St. James's* verveeld open en keek de krant door. Een rode potloodstreep op pagina vijf trok zijn blik. Het vestigde de aandacht op de volgende paragraaf:

'LIJKSCHOUWING OP ACTRICE – Hedenmorgen is in de Bell Tavern, Hoxton Road, door de heer Danby, de districtslijkschouwer, een schouwing gehouden op het stoffelijk overschot van Sybil Vane, een jonge actrice, tot voor kort werkzaam in het Royal Theatre, Holborn. De uitspraak luidde: dood tengevolge van een ongeval. Groot medeleven werd betuigd met de moeder van de overledene, die gedurende haar getuigenverklaring en die van Dr Birrel, die het postmortale onderzoek op de overledene had verricht, zeer was aangedaan.'

Hij fronste het voorhoofd en, terwijl hij de krant in tweeën scheurde, liep hij de kamer door en wierp de stukken weg. Wat afschuwelijk was het allemaal! En wat maakte echte lelijkheid de dingen afgrijselijk! Hij voelde zich enigszins geërgerd dat Lord Henry hem het bericht had toegestuurd. En het was dom van hem dat hij het met rood potlood had aangestreept. Victor zou het misschien hebben gelezen. De man kende daarvoor meer dan genoeg Engels.

Misschien had hij het gelezen en was hij iets gaan vermoeden. Maar toch, wat hinderde dat? Wat had Dorian Gray te maken met de dood van Sybil Vane? Er was niets te vrezen. Dorian Gray had haar niet gedood.

Zijn oog viel op het gele boek dat Lord Henry hem had gestuurd. Hij vroeg zich af wat het was. Hij ging naar de parelkleurige achthoekige stander, die hem altijd het werk had toegeschenen van vreemde Egyptische bijen die met zilver werkten, en terwijl hij het boek oppakte liet hij zich in een fauteuil vallen en begon de bladzijden om te slaan. Na enkele minuten ging hij er helemaal in op. Het was het vreemdste boek dat hij ooit gelezen had. Het was alsof de zonden van de wereld in de heerlijkste gewaden en op het verrukkelijke geluid van fluiten in een pantomime aan hem voorbij trokken. Dingen die hij al vaag had gedroomd werden plotseling werkelijkheid voor hem. Dingen waarvan hij nog nooit gedroomd had werden geleidelijk onthuld.

Het was een roman zonder intrige en met slechts één personage. Het was eenvoudig een psychologische studie van een zekere jonge Parijzenaar die zijn leven doorbracht met te proberen in de negentiende eeuw alle hartstochten en denkwijzen die tot iedere tijd behalve de zijne behoorden te verwezenlijken en, als het ware, in zichzelf de verschillende stemmingen samen te vatten die de wereldgeest ooit had doorgemaakt, waarbij de zelfverloochening, die de mensen onverstandig deugd hebben genoemd, hem om hun loutere gekunsteldheid even lief was als de natuurlijke rebellie, die wijze mensen nog altijd zonde noemen. De stijl waarin het geschreven was, was die vreemde sierlijke stijl, tegelijkertijd levendig en duister vol bargoens en archaïsmen, technische uitdrukkingen en wijdlopige parafrasen die het werk van sommige van de beste kunstenaars van de Franse school *Symbolistes* kenmerken. Er stonden metaforen in die even monsterlijk waren als orchideeën, en even verfijnd van kleur. Het leven van de zinnen werd beschreven in de termen van de mystieke filosofie. Men wist af en toe nauwelijks of men de geestelijke extasen van een of andere middeleeuwse heilige of de morbide bekentenissen van een moderne zondaar las. Het was een giftig boek. De zware geur van wierook scheen om de bladzijden te hangen en de hersens te benevelen. Alleen al de cadans van de zinnen, de subtiele eentonigheid van hun muziek, zo vol met ingewikkelde refreinen en wijdlopig herhaalde tempi, veroorzaakten in het brein van de jongen, terwijl hij van hoofdstuk tot hoofdstuk ging, een soort mijmering, een droomziekte, die hem onbewust maakte van de ten einde lopende dag en de aansluipende schaduwen.

Onbewolkt en door een enkele ster doorboord, glansde een kopergroene hemel door de ramen. Hij las verder bij het zwakke licht tot hij niet verder kon lezen. Toen, nadat zijn bediende hem verschillende keren had gewaarschuwd hoe laat het al was, stond hij op, ging naar de aangrenzende kamer en legde het boek op het Florentijnse tafeltje dat altijd naast zijn bed stond, en begon zich voor het diner te kleden. Het was bijna negen uur voor hij in de club aankwam waar hij Lord Henry alleen in de salon gezeten aantrof met een uiterst verveelde blik op het gezicht.

'Het spijt me heel erg, Harry,' riep hij uit, 'maar het is werkelijk helemaal jouw schuld. Dat boek dat je me hebt gestuurd heeft me zo geboeid dat ik de tijd helemaal vergeten ben.'

'Ja, ik dacht wel dat je het mooi zou vinden,' antwoordde zijn gastheer, terwijl hij uit zijn stoel opstond.

'Ik zei niet dat ik het mooi vond, Harry. Ik zei dat het me heeft geboeid. Dat is heel iets anders.'

'Zo, daar ben je dus achter gekomen?' mompelde Lord Henry. En ze gingen de eetzaal binnen.

11

Jarenlang kon Dorian Gray zich niet van de invloed van dit boek bevrijden. Of misschien zou het juister zijn om te zeggen dat hij nooit probeerde zich eraan te onttrekken. Hij bestelde in Parijs niet minder dan negen groot uitgevoerde exemplaren, en liet die in verschillende kleuren inbinden zodat ze zouden passen bij zijn verschillende stemmingen en de wisselende grillen van een karakter waarover hij, bij tijden, iedere beheersing volkomen scheen te hebben verloren. De held, de wonderbaarlijke jonge Parijzenaar, in wiens persoon het romantische en het wetenschappelijke temperament zo vreemd waren vermengd, werd een soort prototype voor hem zelf. En het scheen hem inderdaad toe dat het hele boek het verhaal van zijn eigen leven bevatte, geschreven voordat hij het had geleefd.

In één opzicht was hij gelukkiger dan de fantastische held van de roman. Hij had nooit die nogal groteske angst voor spiegels en gepolijste metalen oppervlakten en stilstaand water gekend (en daar ook nooit reden toe gehad) die de jonge Parijzenaar zo vroeg in zijn leven beving, en die werd veroorzaakt door het plotselinge verval van een schoonheid die eens, blijkbaar, zo opmerkelijk was geweest. Het was met een welhaast wrede vreugde – en misschien schuilt er in bijna iedere vreugde, zoals ongetwijfeld in vrijwel elke genieting, wel wreedheid – dat hij de laatste helft van het boek placht te lezen met het werkelijk tragische, hoewel enigszins al te sterk benadrukte verslag van het verdriet en de wanhoop van iemand die zelf had verloren wat hij in anderen, en in de wereld, het meest op prijs had gesteld.

Want de wonderbaarlijke schoonheid die Basil Hallward en ook vele anderen zo sterk had geboeid, scheen hij zelf nooit te verliezen.

Zelfs zij die de slechtste dingen over hem hadden gehoord – en van tijd tot tijd deden in Londen vreemde geruchten over zijn levenswijze de ronde en werden die het onderwerp van geklets op de club, konden niets oneerbaars van hem geloven wanneer ze hem zagen. Hij zag er altijd uit als iemand die zich niet door de wereld had laten bezoedelen. Mannen die grove taal spraken werden stil wanneer Dorian Gray de kamer binnenkwam. De zuiverheid van zijn gezicht had iets dat hen terechtwees. Alleen al zijn aanwezigheid scheen bij hen de herinnering wakker te roepen aan de onschuld die zij hadden bezoedeld. Ze vroegen zich af hoe iemand die zo charmant en bevallig was als hij aan de smet van een tijd had kunnen ontkomen die zowel smerig als sensueel was.

Vaak als hij thuiskwam na een van die geheimzinnige en langdurige perioden van afwezigheid die aanleiding gaven tot zulke vreemde vermoedens onder hen die zijn vrienden waren, of dat althans meenden te zijn, placht hij naar boven te sluipen naar de afgesloten kamer, de deur te openen met de sleutel die hij nu altijd bij zich droeg, en met een spiegel voor het portret te gaan staan dat Basil Hallward van hem had geschilderd, nu eens naar het zondige en verouderende gezicht op het doek kijkend, dan weer naar het mooie jonge gezicht dat hem uit de blinkende spiegel tegen lachte. Juist de scherpte van die tegenstelling verhoogde dan zijn gevoel van genot.

Hij werd meer en meer verliefd op zijn eigen schoonheid, meer en meer geïnteresseerd in het bederf van zijn eigen ziel. Hij onderzocht dan met de uiterste zorg, en verschrikkelijk genoegen de afzichtelijke rimpels die het gegroefde voorhoofd verhardden of om de zware sensuele mond kropen, waarbij hij zich soms afvroeg wat het ergste was, de sporen van zonde of de tekenen van ouderdom. Dan vergeleek hij zijn blanke handen met de grove opgezwollen handen van het schilderij, en lachte. Hij spotte met het misvormde lichaam en de gebrekkige ledematen.

Er waren ogenblikken, 's nachts, wanneer hij, als hij slapeloos in zijn eigen fijn geparfumeerde kamer lag, of in het armoedige kamertje van de kleine beruchte herberg bij de haven, die hij regelmatig onder een aangenomen naam en in vermomming bezocht, dacht aan het verderf dat hij over zijn eigen ziel had gebracht, met een medelijden dat des te schrijnender was omdat het louter egoïstisch was. Maar dergelijke ogenblikken waren zeldzaam. De nieuwsgierigheid omtrent het leven die Lord Henry voor het eerst bij hem had gewekt toen ze in de tuin van hun vriend zaten, scheen toe te nemen naarmate zij werd bevredigd. Hoe meer hij wist, hoe meer hij wilde weten. Hij had een waanzinnige honger, die erger werd naarmate hij hem voedde.

Toch was hij niet echt roekeloos, in ieder geval niet in zijn verhouding met de mondaine wereld. Gedurende de winter stelde hij een of twee keer per maand, en het hele seizoen door iedere woensdagavond, zijn prachtige huis voor de wereld open en had dan de gevierdste musici ter wereld om zijn gasten met de wonderen van hun kunst te bekoren. Zijn kleine diners, die Lord Henry hem altijd hielp arrangeren, waren even befaamd om de zorgvuldige keuze en plaatsing van de genodigden, als om de exquise smaak die tot uiting kwam in de tafelversiering met haar verfijnde symfonische schikking van exotische bloemen en geborduurd tafellinnen en antiek gouden en zilveren bestek. Voorwaar, er waren veel mensen, vooral onder de zeer jeugdige mannen, die in Dorian Gray de ware verwezenlijking van een type zagen, of meenden te zien, waar zij in hun tijd op Eton of in Oxford vaak van hadden gedroomd, een type dat iets van de ware cultuur van de geleerde met heel de bevalligheid en distinctie en volmaakte manieren van een wereldburger in zich zou verenigen. Voor hen scheen hij te behoren tot het gezelschap van hen waarvan Dante zei dat ze hadden getracht 'zich te vervolmaken door de schoonheid te aanbidden'. Evenals Gautier was hij iemand voor wie 'de zichtbare wereld bestond'.

En ongetwijfeld was het leven zelf voor hem de eerste, de grootste van alle kunsten, en daartoe schenen alle kunsten slechts een voorbereiding. Mode, waardoor het werkelijk fantastische voor een ogenblik universeel wordt, en dandyisme dat op zijn manier een poging is om de absolute moderniteit van de schoonheid tot gelding te brengen, hadden natuurlijk hun bekoring voor hem. Zijn manier van kleden en de bijzondere stijlen waar hij van tijd tot tijd een voorkeur voor toonde, hadden hun duidelijke invloed op de jonge fatten van de bals van Mayfair en de clubs in Pall Mall, die hem in alles wat hij deed navolgden en de toevallige charme van zijn bevallige, hoewel voor hem slechts half ernstige kwasterijen probeerden te imiteren.

Want hoewel hij maar al te zeer bereid was de positie te aanvaarden die hem vrijwel onmiddellijk nadat hij meerderjarig was geworden werd aangeboden, en in feite een subtiel genoegen schepte in de gedachte dat hij misschien werkelijk voor het Londen van zijn tijd zou worden wat de schrijver van *Satyricon* eens voor het Rome van keizer Nero was geweest, verlangde hij er toch in het diepst van zijn hart naar iets meer te zijn dan alleen maar een *arbiter elegantiarum*, die men raadpleegde over het dragen van een sieraad, of het strikken van een das, of hoe je met een wandelstok moest lopen. Hij probeerde een nieuw levensplan uit te werken dat zijn eigen beredeneerde filosofie en geordende beginselen zou hebben, en zijn hoogste verwezenlijking zou vinden in de vergeestelijking van de zinnen.

Het aanbidden van de zinnen is vaak, en volkomen juist, afgekeurd, omdat de mens een aangeboren gevoel van angst heeft wat driften en gevoelens betreft die sterker schijnen dan hijzelf, en waarvan hij zich bewust is dat hij ze met de minder hoog georganiseerde levensvormen gemeen heeft. Maar het scheen Dorian Gray toe dat de ware aard van de zinnen nooit begrepen was, en dat ze alleen wild en dierlijk waren gebleven omdat de wereld had geprobeerd ze door verhongering tot onderwerping te dwingen of ze door pijn te doden, in plaats van ze als elementen voor een nieuwe spiritualiteit te gebruiken waarvan een fijn instinct voor schoonheid het overheersende kenmerk moest zijn. Als hij terugkeek op de pelgrimstocht van de mensheid door de geschiedenis, werd hij achtervolgd door een gevoel van verlies. Er was zoveel opgegeven! En met zo weinig resultaat! Er waren krankzinnige moedwillige afwijzingen geweest, monsterlijke vormen van zelfkwelling en zelfverloochening, die uit angst voortkwamen, en waarvan het resultaat een oneindig vreselijker verwording betekende dan de denkbeeldige verwording waaraan zij in hun onwetendheid hadden getracht te ontsnappen. In haar wonderlijke ironie verdreef de natuur de kluizenaar om zich samen met de wilde dieren van de woestijn te voeden, en gaf de heremiet de dieren des velds als metgezel.

Ja, er moest, zoals Lord Henry had geprofeteerd, een nieuw hedonisme komen, dat het leven zou herscheppen en behoeden voor het strenge nare puritanisme dat in onze tijd op zo'n vreemde manier herleeft. Het zou zeker de steun van het intellect krijgen; toch moest het nooit enige theorie of systeem aanhangen dat zou inhouden dat er enige vorm van hartstochtelijke ervaring aan zou worden opgeofferd. Het doel ervan was zelf ervaring te zijn, en niet de vrucht van ervaring, zoet of bitter. Met het ascetisme dat de zinnen versterft en ook met vulgaire losbandigheid mocht het niets te maken hebben. Maar het zou de mens leren zich te concentreren op de momenten van een leven dat zelf slechts een moment is.

Slechts weinigen van ons zijn niet weleens voor de dageraad wakker geworden, hetzij na een van die droomloze nachten die ons bijna verliefd maken op de dood, of na een van die nachten van afgrijzen en misvormd genot wanneer fantomen door de kamers van de geest dolen die vreselijker zijn dan de werkelijkheid zelf en doordrongen van het intense leven dat in alle grotesken schuilt, en waaraan de kunst van de griezelroman haar blijvende vitaliteit te danken heeft, omdat die, naar men zich kan indenken, vooral de kunst is van hen wier geest getroebleerd is door de ziekte van de mijmering. Geleidelijk kruipen witte vingers door de gordijnen en ze schijnen te trillen. In zwarte fantastische vormen sluipen stomme schaduwen in de hoeken van de kamer en blijven daar liggen loeren. Buiten is de bedrijvigheid van de vogels tussen het lover, of het geluid van mensen die naar hun werk gaan, of het zuchten en snikken van de wind die uit de heuvels omlaag komt en rond het stille huis waart, alsof hij vreest de slapers te wekken, maar toch de slaap uit zijn rode grot moet roepen. De ene sluier van dun schemerig gaas na de ander wordt opgelicht, en geleidelijk krijgen de dingen hun vorm en kleur terug en zien we hoe de dageraad het oude patroon van de wereld herstelt. De fletse spiegels krijgen hun weerkaatsend leven terug. De uitgedoofde kaarsen staan waar we ze hebben achtergelaten, en daarnaast ligt het half opengesneden boek waaruit we hebben gestudeerd, of de bloem die we op het bal droegen of de brief die we niet durfden lezen, of te vaak gelezen hadden. Er schijnt niets te zijn veranderd. Uit de onwezenlijke schaduwen van de nacht komt het werkelijke leven dat we kenden terug. Wij moeten het hervatten waar we het hadden afgebroken en het verschrikkelijke gevoel bekruipt ons van de noodzaak van de continuatie van energie in dezelfde vermoeiende kringloop van stereotype gewoonten, of misschien een wild verlangen dat onze oogleden zich op een ochtend openen en een wereld zien die tijdens de duisternis voor ons genot is geschapen – een wereld waarin de dingen nieuwe vormen en kleuren hebben en zouden zijn veranderd, of andere geheimen hebben; een wereld waarin voor het verleden weinig of geen plaats zou zijn, of in elk geval in geen enkele bewuste vorm van verplichting of spijt zou overleven, omdat zelfs de herinnering aan genot haar bitterheid heeft en de herinnering aan geneugten haar smart.

Het was de schepping van werelden als deze die Dorian Gray het ware doel, of een van de ware doeleinden van het leven toescheen; en in zijn zucht naar sensaties, die tegelijkertijd nieuw en verrukkelijk zouden zijn en het element van zeldzaamheid zouden bezitten dat van zo wezenlijk belang is voor het avontuurlijke, placht hij vaak bepaalde denkwijzen over te nemen waarvan hij wist dat ze in werkelijkheid vreemd waren aan zijn aard, zich aan hun subtiele invloeden over te geven en ze dan, nadat hij als het ware hun kleur had aangenomen en zijn intellectuele nieuwsgierigheid had bevredigd, met de eigenaardige onverschilligheid af te danken die niet onverenigbaar is met een echte temperamentvolle gloed en die daar eigenlijk, volgens zekere moderne psychologen, een voorwaarde toe is.

Eens deed het gerucht over hem de ronde dat hij op het punt stond tot de rooms-katholieke kerk toe te treden, en ongetwijfeld had het roomse ritueel altijd een grote aantrekkingskracht op hem uitgeoefend. Het dagelijkse offer, verschrikkelijker eigenlijk dan alle offers van de antieke wereld, ontroerde hem evenzeer door zijn schitterende verwerping van de bewijzen van de zintuigen, als door de primitieve eenvoud van zijn onderdelen en de eeuwige pathos van de menselijke tragedie die het trachtte te symboliseren. Hij hield ervan op het koude marmer te knielen en de priester, in zijn rijk met bloemen versierde altaarkleed, langzaam en met blanke handen de sluier van het tabernakel opzij te zien schuiven, of de met juwelen bezette lantaarnvormige monstrans met de witte hostie te zien opheffen, waarvan men soms graag denkt dat het werkelijk het *'panis celestis'* is, het brood van de engelen, of gekleed in het gewaad van het lijden van Christus, de hostie in de kelk te zien breken en zich voor zijn zonden op de borst te zien slaan. De walmende wierookvaten, die door ernstige knapen in hun kant en rood, als grote vergulde bloemen heen en weer zwaaiden, hadden een subtiele bekoring voor hem. Wanneer hij de kerk verliet, keek hij met verwondering naar de zwarte biechtstoelen, en verlangde ernaar in de vage schemering van een ervan te zitten en te luisteren naar mannen en vrouwen die het ware verhaal van hun leven door het versleten traliewerk fluisterden. Maar hij verviel nooit in de fout zijn intellectuele ontwikkeling tot staan te brengen door formeel een geloof of systeem aan te nemen of een huis om in te wonen voor een herberg aan te zien die slechts geschikt is om een nacht te verblijven, of enkele uren van een nacht waarin geen sterren zijn en de maan niet schijnt. De mystiek, met haar verbazende kracht om ons gewone dingen vreemd te doen toeschijnen, en de subtiele tegenstrijdigheid die haar altijd schijnt te vergezellen, hield hem enkele maanden bezig; en enkele maanden lang voelde hij zich aangetrokken tot de materialistische leerstellingen van de darwinistische beweging in Duitsland, en schepte er een vreemd genoegen in de gedachten en driften van mensen naar een parelachtige cel of een of andere witte zenuw in het lichaam na te sporen, en was verrukt over het denkbeeld van de volkomen afhankelijkheid van de geest van bepaalde fysieke toestanden, ziekelijk of gezond, normaal of aangetast. Toch, zoals al eerder van hem werd gezegd, scheen geen enkele levenstheorie hem van enig belang toe, vergeleken bij het leven zelf. Hij voelde zich scherp bewust hoe onvruchtbaar alle intellectuele speculatie is wanneer die wordt gescheiden van handelingen en experimenten. Hij wist dat de zinnen, evenzeer als de ziel, hun spirituele geheimen hebben om te onthullen.

En daarom bestudeerde hij nu parfums en de geheimen van hun bereiding, zwaar geurende oliën destillerend en geurige harsen uit het Oosten brandend. Hij zag dat er geen geestesgesteldheid was die geen tegenhanger in het leven van de zinnen had, en legde zich erop toe hun ware betrekking te ontdekken door zich af te vragen wat wierook bevatte dat iemand mystiek maakte, en grijze amber dat de hartstochten opwekte, en viooltjes dat de herinnering aan oude liefdesavonturen liet herleven, en muskus dat het brein vertroebelde en *champak* dat de verbeelding bezoedelde; en probeerde vaak een echte psychologie van geuren uit te werken en de verschillende invloeden

te beoordelen van zoetgeurende wortels en van geparfumeerde met stuifmeel beladen bloemen, en van donkere en geurige
houtsoorten, van nardus dat misselijk maakt, van hovenia dat
mensen gek maakt, en van aloës waarvan gezegd wordt dat ze
melancholie uit de ziel kunnen verdrijven.

Een andere keer wijdde hij zich geheel aan muziek, en in
een lange getraliede kamer met een vermiljoen met goud plafond en muren van olijfgroen lakwerk, placht hij vreemde
concerten te geven, waarin waanzinnige zigeuners wilde muziek aan kleine zithers ontlokten, of ernstige Tunesiërs met
gele sjaals in de gespannen snaren van monsterlijke luiten
grepen, terwijl grijnzende negers eentonig op koperen trom-
mels sloegen en op rode matten gehurkte slanke Indiërs met
tulbanden op lange fluiten van riet of koper bliezen en grote
cobra's en afschuwelijke gehoornde adders onder hun betovering brachten, of deden alsof. De rauwe intervallen en schrille
disharmonieën van barbaarse muziek ontroerden hem soms,
terwijl Schuberts bekoorlijkheid en Chopins mooie smarten,
en de machtige harmonieën van Beethoven zelf zijn oor onbewogen lieten. Hij verzamelde uit alle delen van de wereld
de vreemdste instrumenten die er maar te vinden waren, hetzij in de graftomben van uitgestorven volken of onder de weinige wilde stammen die het contact met Westerse beschavin-
gen hebben overleefd, en hij vond het heerlijk ze aan te raken
en te beproeven. Hij bezat de mysterieuze *furuparis* van de
Indianen van de Rio Negro waar vrouwen niet naar mogen
kijken, en die zelfs jongelingen niet mogen zien voordat ze
zijn onderworpen aan vasten en kastijding, en de aarden krui-
ken van de Peruvianen die de schrille kreten van vogels hebben, en fluiten van menselijke beenderen als die welke Alfon-
so de Ovalle in Chili hoorde, en de sonore groene jaspers die
bij Cuzco worden gevonden en een buitengewoon zoete toon
hebben. Hij had beschilderde pompoenen gevuld met kiezels
die ratelden wanneer ze werden geschud; de lange *clarin* van
de Mexicanen waarin de speler niet blaast, maar waardoor hij
lucht inzuigt; de rauwe *ture* van de stammen van de Amazo-

ne, waarop geblazen wordt door de schildwachten die de hele dag lang in hoge bomen zitten en, naar men zegt, op een afstand van negen mijl kan worden gehoord; de *teponazili*, die twee vibrerende tongen van hout heeft, en waarop met stokjes wordt geslagen die zijn ingesmeerd met een elastische gom afkomstig van het melkachtige sap van planten; de *votl*-bellen van de Azteken die in trossen worden opgehangen als druiven; en een enorme cilindrische trommel bespannen met de huiden van slangen, als die welke Bernal Diaz zag toen hij met Cortes de Mexicaanse tempel binnenging en van welk sombere geluid hij ons zo'n levendige beschrijving heeft nagelaten. Het fantastische karakter van deze instrumenten boeide hem, en hij voelde een vreemde verrukking bij de gedachte dat de kunst, evenals de natuur, haar monsters heeft, dingen met een bestiale vorm en met afgrijselijke stemmen. Toch kreeg hij er na enige tijd genoeg van, en zat dan in zijn loge in de Opera, alleen of met Lord Henry, helemaal in vervoering naar *Tannhäuser* te luisteren, terwijl hij in het voorspel tot dat grote werk een voorstelling van de tragedie van zijn eigen ziel zag.

Bij een gelegenheid vatte hij de studie van edelstenen op en verscheen op een gekostumeerd bal als Anne de Joyeuse, Admiraal van Frankrijk, in een kostuum bedekt met vijfhonderdzestig parels. Die liefde boeide hem jarenlang, en verliet hem eigenlijk nooit meer. Vaak bracht hij een hele dag door met de verschillende stenen die hij had verzameld in hun vitrines te schikken en te herschikken, zoals de olijfgroene chrysoberil die in het lamplicht rood wordt, de cymophaan met zijn draadachtige lijn van zilver, de pistachekleurige goudsteen, rozerode en wijngele topazen, felrode karbonkels met trillende vierstralige sterren, vlamrode kaneelstenen, oranje en paarse robijnen en amethisten met hun afwisselende lagen van robijn en saffier. Hij hield van het rode goud van de zonnesteen en de parelachtige witheid van de maansteen, en de gebroken regenboog van de melkachtige opaal. Hij liet uit Amsterdam drie buitengewoon grote en kleurrijke smaragden komen, en bezat een turkoois *de la vieille roche* die alle kenners hem benijdden.

Hij ontdekte ook wonderbaarlijke verhalen over juwelen. In Alphonso's *Clericalis Disciplina* werd gewag gemaakt van een slang met ogen van echte hyacint, en in de romantische geschiedenis van Alexander werd gezegd, dat de veroveraar van Emathia in het dal van Jordon slangen had aangetroffen 'met ringen van echte smaragden die in hun rug groeiden'. Philostratus heeft ons verteld dat er een juweel in de hersenen van de draak zat, en 'door het gouden letters en een scharlaken mantel te laten zien' kon het monster in een magische slaap worden gebracht, en worden gedood. Volgens de grote alchimist Pierre de Boniface, kon de diamant een mens onzichtbaar, en de agaat uit India hem spraakzaam maken. De kornalijn bedaarde woede, en de hyacint wekte slaap op, en de amethist verdreef de roes van wijn. De granaatsteen dreef demonen uit, en de hycropicus beroofde de maan van haar kleur. De seleniet nam af en toe met de stand van de maan, en de meloceus, die dieven aanwijst, kon alleen door het bloed van knapen worden aangetast. Leonardus Camillus had een witte steen uit de hersens van een pas gedode padde zien halen, die een zeker middel tegen gif was. De bezoarsteen, die in het hart van het Arabische hert werd aangetroffen, was een tovermiddel dat de pest kon genezen. In de nesten van Arabische vogels bevond zich de aspilates die, volgens Democritus, de drager tegen vuurgevaar beschermde.

De koning van Ceylon reed bij zijn kroningsplechtigheid door zijn stad met een grote robijn in zijn hand. De poorten van het paleis van Johannes de Priester waren 'gemaakt van sardius met de hoorn van de gehoornde slang ingewerkt, opdat niemand vergif naar binnen zou brengen'. Boven de geveltop waren 'twee gouden appels waarin twee karbonkels zaten', opdat het goud overdag zou stralen en de karbonkels bij nacht. In de vreemde romance van Lodge *A Margarite of America* werd gezegd dat men in het vertrek van de koningin 'alle kuise dames van de wereld kon zien, uit zilver geciseleerd, die door mooie spiegels van chrysolieten, saffieren, karbonkels en groene smaragden keken'. Marco Polo had de inwoners van Zipangu roze parels in de monden van de doden zien stoppen. Een zeemonster was bekoord geworden door de parel die de duiker aan Koning Perozes had gegeven, en had de dief gedood en zeven maanden om zijn verlies getreurd. Toen de Hunnen de koning in de grote kuil lokten wierp hij hem weg – zo verhaalt Procopius – en hij werd nooit meer teruggevonden, hoewel Keizer Anastasius er vijfhonderd kilo goudstukken voor bood. De koning van Malabar had een Venetiaan een rozenkrans van driehonderdvier parels laten zien, een voor iedere god die hij aanbad.

Toen de hertog van Valentinois, de zoon van Alexander de Zesde, Lodewijk de Twaalfde van Frankrijk bezocht, was zijn paard beladen met bladgoud, volgens Brantôme, en zijn muts had dubbele rijen robijnen die een sterk licht uitstraalden. Karel van Engeland had met stijgbeugels gereden die met vierhonderdeenentwintig diamanten waren ingelegd. Richard de Tweede had een mantel, die op dertigduizend mark werd getaxeerd, die bedekt was met rode spinellen. Hall beschreef Hendrik de Achtste, op weg naar de Tower voorafgaande aan zijn kroning, als gekleed zijnde 'in een wambuis bestikt met goud, en geborduurd met diamanten en andere kostbare edelstenen, en een grote sjerp van grote rode spinellen om zijn nek.' De favorieten van James de Eerste droegen oorbellen van smaragden gevat in goud filigraan. Edward de Tweede gaf aan Piers Gaveston een roodgouden harnas bezet met hyacinten, een kraag van gouden rozen ingelegd met turkoizen, en een kalotje bezaaid met parels. Hendrik de Tweede droeg met juwelen versierde handschoenen die tot aan de elleboog reikten, en had een valkeniershandschoen waarop twaalf robijnen en tweeënvijftig grote Oosterse parels waren genaaid. De hertogelijke hoed van Karel de Stoute, de laatste hertog van Bourgondië, was behangen met peervormige parels en bezaaid met saffieren.

Hoe verfijnd was het leven eens geweest! Hoe heerlijk zijn

pracht en praal! Het was zelfs wonderbaarlijk om over de weelde van de doden te lezen.

Toen richtte hij zijn belangstelling op borduursels, en op de wandtapijten die in de kille vertrekken van de noordelijke volken van Europa dienst deden als fresco's. Toen hij zich in het onderwerp verdiepte – en hij had altijd een bijzonder vermogen om tijdelijk geheel en al op te gaan in datgene waarmee hij zich bezig hield – werd hij bijna droevig gestemd wanneer hij nadacht over de verwoesting die de Tijd over mooie en wonderbaarlijke dingen bracht. Hij was daar in ieder geval aan ontkomen. Zomers volgden elkaar op, en de gele jonquilles bloeiden en stierven vele keren, en nachten van verschrikking herhaalden de geschiedenis van hun schande, maar hij bleef onveranderd. Geen winter ontsierde zijn gezicht of bevlekte zijn bloemgelijke bloei. Hoe anders was het met materiële dingen! Waar waren zij gebleven? Waar was het grote krokuskleurige gewaad waarop de goden tegen de reuzen vochten, dat voor het genoegen van Athene door bruine meisjes was gemaakt? Waar het reusachtige velarium dat Nero over het Colosseum in Rome had gespreid, dat Titanenzeil van purper waarop de sterrenhemel stond afgebeeld, en Apollo die een strijdwagen mende getrokken door witte paarden met vergulde teugels? Hij verlangde ernaar de vreemde witte servetten te zien die gemaakt waren voor de Zonnepriester en waarop alle delicatessen en spijzen stonden afgebeeld die men zich bij een feestmaal maar kon wensen; het lijkkleed van koning Chilperic, met zijn driehonderd gouden bijen; de fantastische gewaden die de verontwaardiging opwekten van de bisschop van Pontus, en waarop 'leeuwen, panters, beren, honden, bossen, rotsen, jagers stonden afgebeeld – alles eigenlijk wat een schilder van de natuur kan nabootsen'; en de mantel die Charles d'Orléans eens gedragen had, op welke mouwen de versregels van een lied geborduurd stonden die begonnen 'Madame, je suis tout joyeux', en waarvan de muzikale begeleiding met gouddraad was geborduurd, en iedere noot, vierkant van vorm in die tijd, door vier parels werd gevormd. Hij las over de kamer die in het paleis te

Reims in gereedheid was gebracht voor koningin Jeanne van Bourgondië en versierd was met 'dertienhonderdeenentwintig geborduurde papegaaien, en beschilderd met het wapen van de koning en vijfhonderdeenenzestig vlinders wier vleugels eveneens waren versierd met het wapen van de koningin, het geheel in goud uitgevoerd'. Catharina de Medicis liet een rouwbed voor zich maken van zwart fluweel overdekt met maansikkels en zonnen. De gordijnen waren van damast, met bladerkransen en guirlandes, afgebeeld op een goud met zilveren achtergrond, en langs de randen met parels afgezet. En het stond in een kamer die behangen was met rijen emblemen van de koningin in uitgesneden zwart fluweel op zilverdoek. Lodewijk de Veertiende had met goud geborduurde vier en een halve meter hoge kariatiden in zijn vertrekken. Het staatsiebed van Sobieski, koning van Polen, was gemaakt van Smyrna goudbrokaat met verzen uit de koran in turkooizen geborduurd. De stijlen waren van verguld zilver, prachtig uitgesneden en kwistig ingelegd met geglazuurde en met juwelen bezette medaillons. Het was uit het Turkse kamp voor Wenen geroofd, en de standaard van Mohammed had onder het schitterende goud van zijn troonhemel gestaan.

En zo probeerde hij een heel jaar lang de voortreffelijkste exemplaren te verzamelen die hij op het gebied van stoffen en borduurwerk kon vinden, en verkreeg daardoor de sierlijke mousselines fijn bewerkt met handvormige bladeren van gouddraad en bestikt met iriserende kevervleugels; de Dacca gazen die om hun doorzichtigheid in het oosten bekend staan als 'geweven lucht' en 'stromend water' en 'avonddauw'; doeken uit Java met vreemde figuren; grote gele Chinese draperieën; boeken gebonden in geelbruin satijn of lichtblauwe zijde en versierd met *fleurs de lys*, vogels en figuren; sluiers van *lacis* met een Hongaarse steek; Siciliaans brokaat en stijf Spaans fluweel; Georgisch werk met zijn vergulde munten, en Japanse *Foukousas* met hun groentonige goudkleuren en vogels met wonderbaarlijke pluimage.

Hij had ook een speciale liefde voor priesterlijke gewaden,

zoals hij eigenlijk had voor alles, dat samenhing met de eredienst. In de lange cederhouten kisten die langs de westelijke galerij van zijn huis stonden had hij vele zeldzame en mooie exemplaren weggeborgen van wat werkelijk het gewaad van de Bruid van Christus is, die purper en juwelen en fraai linnen moet dragen, opdat zij het bleke gekastijde lichaam dat door het lijden dat zij zoekt is uitgemergeld en door zelf toegebrachte pijn is gewond, kan verbergen. Hij bezat een prachtige koormantel van karmozijnrode zijde, met daarop afgebeeld een zich herhalend patroon van gouden granaatappels gevat in zesbladige geometrische bloesems, waarachter aan beide kanten het dennenappelembleem in stofpareltjes was uitgebeeld. De randen van het goudborduursel waren in panelen verdeeld die taferelen uit het leven van de Maagd voorstelden, en de kroning van de Maagd was in gekleurde zijde op de capuchon afgebeeld. Dit was een Italiaans werkstuk uit de vijftiende eeuw. Een tweede koormantel was van groen fluweel, geborduurd met hartvormige groepen acanthusbladeren, waarvan witte bloesems met lange stelen zich uitspreidden, waarvan de details door zilverdraad en gekleurde kristallen goed uitkwamen. Op de gesp stond het hoofd van een serafijn in gouddraad opgewerkt. De zomen droegen een ruitvormig weefsel in rode en gouden zijde, en waren bezaaid met medaillons van vele heiligen en martelaren, onder wie St. Sebastiaan. Hij had ook kazuifels van amberkleurige zijde, en blauwe zijde en goudbrokaat, en gele damastzijde en goudlaken, versierd met voorstellingen van de Lijdensweg en Kruisiging van Christus, en geborduurd met leeuwen en pauwen en andere emblemen; opperkleden van wit satijn en roze zijden damast, versierd met tulpen en dolfijnen en fleurs de lys; altaarkleden van scharlaken fluweel en blauw linnen; en talloze korporaals, kelksluiers en sudaria. De mystieke riten waarbij deze dingen werden gebruikt hadden iets wat zijn verbeelding verlevendigde.

Want deze schatten, en alles wat hij in dit prachtige huis verzamelde, moesten voor hem middelen tot vergetelheid zijn, manieren waarop hij een tijd lang kon ontsnappen aan de angst die hem bij tijden te groot toescheen om te kunnen verdragen. Aan de wanden van de eenzame afgesloten kamer waar hij zo'n groot deel van zijn jeugd had doorgebracht, had hij eigenhandig het vreselijke portret neergehangen waarvan de veranderende gelaatstrekken hem de ware verwording van zijn leven toonden, en daarvoor had hij de purper met gouden lijkwade als gordijn gehangen. Wekenlang ging hij er niet heen en vergat hij het afzichtelijke schilderstuk, en herkreeg hij zijn luchthartigheid, zijn wonderbaarlijke vreugde, zijn hartstochtelijke overgave aan het loutere bestaan. Dan, plotseling, op een nacht sloop hij het huis uit om naar de afschuwelijke gelegenheden bij Blue Gate Fields te gaan, waar hij dagenlang bleef tot hij werd weggejaagd. Na zijn terugkeer ging hij dan voor het schilderij zitten, soms met walging voor het portret en zichzelf vervuld, maar andere keren vervuld met die individualistische trots die half de bekoring van de zonde is, en glimlachte met verholen genoegen om de misvormde schim die de last moest dragen die de zijne had behoren te zijn.

Naar een paar jaar kon hij er niet tegen om lang uit Engeland weg te zijn, en gaf de villa op die hij met Lord Henry in Trouville had gedeeld, evenals het kleine wit ommuurde huis in Algiers, waar ze meer dan eens de winter hadden doorgebracht. Hij had er een hekel aan om gescheiden te zijn van het schilderij, dat zozeer deel van zijn leven uitmaakte, en was ook bang dat iemand tijdens zijn afwezigheid de kamer zou binnendringen, ondanks de zware grendels die hij op de deur had laten maken.

Hij was er zich van bewust dat dit hun niets zou zeggen. Weliswaar behield het portret onder alle slechtheid en weerzinwekkendheid van het gezicht zijn duidelijke gelijkenis met hemzelf, maar wat konden ze daaruit opmaken? Hij zou iedereen uitlachen die probeerde hem te beschimpen. Hij had het niet geschilderd. Wat ging het hem aan hoe veil en schandelijk het eruitzag? Zelfs als hij het hun vertelde, zouden ze het dan geloven?

Toch was hij bang. Soms, wanneer hij in zijn grote huis in Nottingham verbleef, en de modieuze mannen van zijn eigen stand, die zijn voornaamste gezelschap uitmaakten ontving, en het graafschap verbaasde met de losbandige weelde en schitterende pracht van zijn manier van leven, liet hij zijn gasten soms ineens in de steek en spoedde zich terug naar Londen om te zien of de deur niet was geforceerd, en of het schilderij er nog hing. Wat, als het zou worden gestolen? Alleen die gedachte al gaf hem de koude rillingen van angst. Dan zou de wereld zijn geheim zeker te weten komen. Misschien vermoedde de wereld het al.

Want, hoewel hij velen boeide, waren er niet weinigen die hem wantrouwden. Hij was bijna gedeballotteerd door een club in de West End waarvan hij op grond van zijn afkomst en sociale positie ten volle het recht had lid te worden en men zei dat bij een gelegenheid, toen hij door een vriend werd meegenomen naar de rooksalon van de Churchill club, de hertog van Berwick en een andere heer, op demonstratieve wijze waren opgestaan en weg waren gegaan. Er begonnen na zijn vijfentwintigste verjaardag vreemde verhalen over hem de ronde te doen. Het gerucht ging dat men hem in een obscure kroeg in de afgelegen delen van Whitechapel met buitenlandse zeelui had zien brassen, en dat hij zich met dieven en valsemunters ophield en de geheimen van hun handwerk kende. Zijn uitzonderlijke perioden van afwezigheid werden berucht en wanneer hij dan weer in de voorname kringen opdook, placht men in hoeken met elkaar te fluisteren, of met een snier langs hem heen te lopen, of hem met koude onderzoekende ogen aan te kijken, alsof men vastbesloten was achter zijn geheim te komen.

Van dergelijke onbeschaamdheden en blijken van geringschatting trok hij zich natuurlijk niets aan, en naar de mening van de meeste mensen waren zijn openhartige, joviale manier van doen, zijn charmante jongensachtige glimlach, en de oneindige bevalligheid van de wonderbaarlijke jeugd die hij nooit scheen te verliezen, op zichzelf een afdoende antwoord op de roddelpraatjes, want zo noemden ze die, die over hem werden verteld. Men merkte echter op dat sommigen van hen die het intiemst met hem waren geweest, hem na een tijdje schenen te mijden. Vrouwen die hem wild hadden aanbeden, en om zijnentwil alle sociale afkeuring hadden getrotseerd en met de conventie hadden gespot, zag men van schaamte of afschuw verbleken wanneer Dorian Gray de kamer binnenkwam.

Toch vergrootten die gefluisterde schandalen in de ogen van velen zijn vreemde en gevaarlijke bekoring alleen maar. Zijn grote rijkdom was een zeker element van veiligheid. De maatschappij, de beschaafde maatschappij in ieder geval, is er nooit erg happig op om iets ten nadele van hen te geloven die niet alleen rijk, maar ook boeiend zijn. Zij voelt instinctief dat manieren belangrijker zijn dan moraal en naar haar mening is het hoogste fatsoen van veel minder waarde dan een goede kok te hebben. En, per slot van rekening, is het een bijzonder schrale troost wanneer je te horen krijgt dat de man die een slecht diner heeft gegeven, of slechte wijn heeft geschonken, in zijn privé leven onberispelijk is. Zelfs de kardinale deugden kunnen halfkoude *entrees* niet goedmaken, zoals Lord Henry eens bij een discussie over dit onderwerp opmerkte; en voor deze opvatting valt veel te zeggen. Want de maatstaven van een goede samenleving zijn dezelfde als de maatstaven voor de kunst, of behoren dat althans te zijn. Vorm is er absoluut noodzakelijk voor. Zij behoort zowel de waardigheid als de onwerkelijkheid van een ceremonie te bezitten, en behoort het onoprechte karakter van een romantisch toneelstuk te verenigen met de geestigheid en schoonheid die dergelijke stukken verrukkelijk voor ons maken. Is onoprechtheid zoiets vreselijks? Ik geloof van niet. Zij is eenvoudig een methode waardoor we onze persoonlijkheden kunnen vermenigvuldigen.

Dat was in ieder geval de mening van Dorian Gray. Hij verbaasde zich altijd over de oppervlakkige psychologie van hen, die het ego van de mens opvatten als iets eenvoudigs, permanents, betrouwbaars en met één essentie. Voor hem was de mens een wezen met myriaden levens, een ingewikkeld veelvormig schepsel dat vreemde erfenissen van denken en driften in zich had en wiens vlees bezoedeld was door de monsterlijke ziekten van de doden. Hij hield ervan door de holle kille schilderijengalerij van zijn landhuis te dwalen en naar de portretten te kijken van hen, wier bloed door zijn aderen stroomde. Daar was Philip Herbert, door Francis Osborne in zijn *Memoires on the Reigns of Queen Elizabeth and King James* beschreven, als iemand die 'door het Hof werd gevleid om zijn knappe gezicht dat hem niet lang gezelschap hield'. Leidde hij soms het leven van de jonge Herbert? Was een of andere vreemde giftige bacil van lichaam tot lichaam gekropen tot die zijn eigen lichaam had bereikt? Was het een vaag gevoel van die vervallen bekoorlijkheid geweest die hem zo plotseling en bijna zonder reden in Basil Hallwards atelier uiting had doen geven aan de waanzinnige bede die zijn leven zo had veranderd? Hier stond, in een met goud geborduurd rode wambuis, en met juwelen versierde wapenrok, en met goud afgezette geplooide kraag en manchetten, Sir Anthony Sherard, met zijn zilverzwarte wapenrusting aan zijn voeten opgetast. Wat was de nalatenschap van deze man geweest? Had de minnaar van Giovanni van Napels hem een erfenis van zonde en schande nagelaten? Waren zijn eigen handelingen de dromen die de dode man niet had durven verwezenlijken? Hier glimlachte Lady Elizabeth Devereux van het verfletsende doek, met haar gazen kap, paarlen ceintuur en roze splitmouwen hem toe. Ze had een bloem in haar rechterhand, en met haar linker hield ze een geëmailleerd halssnoer van witte en lichtrode rozen vast. Op een tafel naast haar lagen een mandoline en een appel. Op haar kleine puntige schoenen zaten grote groene rozetten. Hij kende haar leven, en de vreemde verhalen die er over haar minnaars werden verteld. Had hij iets van haar temperament in zich? De ovale ogen met de zware oogleden schenen hem nieuwsgierig aan te kijken. En George Willoughby met zijn gepoederde haar en fantastische smoesjes? Wat zag hij er boosaardig uit! Het gezicht was zwaarmoedig en snood, en de sensuele lippen schenen zich met verachting te krullen. Verfijnde kanten plooien vielen over de slanke gele handen die zo overladen waren met ringen. Hij was een achttiende-eeuwse fat geweest en de vriend, toen hij jong was, van Lord Ferrars. En de tweede Lord Beckenham dan, de metgezel van de Prins Regent in zijn wildste tijd, en een van de getuigen bij het geheime huwelijk met mevrouw Fitzherbert? Wat was hij trots en knap, met zijn kastanjebruine krullen en onbeschaamde houding. Welke hartstochten had hij nagelaten? De wereld had hem als infaam beschouwd. Hij had de orgieën in Carlton House aangevoerd. De ster van de Orde van de Kouseband schitterde op zijn borst. Naast hem hing het portret van zijn vrouw, een bleke vrouw in het zwart, met dunne lippen. Ook haar bloed vloeide in zijn aderen. Wat vreemd scheen het allemaal! En zijn moeder met haar gezicht als van Lady Hamilton en haar vochtige met wijn besprenkelde lippen – hij wist wat hij van haar had. Hij had zijn schoonheid en zijn passie voor de schoonheid van anderen van haar. Ze lachte hem toe in haar losse Bacchante kledij. Er zaten wingerdranken in haar haar. Het purper liep over de rand van de beker die ze vasthield. De vleeskleuren op het doek waren verfletst, maar de ogen waren nog steeds prachtig met hun diepe en briljante kleur. Hun blik scheen hem overal te volgen.

Toch had hij voorzaten in de literatuur, en ook in zijn eigen geslacht, van wie velen qua type en temperament nauwer verwant waren en een invloed hadden waarvan hij zich onbetwistbaar bewust was. Er waren tijden waarop het Dorian Gray toescheen dat de hele geschiedenis alleen maar het verslag van zijn eigen leven was, niet zoals hij het daadwerkelijk had geleefd, maar zoals zijn verbeelding het voor hem had geschapen, zoals het in zijn hoofd en hartstochten was geweest. Hij had het gevoel dat hij hen allemaal gekend had, die vreemde verschrikkelijke personages die zich op het wereldtoneel hadden bewogen en de zonde zo prachtig en het kwaad zo subtiel hadden gemaakt. Het scheen hem toe dat hun leven op een geheimzinnige manier zijn eigen leven was geweest.

De held van die wonderbaarlijke roman die zijn leven zozeer had beïnvloed, had zelf die vreemde inbeelding gekend. In het zevende hoofdstuk vertelt hij hoe hij, met lauweren omkranst, opdat de bliksem hem niet zou treffen, als Tiberius in een tuin op Capri de schandelijke boeken van Elephantis had zitten lezen, terwijl dwergen en pauwen om hem heen paradeerden, en de fluitspeler de zwaaier van het wierookvat bespotte; en als Caligula met de jockeys in hun groene hemden in hun stallen had gezwelgd en met een paard met fluwelen hoofdband uit een ivoren ruif had gegeten; en als Domitianus door een gang met marmeren spiegels had rondgedwaald en met verwilderde ogen had rondgekeken naar de weerspiegeling van de dolk die een einde aan zijn leven zou maken, ziek van de verveling, die vreselijke *taedium vitae*, die hen overvalt wie het leven niets ontzegt; en door een heldere smaragd naar de rode troep van het Circus had gekeken en daarna, in een draagstoel van parels en purper getrokken door met zilveren beslagen muilezels, door de Straat van Granaatappels naar een Huis van Goud was gereden, en mensen tegen Keizer Nero had horen schreeuwen toen hij voorbijkwam; en als Elagabalus zijn gezicht met kleuren had beschilderd, en met de vrouwen had gesponnen, en de maan uit Carthago had gehaald en haar in een mystiek huwelijk aan de Zon had gegeven.

Dorian las en herlas dit fantastische hoofdstuk mèt de twee hoofdstukken die erop volgden waarin, zoals op sommige vreemde wandtapijten of knap gemaakte lakwerken, de afschuwelijke en prachtige vormen waren afgebeeld van hen die monsterlijk of gek waren geworden door zonde, bloed of van verveling: Filippo, de hertog van Milaan, die zijn vrouw vermoordde en haar lippen met een scharlakenrood vergif verfde opdat haar minnaar de dood zou indrinken van het dode wezen dat hij omhelsde; Pietro Barbi, de Venetiaan, bekend als Paulus de Tweede, die in zijn ijdelheid de titel Formosus wilde aannemen en wiens tiara, die op tweehonderdduizend florijnen werd geschat, ten koste van een vreselijke zonde was gekocht; Gian Maria Visconti, die honden gebruikte om op levende mensen te jagen en wiens vermoorde lichaam door een hoer die van hem had gehouden met rozen werd bedekt; de Borgia op zijn witte paard met Fratricide naast hem rijdend en zijn mantel bevlekt met het bloed van Perotto; Pietro Riario, de jonge Kardinaal-Aartsbisschop van Florence, kind en lieveling van Sixtus IV, wiens schoonheid slechts door zijn liederlijkheid werd geëvenaard, en die Leonora van Aragon ontving in een paviljoen van witte en rode zijde, vol nimfen en centaurs, en een knaap verguldde opdat die bij het feest als Ganymedes of Hylas kon dienen; Ezzelin wiens melancholie slechts door de aanblik van de dood kon worden genezen, en die een voorliefde voor rood bloed had, zoals andere mannen voor rode wijn – de zoon van de Duivel, zoals men zei, en die zijn vader met dobbelen had bedrogen, terwijl hij met hem om zijn eigen ziel speelde; Giambattista Cibo, die spottend de naam Innocensius aannam en in wiens verkalkte aderen door een joodse dokter het bloed van drie knapen werd ingespoten; Sigismondo Malatesta, de minnaar van Isotta, en de Heer van Rimini, wiens afbeelding als vijand van God en de mens in Rome werd verbrand, die Polyssena met een servet wurgde en Ginevra d'Este gif te drinken gaf uit een smaragden beker, en ter ere van een schandelijke passie een heidense kerk voor de christelijke eredienst liet bouwen; Karel VI die de vrouw van zijn broer zo onstuimig had aanbeden dat een melaatse hem had gewaarschuwd voor de krankzinnigheid die hem te wachten stond en die, toen zijn geest verziekt was en aan het malen was geraakt, slechts getroost kon worden door Saraceense kaarten, beschilderd met de afbeeldingen van de Liefde, de Dood en de Waanzin; en Grifonetto Baglioni in zijn geborduurde wambuis, met juwelen versierde muts en acanthusachtige krullen, die Astorre en zijn bruid vermoordde, en Simonetto en zijn page, wiens knapheid zodanig was dat, toen hij op het gele plein van Perugia op sterven lag, zij die hem haatten alleen maar konden huilen en Atlanta, die hem had vervloekt, hem zegende.

Zij allen hadden iets vreselijk boeiends. Hij zag hen 's nachts en ze vertroebelden zijn verbeelding overdag. De renaissance kende vreemde manieren van vergiftigen – vergiftiging door middel van een helm en een brandende toorts, een geborduurde handschoen en een waaier met juwelen, door middel van een vergulde reukbal en door een amberen ketting. Dorian Gray was vergiftigd door een boek. Er waren ogenblikken waarop hij het kwaad eenvoudig als een manier beschouwde om zijn opvatting van het schone te verwezenlijken.

12

Het was op de negende november, de vooravond van zijn ach-
tendertigste verjaardag, zoals hij zich later vaak herinnerde. Hij
liep om ongeveer elf uur van Lord Henry, bij wie hij had gedi-
neerd, naar huis en droeg een zware bontjas, want de avond was
koud en mistig. Op de hoek van Grosvenor Square en South
Audley Street ging hem een man in de mist voorbij die heel
vlug liep en de kraag van zijn grijze overjas had opgeslagen. Hij
had een reistas in zijn hand. Dorian Gray herkende hem. Het
was Basil Hallward. Een vreemd gevoel van angst dat hij niet
kon verklaren beving hem. Hij gaf geen teken van herkenning
en liep vlug in de richting van zijn eigen huis verder.

Maar Hallward had hem gezien. Dorian hoorde eerst dat hij
op het trottoir bleef stilstaan en toen dat hij achter hem aan
holde. Enkele ogenblikken later werd hij bij de arm gepakt.

'Dorian! Wat een buitengewoon toeval! Ik heb van negen
uur af in de bibliotheek op je zitten wachten. Ten slotte heb ik
medelijden met je vermoeide bediende gekregen en hem toen
hij me uitliet gezegd dat hij maar naar bed moest gaan. Ik ga
met de nachttrein naar Parijs, en ik wilde je voor mijn vertrek
graag spreken. Ik dacht dat jij het was, of liever je bontjas, toen
je mij passeerde. Heb je mij niet herkend?'

'In deze mist, beste Basil? Ik kan Grosvenor Square niet eens
herkennen. Ik geloof dat mijn huis ergens is, maar ik ben er
niet helemaal zeker van. Het spijt me dat je weggaat; ik heb je
in tijden niet gezien. Maar ik neem aan dat je weer gauw terugkomt.'

'Nee, ik blijf een half jaar uit Engeland weg. Ik ben van plan in Parijs een atelier te huren en me op te sluiten tot ik een groot schilderij heb voltooid dat ik in m'n hoofd heb. Maar ik wilde het niet over mezelf hebben. Hier is je voordeur. Laat me heel even binnenkomen. Ik heb je iets te zeggen.'

'Met alle genoegen. Maar zul je je trein niet missen?' vroeg Dorian Gray lusteloos, terwijl hij de stoep opliep en de deur met zijn huissleutel opende.

Het lamplicht drong door de mist heen en Hallward keek op zijn horloge. 'Ik heb nog een zee van tijd,' zei hij. 'De trein vertrekt pas om kwart over twaalf, en het is net elf uur. Eigenlijk was ik op weg naar de club om je te zoeken toen ik je tegenkwam. Ik zal geen oponthoud hebben met mijn bagage want ik heb de zware koffers vooruit gestuurd. Alles wat ik bij me heb zit in deze tas en ik kan gemakkelijk in twintig minuten op het Victoria-station zijn.'

Dorian keek hem aan en glimlachte. 'Wat een manier voor een modieuze schilder om te reizen! Een valies en een winterjas! Kom binnen, anders komt de mist in huis. En denk erom dat je over niets ernstigs praat. Niets is ernstig tegenwoordig. Zo behoort het tenminste te zijn.'

Hallward schudde het hoofd toen hij naar binnen ging en volgde Dorian naar de bibliotheek. Er vlamde een vrolijk houtvuur in de grote open haard. De lampen waren ontstoken en een geopende Hollandse zilveren flessenhouder stond met enkele sifons met spuitwater en grote kristallen tumblers op een kleine tafel met inlegwerk. 'Je ziet dat je bediende het mij heel aangenaam heeft gemaakt, Dorian. Hij heeft me alles gegeven wat ik maar wilde, je beste sigaretten met gouden mondstuk incluis. Hij is een erg gastvrije kerel. Ik vind hem veel aardiger dan die Fransman die je eerst had. Tussen twee haakjes, wat is er eigenlijk van hem geworden?'

Dorian haalde de schouders op. 'Ik geloof dat hij met de kamenier van Lady Radley is getrouwd, en haar in Parijs als Engelse kleermaakster ingang heeft doen vinden. Anglomanie is daar tegenwoordig heel erg in de mode, hoor ik. Het schijnt dwaas van de Fransen, vind je niet? Maar – weet je – hij was lang niet slecht als butler. Ik heb hem nooit gemogen, maar ik had niet te klagen. Je verbeeldt je vaak dingen die volkomen belachelijk zijn. Hij was werkelijk erg aan me gehecht, en scheen het nogal spijtig te vinden toen hij wegging. Wil je nog een cognac met soda? Of heb je liever Rijnwijn met mineraalwater? Dat drink ik zelf altijd. Het staat zeker in de kamer hiernaast.'

'Nee, dank je, ik wil niets meer hebben,' zei de schilder terwijl hij zijn hoed afzette en zijn jas uittrok en die op het valies gooide die hij in de hoek had neergezet. 'En nu, beste kerel, wil ik eens ernstig met je praten. Kijk niet zo bedenkelijk. Je maakt het zoveel moeilijker voor me.'

'Waar gaat het allemaal over?' riep Dorian op zijn stormachtige manier uit, terwijl hij op de divan ging liggen. 'Ik hoop dat het niet over mezelf gaat. Ik heb genoeg van mezelf vanavond. Ik zou graag iemand anders willen zijn.'

'Het gaat over jezelf,' antwoordde Hallward met zijn diepe ernstige stem, 'en ik moet het je zeggen. Ik zal je niet langer dan een half uur ophouden.'

Dorian zuchtte, en stak een sigaret op. 'Een half uur!' mompelde hij.

'Het is niet veel om van je te vragen, Dorian, en het is uitsluitend voor je eigen bestwil dat ik spreek. Ik geloof dat het goed is dat je weet dat er de meest afschuwelijke dingen in Londen over je worden verteld.'

'Ik wil er niets van weten. Ik ben dol op schandalen over andere mensen, maar schandalen over mezelf interesseren me niet. Ze missen de bekoring van het nieuwe.'

'Ze moeten je interesseren, Dorian. Iedere gentleman is geïnteresseerd in zijn goede naam. Je wilt toch niet dat mensen over je praten als iets verachtelijks en ontaards? Natuurlijk heb je je positie en je rijkdom. Maar maatschappelijke positie en rijkdom zijn niet alles. Let wel, ik geloof die geruchten helemaal niet. Dat wil zeggen, wanneer ik jou zie kan ik ze niet geloven. Zonde is iets dat zich op iemands gezicht aftekent. Het kan niet worden verborgen. De mensen praten soms over geheime ondeugden. Die bestaan niet. Als een slecht mens een ondeugd heeft, blijkt die uit de lijnen van zijn mond, zijn neerhangende oogleden, de vorm van zijn handen zelfs. Iemand – ik zal zijn naam niet noemen, maar jij kent hem – kwam vorig jaar bij me om zijn portret te laten schilderen. Ik had hem nog nooit eerder gezien, en toentertijd nog nooit van hem gehoord, hoewel ik sindsdien heel veel gehoord heb. Hij bood een buitensporig bedrag. Ik weigerde. De vorm van zijn vingers had iets dat mij tegenstond. Ik weet nu dat ik volkomen gelijk had in wat ik van hem dacht. Zijn leven is afschuwelijk. Maar jij, Dorian, met je zuivere, onschuldige gezicht, en je mooie onbewogen jeugd – ik kan niets ten nadele van je geloven. En toch zie ik je heel zelden, en je komt tegenwoordig nooit meer op het atelier, en wanneer ik niet bij je ben en al die afschuwelijke dingen hoor die mensen over je fluisteren, weet ik niet wat ik moet zeggen. Hoe komt het, Dorian, dat iemand als de hertog van Berwick de zaal van een club verlaat wanneer jij daar binnenkomt?

Hoe komt het dat zo veel heren in Londen niet bij jou komen en jou niet bij hen thuis uitnodigen? Je was vroeger een vriend van Lord Staveley. Ik heb hem vorige week aan een diner ontmoet. Jouw naam werd toevallig genoemd in verband met de miniaturen die je voor de tentoonstelling in de Dudley hebt afgestaan. Staveley trok een misprijzend gezicht, en zei dat je dan misschien wel een uitgelezen smaak had, maar dat een man was die geen enkel onschuldig meisje zou mogen leren kennen, en met wie geen enkele kuise vrouw in dezelfde kamer zou mogen zijn. Ik herinnerde hem eraan dat ik een vriend van je ben, en vroeg hem wat hij bedoelde. Hij zei het mij. Hij zei het mij onomwonden waar iedereen bij was. Het was afschuwelijk! Waarom is jouw vriendschap zo noodlottig voor jonge mannen? Daar was bijvoorbeeld die ongelukkige gardeofficier die zelfmoord heeft gepleegd. Jij was zijn grootste vriend. En er was ook Sir Henry Ashton, die met een bezoedelde naam Engeland moest verlaten. Jij en hij waren onafscheidelijk. En Lord Singleton en zijn vreselijke einde dan? En Lord Kents enige zoon en zijn carrière? Ik kwam gisteren zijn vader in St. James's Street nog tegen. Hij scheen gebroken van schaamte en verdriet. En de jonge hertog van Perth? Wat heeft hij nu voor leven? Welke gentleman zou met hem willen omgaan?'

'Hou op, Basil! Je praat over dingen waar je niets van afweet,' zei Dorian Gray, die zich op zijn lip beet, met een toon van grenzeloze verachting in zijn stem. 'Je vraagt me waarom de hertog van Berwick een kamer uitgaat wanneer ik die binnenkom. Dat is omdat ik alles van zijn leven afweet, niet omdat hij iets van het mijne weet. Hoe zou zijn reputatie vlekkeloos kunnen zijn met het bloed dat hij in zijn aderen heeft? Je vraagt me over Henry Ashton en de jonge Perth. Heb ik de een zijn ondeugden en de ander zijn liederlijkheid geleerd? Als Kents stomme zoon zijn vrouw van de straat oppikt, wat heeft dat dan met mij te maken? Als Adrian Singleton de naam van een vriend op een schuldbekentenis zet, ben ik zijn hoeder? Ik weet hoe de mensen in Engeland kletsen. De burgermensen luchten hun morele vooroordelen aan hun weinig verfijnde eettafels, en fluisteren over wat zij de losbandigheid van hun meerderen noemen om te proberen te doen alsof ze in de hogere kringen verkeren en op intieme voet verkeren met de mensen die ze bekladden. In dit land wordt iedereen die distinctie en hersenen heeft door ordinaire tongen beroddeld. En wat voor soort leven leiden deze mensen, die zich zo zedig voordoen, zelf? Beste kerel, je vergeet dat we in het vaderland van de huichelaar leven.'

'Dorian,' riep Hallward uit, 'daar gaat het niet om. Engeland is slecht, ik weet het, en de Engelse society is verkeerd. Dat is de reden waarom ik wil dat jij een hoogstaand mens bent. Jij moet goed zijn. Jij bent niet goed geweest. Men had het recht om een man te beoordelen naar de uitwerking die hij op zijn vrienden heeft. De jouwe schijnen alle gevoel van eer, van goedheid, van zuiverheid verloren te hebben. Jij hebt hen met je waanzinnige verlangen naar genot vervuld. Ze zijn in de afgrond terecht gekomen. En dat komt door jou. Ja, dat heb jij gedaan, maar toch kun je lachen, zoals je nu doet. En er zit nog iets ergers achter. Ik weet dat jij en Harry onafscheidelijk zijn. Alleen al om die reden, en geen ander, had je de naam van zijn zuster niet tot een aanfluiting behoren te maken.'

'Pas op, Basil. Je gaat te ver.'

'Ik moet zeggen wat ik op mijn hart heb, en jij moet luisteren. Je zult luisteren. Toen jij Lady Gwendolyn leerde kennen, was ze nooit één ogenblik in opspraak geweest. Is er nu ook maar een fatsoenlijke vrouw in Londen te vinden die met haar in het park zou willen rijden? Hemeltje, zelfs haar kinderen mogen niet bij haar wonen. En er zijn andere verhalen – verhalen dat men je bij dageraad uit vreselijke huizen heeft zien sluipen en dat je vermomd de smerigste gribussen in Londen binnen kruipt. Zijn ze waar? Kunnen ze waar zijn? Toen ik ze voor het eerst hoorde, moest ik lachen. Ik hoor ze nu, en ze doen me huiveren. En je landhuis en het leven dat daar wordt geleid? Dorian, je weet niet wat er over je wordt verteld. Ik zal niet zeggen dat ik niet tegen je wil preken. Ik herinner me dat Harry eens tegen me zei, dat iedereen die voor amateur dominee speelt altijd begint met dat te zeggen, en dan vervolgens zijn woord breekt. Ik wil tegen je preken. Ik wil dat je een zodanig leven leidt dat de wereld je respecteert. Ik wil dat je een onbezoedelde naam hebt en een goede reputatie. Ik wil dat je je ontdoet van de verschrikkelijke lieden met wie je je inlaat. Haal je schouders niet op. Doe niet zo onverschillig. Je hebt een wonderbaarlijke invloed. Wend die ten goede aan, niet ten kwade. Ze zeggen dat je iedereen met wie je bevriend raakt corrumpeert, en dat je alleen maar een huis hoeft binnen te gaan, om er daarna schande over te brengen. Ik weet niet of het waar is of niet. Hoe kan ik dat weten? Maar het wordt van je gezegd. Ik hoor dingen waaraan onmogelijk kan worden getwijfeld. Lord Gloucester was in Oxford een van mijn beste vrienden. Hij heeft me een brief laten zien die zijn vrouw aan hem geschreven had toen ze alleen in haar villa in Menton op sterven lag. Jouw naam was betrokken bij de vreselijkste bekentenis die ik ooit gelezen heb. Ik zei hem dat het belachelijk was – dat ik je door en door kende, en dat je ten enenmale niet tot zoiets in staat was. Jou kennen? Ik vraag me af of ik je ken. Voor ik daar antwoord op zou kunnen geven, zou ik je ziel eerst moeten zien!'

'Mijn ziel moeten zien!' mompelde Dorian Gray, die verschrikt van de divan opsprong en bijna verbleekte van angst.

'Ja,' antwoordde Hallward ernstig, en met een diep toon van verdriet in zijn stem – 'je ziel zien. Maar dat kan alleen God.'

Een bittere spotlach kwam over de lippen van de jongere man. 'Je zult haar vanavond zelf zien!' riep hij uit, terwijl hij een lamp van de tafel oppakte. 'Kom mee: het is het werk van je eigen handen. Waarom zou je er niet naar kijken? Je mag de wereld er daarna alles van vertellen, als je wilt. Niemand zou je geloven. Als ze je wel geloofden, zouden ze er mij des te meer om mogen. Ik ken deze tijd beter dan jij, hoewel jij er altijd zo vervelend over kletst. Kom, zeg ik je. Je hebt lang genoeg over corruptie gebabbeld. Nu zul je het van aangezicht tot aangezicht zien.'

Ieder woord dat hij zei getuigde van de waanzin van hoogmoed.

Hij stampte op zijn jongensachtige beledigende manier met zijn voet op de grond. Hij voelde een verschrikkelijke vreugde bij de gedachte dat iemand anders zijn geheim zou delen en dat de man die het portret dat de oorsprong van al zijn schande was had geschilderd, voor de rest van zijn leven gebukt zou gaan onder de afgrijselijke herinnering aan wat hij had gedaan.

'Ja,' vervolgde hij, terwijl hij dichter naar hem toekwam en hem vastberaden in zijn ernstige ogen keek. 'Ik zal je mijn ziel laten zien. Jij zult datgene zien waarvan je dacht dat alleen God het kan zien.'

Hallward deinsde terug. 'Dit is godslastering, Dorian!' riep hij uit. 'Je moet zulke dingen niet zeggen. Ze zijn vreselijk, en ze betekenen niets.'

'Denk je dat?' Hij lachte opnieuw.

'Dat weet ik. En wat de dingen die ik je vanavond heb gezegd betreft – ik heb die alleen voor je bestwil gezegd. Je weet dat ik altijd een trouwe vriend van je ben geweest.'

Een verwrongen uitdrukking van pijn flitste over het gezicht van de schilder. Hij zweeg een ogenblik en er kwam een wild gevoel van medelijden over hem. Per slot van rekening, wat gaf hem het recht zijn neus in het leven van Dorian Gray te steken? Als hij een tiende had gedaan van wat er over hem verteld werd, hoeveel moest hij dan niet geleden hebben! Toen stond hij op en liep naar de haard en bleef daar staan kijken naar de brandende houtblokken met hun sneeuwwitte as en flakkerende vlammen.

'Ik wacht, Basil,' zei de jongeman, met een harde, heldere stem.

Hij draaide zich om. 'Wat ik te zeggen heb is het volgende,' riep hij uit. 'Je moet me een antwoord geven op die vreselijke dingen waarvan je wordt beschuldigd. Als je mij zegt dat ze van a tot z gelogen zijn, zal ik je geloven. Ontken ze, Dorian, ontken ze! Zie je niet wat ik doormaak? Mijn God! Vertel me niet dat je slecht, corrupt en schandelijk bent.'

Dorian Gray glimlachte. Zijn lippen krulden zich verachtelijk. 'Kom mee naar boven, Basil,' zei hij rustig. 'Ik houd van dag tot dag een dagboek van mijn leven bij, maar het komt nooit uit de kamer waarin het geschreven wordt. Ik zal het je laten zien als je met me meegaat.'

'Ik zal met je meegaan, Dorian, als je dat wilt. Ik zie dat ik m'n trein heb gemist. Maar dat hindert niet. Ik kan morgen gaan. Maar vraag me niet vanavond iets te lezen. Het enige wat ik wil is een duidelijk antwoord op mijn vraag.'

'Dat zal je boven gegeven worden. Ik zou het hier niet kunnen geven. Je zult niet lang hoeven te lezen.'

13

Hij ging de kamer uit, en begon de trap op te lopen, terwijl Basil Hallward vlak achter hem aan kwam. Ze liepen zacht zoals mensen 's nachts instinctief doen. De lamp wierp fantastische schaduwen op de muur en de trap. De opstekende wind deed sommige van de ramen rinkelen.

Toen ze de bovenste verdieping bereikten zette Dorian de lamp op de grond, haalde de sleutel uit zijn zak en stak hem in het sleutelgat. 'Blijf je erbij dat je het wilt weten, Basil?' vroeg hij zacht.

'Ja.'

'Dat doet me genoegen,' antwoordde hij met een glimlach. Toen voegde hij er enigszins nors aan toe: 'Jij bent de enige mens in de wereld die er recht op heeft alles van me te weten. Jij hebt meer met mijn leven te maken gehad dan je denkt,' en terwijl hij de lamp oppakte, opende hij de deur en ging naar binnen. Een koude luchtstroom streek langs hen heen, en het licht schoot één ogenblik in een trieste oranje vlam omhoog. Hij huiverde. 'Doe de deur achter je dicht,' fluisterde hij, terwijl hij de lamp op de tafel zette.

Hallward keek verbaasd om zich heen. De kamer zag eruit alsof ze in jaren niet bewoond was geweest. Een verschoten Vlaams tapijt, een schilderij achter een kleed, een oude Italiaanse cassone en een zo goed als lege boekenkast – meer scheen ze niet te bevatten, behalve een stoel en een tafel. Toen Dorian Gray een half opgebrande kaars aanstak die op de schoorsteenmantel stond, zag hij dat het hele vertrek met een laag stof was bedekt en dat het tapijt vol met gaten zat. Een muis ritselde achter het behang. Er hing een vochtige geur van schimmel.

'Dus jij gelooft dat alleen God de ziel ziet, Basil? Trek dat gordijn weg en je zult de mijne zien.' De stem die sprak was koud en wreed.

'Je bent gek, Dorian, of je speelt toneel,' mompelde Hall-ward, het voorhoofd fronsend.

'Wil je niet? Dan moet ik het zelf doen,' zei de jongeman, en hij rukte het gordijn van de roede en smeet het op de grond.

De schilder slaakte een kreet van afgrijzen toen hij in het flauwe licht het weerzinwekkende gezicht op het doek zag grijnzen. Er was iets in de uitdrukking dat hem met walging en afschuw vervulde. Lieve hemel! Het was Dorians eigen ge-zicht. De gruwel, of wat het ook was, had die wonderbaarlijke schoonheid nog niet helemaal bedorven. Er was nog wat goud in het dunnende haar en wat rood op de sensuele mond. De waterige ogen hadden nog iets van hun blauwe lieflijkheid be-houden; de nobele trekken om de mond, de fijn uitgesneden neusvleugels en de fraai gevormde hals waren nog niet hele-maal verdwenen. Ja, het was Dorian zelf. Maar wie had dat ge-daan? Hij scheen zijn eigen penseelstreek te herkennen, en de lijst was zijn eigen ontwerp. Het idee was monsterlijk, toch voelde hij angst. Hij greep de brandende kaars en hield die bij het schilderij. In de linkerhoek stond zijn eigen naam, geschre-ven in grote felrode letters.

Het was een smerige parodie, een infame, laaghartige satire. Dat had hij nooit gemaakt. En toch was het zijn eigen schilde-rij! Hij wist het, en hij had het gevoel alsof zijn bloed in een ogenblik van vuur in traag ijs veranderde. Zijn eigen schilde-rij! Wat betekende dat? Waarom was het veranderd? Hij draai-de zich om en keek Dorian Gray aan met de ogen van iemand die misselijk is. Zijn mond vertrok en zijn verdroogde tong scheen niet in staat te articuleren. Hij veegde met de hand over zijn voorhoofd. Het klamme zweet was hem uitgebroken. De jongeman stond tegen de schoorsteenmantel geleund en keek hem aan met die vreemde uitdrukking die men op het gezicht ziet van hen die helemaal in een toneelstuk zijn opgegaan wanneer een groot acteur speelt. Er stond noch echt verdriet noch echte vreugde op te lezen. Er was alleen de uitdrukking van de toeschouwer, met misschien een triomfantelijke flikkering in de ogen. Hij had de bloem uit zijn knoopsgat gehaald en rook eraan, of deed alsof.

'Wat heeft dit te betekenen?' riep Hallward eindelijk uit. Zijn stem klonk hem schril en onnatuurlijk in de oren.

'Jaren geleden, toen ik nog een jongen was,' zei Dorian Gray terwijl hij de bloem in zijn hand fijnkneep, 'ontmoette je mij en leerde me prat te zijn op mijn knappe uiterlijk. Op een dag stelde je mij voor aan één van je vrienden die mij het wonder van de jeugd verklaarde, en jij voltooide het portret van me dat mij het wonder van de schoonheid openbaarde. In een dwaas ogenblik, waarvan ik zelfs nu nog niet weet of ik het betreur of niet, sprak ik een wens uit – misschien zou jij het een bede noemen...'

'Ik herinner het mij! Ik herinner het mij maar al te goed! Nee, dat is onmogelijk! De kamer is vochtig. Het doek is beschimmeld. De verven die ik gebruikte bevatten een of ander ongelukkig mineraal vergif. Ik zeg je dat het onmogelijk is.'

'Ach, wat is onmogelijk?' mompelde de jongeman terwijl hij naar het raam liep en zijn voorhoofd tegen het koude door de mist beslagen glas legde.

'Je hebt me verteld dat je het had vernietigd.'

'Ik had het mis. Het heeft mij vernietigd.'

'Ik geloof niet dat het mijn schilderij is.'

'Kun je je ideaal er niet in zien?' vroeg Dorian bitter.

'Mijn ideaal, zoals jij het noemt...'

'Zoals jij het noemde.'

'Er zat niets slechts in, niets schandelijks. Jij was voor mij een ideaal, zoals ik nooit weer zal tegenkomen. Dit is het gezicht van een sater.'

'Het is het gezicht van mijn ziel.'

'Christus! Wat voor iets moet ik hebben vereerd. Het heeft de ogen van een sater.'

'Elk van ons heeft de hemel en de hel in zich, Basil,' riep Dorian met een wild gebaar van wanhoop uit.

Hallward wendde zich weer naar het portret en staarde ernaar.

'Mijn God, als het waar is,' riep hij uit, 'en als je dit met je leven hebt gedaan, moet je nog slechter zijn dan degenen die over je praten zich voorstellen.' Hij hield de lamp vlakbij het doek en onderzocht het. De oppervlakte scheen volkomen onveranderd. Het bederf en de gruwel waren blijkbaar van binnen uit gekomen. Door een vreemde bezieling van het innerlijke leven vrat de melaatsheid van de zonde het geval langzaam weg. Het rotten van een lijk in een vochtig graf was minder weerzinwekkend.

Zijn hand beefde en de kaars viel uit zijn houder op de grond en lag daar te sputteren. Hij trapte haar uit. Toen liet hij zich in de gammele stoel vallen die bij de tafel stond en sloeg de handen voor het gezicht. 'Goeie God, Dorian, wat een les! Wat een vreselijke les!' Er kwam geen antwoord, maar hij kon de jongeman bij het raam horen snikken. 'Bid, Dorian, bid,' mompelde hij. 'Wat was het ook alweer dat ons in onze jeugd geleerd werd? "Leid ons niet in bekoring. Vergeef ons onze zonden". Laten we dat samen bidden. De bede van je hoogmoed is beantwoord. Het gebed van je berouw zal ook beantwoord worden. Ik heb je te zeer vereerd. We zijn allebei gestraft.'

Dorian Gray draaide zich langzaam om en keek hem aan met ogen die vochtig waren van tranen. 'Het is te laat, Basil,' stamelde hij.

'Het is nooit te laat, Dorian. Laten we knielen en proberen of we ons niet een gebed kunnen herinneren. Is er niet ergens een vers: "Al zijn uw zonden rood als scharlaken, toch zal ik ze wit maken als sneeuw"?'

'Die woorden zeggen mij nu niets meer.'

'Stil, dat moet je niet zeggen. Jij hebt genoeg kwaad gedaan in je leven. Mijn God! Zie je dat vervloekte ding niet naar ons loeren?'

Dorian Gray wierp een blik op het schilderij en plotseling

kwam een teugelloos gevoel van haat jegens Basil Hallward in hem op alsof het hem was ingegeven door de beeltenis op het doek, door die grijnzende lippen in zijn oor gefluisterd. De dolle hartstochten van een opgejaagd dier kwamen in hem op, en hij verafschuwde de man die aan de tafel zat meer dan hij ooit iets van zijn leven had verafschuwd. Hij keek wild om zich heen. Er schitterde iets bovenop de beschilderde kast tegenover hem. Zijn oog viel erop. Hij wist wat het was. Het was een mes dat hij een paar dagen geleden mee naar boven had genomen om een stuk touw mee door te snijden, en was vergeten weer mee te nemen. Hij ging er langzaam naartoe, terwijl hij langs Hallward heen ging. Zodra hij achter hem stond, pakte hij het en draaide zich om. Hallward bewoog zich in zijn stoel alsof hij aanstalten maakte om op te staan. Hij snelde op hem af en stak het mes in de grote ader die achter het oor loopt, het hoofd van de man op de tafel neer drukkend en telkens opnieuw stekend.

Er klonk een gesmoord gekreun en het afschuwelijke geluid van iemand die stikt in bloed. Drie keer schoten de uitgestrekte handen krampachtig omhoog, met grotesk stijve vingers in de lucht grijpend. Hij stak hem nog twee keer, maar de man bewoog zich niet meer. Er begon iets op de vloer te druppelen. Hij wachtte een ogenblik, terwijl hij het hoofd nog neergedrukt hield. Toen gooide hij het mes op de tafel en luisterde.

Hij kon niets anders horen dan het tik, tik op het versleten tapijt. Hij opende de deur en ging op de overloop staan. Het huis was volkomen stil. Er was niemand op. Een paar seconden stond hij over de balustrade gebogen en keek omlaag in de zwarte gistende poel van duisternis. Toen haalde hij de sleutel te voorschijn en ging naar de kamer terug, en sloot zichzelf in.

Het lichaam zat nog in de stoel, met gebogen hoofd, gekromde rug en lange fantastische armen over de tafel gestrekt. Als die rode rauwe snee in de nek, en de stollende zwarte plas die zich langzaam over de tafel verbreidde, er niet geweest zouden zijn, zou men hebben gezegd dat de man eenvoudig sliep.

Hoe vlug was het allemaal gegaan! Hij voelde zich vreemd kalm, en nadat hij naar het raam was gelopen, zette hij het open en ging op het balkon staan. De wind had de mist weggewaaid en de hemel was als een monsterlijke pauwenstaart, besterd met myriaden gouden ogen. Hij keek omlaag en zag de politieagent zijn ronde doen terwijl hij de lange straal van zijn lantaren op de deuren van de stille huizen liet schijnen. De rode vlek van een rijtuig dat naar een vrachtje zocht glansde om de hoek en verdween toen. Een vrouw met een wapperende sjaal liep langzaam wankelend langs de de hekken. Af en toe bleef ze staan, en keek achterom. Een keer begon ze met een rauwe stem te zingen. De politieagent ging naar haar toe en zei iets tegen haar. Ze strompelde weg, en lachte. Een bittere windvlaag vaagde over het plein. De gaslantarens flakkerden en werden blauw, en de bladerloze bomen zwaaiden hun zwarte stijve takken heen en weer. Hij huiverde, en ging terug, het raam achter zich sluitend.

Toen hij bij de deur was, draaide hij de sleutel om en opende haar. Hij wierp niet eens een blik op de vermoorde man. Hij had het gevoel dat de hele zaak geheim kon worden gehouden door zich die niet te beseffen. De vriend, die het noodlottige portret had geschilderd waaraan hij heel zijn ellende te danken had, was uit zijn leven verdwenen. Dat was voldoende.

Toen herinnerde hij zich de lamp. Het was een nogal vreemd exemplaar van Moorse origine, gemaakt van dof zilver ingelegd met arabesken van gepolijst staal en bezet met ruwe turkooizen. Misschien zou zijn bediende hem missen en vragen stellen. Hij aarzelde een ogenblik, ging toen terug en nam haar van de tafel. Onwillekeurig zag hij het lijk. Wat was het stil! Wat zagen de lange handen er afschuwelijk wit uit! Het leek op een afgrijselijk wassen beeld.

Na de deur achter zich te hebben gesloten, sloop hij stil naar beneden. Het houtwerk kraakte en scheen het uit te schreeuwen alsof het pijn had. Hij bleef een paar keer staan wachten. Nee: alles was stil. Het was alleen maar het geluid van zijn eigen voetstappen.

Toen hij in de bibliotheek kwam, zag hij de koffer en jas in de hoek. Die moesten ergens worden verborgen. Hij ontsloot een geheime kast die zich in de lambrisering bevond, een kast waarin hij zijn eigen vreemde vermommingen bewaarde, en borg ze erin weg. Hij kon ze later gemakkelijk verbranden. Toen haalde hij zijn horloge te voorschijn. Het was twintig minuten voor twee.

Hij ging zitten, en begon na te denken. Ieder jaar – iedere maand bijna – werden er mensen in Engeland gewurgd voor wat hij had gedaan. Er was een moorddadige krankzinnigheid in de lucht geweest. Een of andere rode ster was te dicht bij de aarde gekomen... Maar toch, wat voor bewijzen waren er tegen hem? Basil Hallward had het huis om elf uur verlaten. Niemand had hem weer zien binnenkomen. De meesten van het personeel waren op Selby Royal. Zijn bediende was naar bed gegaan... Parijs! Ja, Basil was naar Parijs gegaan, en met de nachttrein, zoals hij van plan was geweest. Met zijn vreemde gereserveerde gewoonten zou het maanden duren voor er achterdocht zou worden gewekt. Maanden! Voor die tijd kon alles al vernietigd zijn.

Ineens kreeg hij een idee. Hij trok zijn bontjas aan, zette zijn hoed op, en ging naar de hal. Daar bleef hij staan, en hoorde de trage zware voetstappen van de politieagent op het trottoir buiten en zag het schijnsel van de lantaren dat op het raam weerkaatste. Hij wachtte en hield de adem in.

Na enkele ogenblikken schoof hij de grendel terug, en glipte naar buiten, de deur heel zachtjes achter zich sluitend. Toen begon hij te bellen. Na ongeveer vijf minuten verscheen zijn bediende, half aangekleed en met een erg slaperig gezicht.

'Het spijt me dat ik je wakker heb gemaakt, Francis,' zei hij terwijl hij naar binnen ging, 'maar ik had mijn huissleutel vergeten. Hoe laat is het?'

'Tien over twee, mijnheer,' antwoordde de man, terwijl hij met knipperende ogen op de klok keek.

'Tien over tweeën? Wat ontzettend laat! Je moet me morgenochtend om negen uur wekken. Ik heb het een en ander te doen.'

'Uitstekend, mijnheer.'

'Is er vanavond nog iemand geweest?'

'Mijnheer Hallward, meneer. Hij is tot elf uur hier gebleven, en is toen weggegaan omdat hij een trein moest halen.'

'O, wat jammer dat ik hem niet heb gezien. Heeft hij soms een boodschap achtergelaten?'

'Nee, mijnheer, behalve dat hij u uit Parijs zou schrijven als hij u niet op de club zou treffen.'

'Goed, Francis. Vergeet niet me morgenochtend om negen uur te wekken.'

'Nee, mijnheer.'

De man schuifelde op zijn pantoffels de gang door.

Dorian Gray gooide zijn hoed en jas op de tafel, en ging naar de bibliotheek. Een kwartier lang ijsbeerde hij door de kamer terwijl hij zich op de lippen beet en nadacht. Toen haalde hij het Adelboek van een van de planken en begon erin te bladeren. 'Alan Campbell, Hertford Street 152, Mayfair.' Ja, dat was de man die hij nodig had.

14

De volgende morgen om negen uur kwam zijn bediende met een kop chocolade op een dienblad binnen, en opende de luiken. Dorian lag heel vredig op zijn linkerzij met een hand onder zijn wang te slapen. Hij zag eruit als een schooljongen die vermoeid was van het spelen of het leren.

De man moest hem twee keer op de schouder tikken voor hij wakker werd, en toen hij de ogen opende verscheen er een flauwe glimlach op zijn lippen alsof hij een heerlijke droom had gehad. Toch had hij helemaal niet gedroomd. Zijn nacht was niet verstoord door beelden van genot of van pijn. Maar de jeugd lacht zonder enige reden. Dat is een van haar voornaamste charmes.

Hij draaide zich om en begon, op zijn elleboog steunend, van zijn chocolade te drinken. De zachte novemberzon stroomde de kamer binnen. De hemel was helder en er hing een milddadige warmte in de lucht. Het was bijna als een ochtend in mei.

Geleidelijk slopen de gebeurtenissen van de vorige avond op stille met bloed bevlekte voeten zijn hersens binnen, en reconstrueerden zich daar met ontstellende duidelijkheid. Hij huiverde toen hij zich alles wat hij had doorgemaakt herinnerde, en een ogenblik kreeg hij weer hetzelfde vreemde gevoel van afschuw van Basil Hallward, dat had gemaakt dat hij hem had gedood toen hij in de stoel zat, en hij werd koud van woede. De dode man zat daar nu ook nog, en in het zonlicht. Wat afschuwelijk was dat! Dergelijke afgrijselijke dingen waren voor de duisternis en niet voor de dag bestemd.

Hij voelde dat hij, wanneer hij zou blijven nadenken over wat hij had doorgemaakt, ziek of gek zou worden. Er waren zonden waarvan de bekoring meer in de gedachten bestond dan in het bedrijven ervan: vreemde triomfen die de trots meer bevredigden dan de driften, en het intellect een levendiger gevoel van vreugde gaven, groter dan enige vreugde die ze de zinnen schonken, of zouden kunnen schenken. Maar dit was er niet een van. Het was iets dat uit de geest moest worden gebannen, met papavers moest worden bedwelmd, of moest worden gewurgd opdat het niet zelf iemand zou wurgen.

Toen het halve uur sloeg, streek hij met de hand over zijn voorhoofd, stond toen haastig op en kleedde zich met nog meer dan zijn gewone zorg, waarbij hij veel aandacht schonk aan de keus van zijn das en dasspeld, en zijn ringen meer dan eens verwisselde. Hij deed ook lang over het ontbijt; hij proefde de verschillende schotels en sprak met zijn bediende over enkele nieuwe livreien die hij van plan was voor de bedienden op Selby te laten maken, en nam zijn correspondentie door. Bij sommige van de brieven moest hij glimlachen. Drie ervan verveelden hem. Een ervan herlas hij enige keren en verscheurde hem toen met een lichte blik van ergernis op zijn gezicht. 'Dat verschrikkelijke iets, het geheugen van een vrouw!' zoals Lord Henry eens had gezegd.

Nadat hij zijn kop zwarte koffie had opgedronken, veegde hij zijn lippen langzaam met een servet af, beduidde zijn bediende te wachten, ging naar de tafel en schreef twee brieven. De ene stak hij in zijn zak, de andere gaf hij aan zijn bediende.

'Breng die naar Hertford Street 152, Francis, en als mijnheer Campbell de stad uit is, probeer dan zijn adres te krijgen.'

Zodra hij alleen was, stak hij een sigaret op en begon op een stuk papier te schetsen; eerst tekende hij bloemen en bouwkundige onderwerpen, en daarna menselijke gezichten. Plotseling merkte hij op dat elk gezicht dat hij tekende een fantastische gelijkenis met Basil Hallward scheen te vertonen. Hij fronste het voorhoofd en ging, na te zijn opgestaan, naar de boekenkast en haalde er op goed geluk een boek uit. Hij was vastbesloten niet te denken aan wat er gebeurd was voor het absoluut noodzakelijk werd dat hij dat wel zou doen.

Toen hij zich op de divan had uitgestrekt, keek hij naar de titelpagina van het boek. Het was Gautiers *Emaux et Camées*, een editie op Japans papier, met de etsen van Jacquemart. De band was van citroengeel leer, met een dessin van verguld latwerk en gestippelde granaatappels. Hij had het gekregen van Adrian Singleton. Toen hij de bladzijden omsloeg viel zijn oog op het gedicht over de hand van Lacenaire, de koude gele hand *'du supplice encore mal lavée'*, met zijn donzige rode haren en zijn *'doigts de faune'*. Hij keek naar zijn eigen witte spitse vingers, onwillekeurig lichtlijk huiverend, en las verder tot hij bij die mooie strofen op Venetië kwam:

'Sur une gamme chromatique,
le sein de perles ruisselant,
La Vénus de l'Adriatique
Sort de l'eau son corps roze et blanc.

'Les domes, sur l'azur des ondes
Suivant la phrase au pur contour.
S'enflent comme des gorges rondes
Que soulève un soupir d'amour.

'L'esquif aborde et me dépose.
Jetant son amarre au pilier.
Devant une façade roze.
Sur le marbre d'un escalier.'

Verrukkelijke verzen waren het! Als je ze las scheen je op de groene waterwegen van de roze en paarlemoeren stad te drijven, gezeten in een zwarte gondel met zilveren boeg en wuivende gordijnen.

De regels alleen al zagen er voor hem uit als die rechte lijnen van turkooisblauw die je volgen als je naar het Lido vaart. De plotselinge kleurflitsen deden hem denken aan de glans van de

vogels met kelen van opaal en iris die om de hoge honingraat-
vormige Campanile fladderen of met zo'n statige bevalligheid
door de schemerige stoffige zuilengangen lopen. Met halfgesloten ogen achterover leunend zei hij telkens weer bij zichzelf:

'Devant une façade roze,
Sur le marbre d'un escalier'.

Heel Venetië was in deze twee regels samengevat. Hij herinnerde zich de herfst die hij daar had doorgebracht, en een fantastische liefde die hem tot krankzinnig verrukkelijke dwaasheden had gebracht. Iedere stad had haar romantiek. Maar
evenals Oxford had Venetië de achtergrond voor romantiek
bewaard en, voor de ware romanticus was achtergrond alles, of
bijna alles. Basil was een deel van de tijd bij hem geweest en
was wild van Tintoretto geweest. Arme Basil! Wat een afgrijselijke manier voor een man om te sterven!

Hij zuchtte, en pakte het boek weer op, en probeerde te vergeten. Hij las over de zwaluwen die het kleine café in Smyrna
in en uit vliegen waar de Hadzjis hun amberen kralen zitten te
tellen en de kooplieden met hun tulbanden hun lange met
kwasten versierde pijpen roken en ernstig met elkaar praten;
hij las over de Obelisk op de Place de la Concorde, die tranen
van graniet weent in zijn eenzame zonloze verbanning en ernaar verlangt terug te zijn aan de warme met lotussen bedekte
Nijl, waar Sfinxen zijn en rozerode ibissen, en witte gieren
met vergulde klauwen, en krokodillen met kleine lichtgroene
ogen die over de groene dampende modder kruipen. Hij begon
te peinzen over die verzen die, muziek ontlokkend aan door
kussen bezoedeld marmer, van dat vreemde standbeeld verhalen dat Gautier vergelijkt met een altstem, het *'monstre charmant'* dat zich in de porfieren kamer van het Louvre bevindt.
Maar na een tijdje viel het boek uit zijn hand. Hij werd zenuwachtig, en hij kreeg een verschrikkelijke aanval van angst. Als
Alan Campbell eens niet in Engeland was? Het zou dagen du-

ren voor hij terugkwam. Misschien zou hij weigeren te komen. Wat moest hij in dat geval doen? Ieder ogenblik was van levensbelang. Ze waren eens, vijf jaar geleden – hele goede vrienden geweest – bijna onafscheidelijk eigenlijk. Toen was er plotseling een einde aan de vriendschapsband gekomen. Wanneer ze elkaar nu in gezelschap tegenkwamen, was Dorian Gray de enige die glimlachte; Alan Campbell deed dat nooit.

Hij was een bijzonder scherpzinnige jongeman, hoewel hij geen echte waardering had voor de beeldende kunsten, en het weinige gevoel voor poëzie dat hij had, dankte hij helemaal aan Dorian. Zijn overheersende intellectuele liefde ging naar de wetenschap uit. In Cambridge had hij zijn tijd grotendeels doorgebracht met in het laboratorium te werken, en hij had een graad in de natuurwetenschappen behaald. Hij was in werkelijkheid nog steeds verknocht aan de scheikundestudie en had een eigen laboratorium, waarin hij zich de hele dag placht op te sluiten, tot grote ergernis van zijn moeder die er haar zinnen op had gezet dat hij naar een zetel in het parlement zou dingen, en een vaag idee had dat een scheikundige iemand was die recepten klaarmaakte. Hij was echter ook een voortreffelijk musicus en speelde zowel beter piano als viool dan de meeste amateurs. Feitelijk had de muziek hem en Dorian Gray samengebracht – muziek en die ondefinieerbare aantrekkingskracht die Dorian scheen te kunnen uitoefenen wanneer hij dat wilde en eigenlijk vaak, zonder dat hij zich daarvan bewust was, uitoefende. Ze hadden elkaar bij Lady Berkshire ontmoet die avond dat Rubinstein er speelde, en daarna zag men hen altijd samen in de Opera en waar verder goede muziek ten gehore werd gebracht. Hun vriendschap had achttien maanden geduurd. Campbell was altijd of op Selby Royal of in Grosvenor Square. Evenals voor vele anderen was Dorian Gray voor hem het type van al wat wonderbaarlijk en boeiend is in het leven. Of ze al dan niet ruzie hadden gehad wist niemand. Maar plotseling merkte men op dat ze nauwelijks met elkaar spraken wanneer ze elkaar tegenkwamen, en dat Campbell altijd vroeg op ieder feestje scheen weg te gaan waar Dorian Gray aanwezig was. Hij was ook veranderd – was af en toe vreemd melancholiek, leek bijna met tegenzin naar muziek te luisteren en wilde nooit zelf spelen, waarbij hij ter verontschuldiging aanvoerde, wanneer het hem gevraagd werd, dat hij zo verdiept was in de wetenschap dat hij geen tijd meer over had om te studeren. En dat was stellig waar. Met de dag scheen hij meer geïnteresseerd te worden in de biologie, en zijn naam verscheen een paar keer in een aantal wetenschappelijke tijdschriften in verband met bepaalde vreemde experimenten.

Dit was de man op wie Dorian Gray wachtte. Iedere seconde keek hij op de klok. Naarmate de minuten verstreken werd hij vreselijk opgewonden. Ten slotte stond hij op, begon door de kamer te ijsberen, en zag eruit als een prachtig gekooid dier. Hij nam lange sluipende passen. Zijn handen waren eigenaardig koud.

De spanning werd ondraaglijk. De tijd scheen met loden voeten voort te kruipen, terwijl hij door monsterlijke winden naar de scherpe rand van een donkere afgrond werd gesleurd. Hij wist wat hem daar te wachten stond; zag het in werkelijkheid voor zich, en huiverend sloeg hij de vochtige handen voor zijn brandende oogleden alsof hij zijn hersens het gezicht wilde ontnemen en de oogballen naar hun grot terug wilde drijven. Het was nutteloos. Het brein had zijn eigen voedsel waaraan het zich te goed deed, en de verbeelding, door angst grotesk gemaakt, door pijn verwrongen en vervormd, danste als een schunnige pop op een podium en grijnsde door bewegende maskers.

Toen, plotseling, kwam de Tijd voor hem tot stilstand. Ja: dat blinde, traag ademende ding kroop niet meer, en nu de Tijd dood was, snelden afgrijselijke gedachten lichtvoetig vooraan verder en sleurden een afzichtelijke toekomst uit zijn graf, en lieten hem die zien. Hij staarde ernaar. De gruwel ervan versteende hem.

Ten slotte ging de deur open, en zijn bediende kwam binnen. Hij keek hem met wezenloze ogen aan.

'Mijnheer Campbell, meneer,' zei hij.

Een zucht van opluchting kwam over zijn droge lippen, en de kleur kwam op zijn wangen terug.

'Vraag hem meteen binnen te komen, Francis,' zei hij. Hij voelde dat hij weer zichzelf was. Zijn lafhartige bui was verdwenen.

De man boog en ging weg. Enkele ogenblikken later kwam Alan Campbell binnen; hij zag er ernstig en nogal bleek uit, en zijn bleekheid werd nog benadrukt door zijn roetzwarte haar en donkere wenkbrauwen.

'Alan! Wat aardig van je! Ik dank je dat je bent gekomen.'

'Ik was van plan nooit meer een voet in je huis te zetten, Gray. Maar je schreef dat het een kwestie van leven en dood was.' Zijn stem klonk hard en koud. Hij sprak met trage omzichtigheid. Er was een uitdrukking van verachting in de vaste onderzoekende blik die hij op Dorian wierp. Hij hield de handen in de zakken van zijn astrakan jas en scheen het gebaar waarmee hij werd begroet niet te hebben opgemerkt.

'Ja, het is ee kwestie van leven of dood, Alan, en voor meer dan één mens. Ga zitten.'

Campbell nam een stoel bij de tafel en Dorian ging tegenover hem zitten. De twee mannen keken elkaar recht in de ogen. In die van Dorian was een grenzeloos medelijden. Hij wist dat hij iets heel ergs van plan was.

Na een gespannen ogenblik van stilte leunde hij voorover en zei hij rustig, maar terwijl hij de uitwerking van ieder woord op het gezicht van hem die hij had laten komen, gadesloeg: 'Alan, in een afgesloten kamer op de bovenste verdieping van dit huis, een kamer waartoe niemand anders dan ik toegang heeft, zit een dode man aan een tafel. Hij is nu al tien uur dood. Verroer je niet, en kijk me niet zo aan. Wie die man is, waarom hij is gestorven, of hoe hij is gestorven, zijn zaken die jou niet aangaan. Wat jij moet doen is het volgende –'

'Hou op, Gray. Ik wil verder niets horen. Of wat je mij hebt verteld waar is of niet kan me niet schelen. Ik weiger bij jouw leven betrokken te worden. Hou je afschuwelijke geheimen voor je. Ze interesseren me niet meer.'

'Alan, ze moeten je interesseren. Je zult je moeten interesseren in dit geval. Het spijt me ontzettend voor je, Alan. Maar ik kan zelf niets doen. Jij bent de enige die mij kan redden. Ik ben wel gedwongen je bij de zaak te betrekken. Ik heb geen keus. Alan, jij bent een man van de wetenschap. Jij weet van scheikunde en dat soort dingen af. Jij hebt geëxperimenteerd. Jij moet wat daarboven is vernietigen – het zo vernietigen dat er niets van over blijft. Niemand heeft deze man het huis binnen zien gaan. In werkelijkheid waant men hem op dit ogenblik in Parijs. Het zal maanden duren voor hij wordt vermist. Wanneer hij vermist wordt, moet er hier geen spoor van hem over zijn. Jij, Alan, moet hem en alles wat hem toebehoort veranderen in een handvol as die ik in de lucht kan verstrooien.'

'Je bent gek, Dorian.'

'Ha! Ik wachtte erop dat je mij Dorian zou noemen.'

'Je bent gek, zeg ik je – gek om je te verbeelden dat ik ook maar één vinger zou uitsteken, gek om deze monsterlijke bekentenis te doen. Ik wil niets met deze zaak te maken hebben, wat het ook is. Denk je dat ik mijn reputatie voor jou in de waagschaal ga stellen? Wat kan het duivelswerk dat jij van plan bent mij schelen?'

'Het was zelfmoord, Alan.'

'Daar ben ik dan blij om. Maar wie heeft hem ertoe gedreven? Jij, stel ik me voor.'

'Blijf je weigeren dat voor me te doen?'

'Natuurlijk weiger ik. Ik wil er volstrekt niets mee te maken hebben. Het kan me niet schelen welke schande er over jou komt. Jij verdient die ten volle. Het zou mij niet spijten je te schande gemaakt te zien, in het openbaar te schande gemaakt te zien. Hoe durf je mij te vragen, uitgerekend mij, me in deze gruwelijke zaak te verwikkelen? Ik had gedacht dat je een betere kijk op de mensen had. Je vriend Lord Henry Wotton kan je niet veel psychologie hebben geleerd, wat hij je verder ook geleerd mag hebben. Niets zal me ertoe brengen ook maar iets te doen om je te helpen. Je bent aan het verkeerde adres. Ga naar je vrienden. Kom niet bij mij aan.'

'Alan, het was een moord. Ik heb hem gedood. Je weet niet wat hij me heeft doen lijden. Hoe mijn leven ook is, hij heeft meer met het slagen of mislukken ervan te maken gehad dan Harry. Misschien niet met opzet, maar het resultaat was hetzelfde.'

'Een moord! Goeie God, Dorian, ben je al zo diep gezonken? Ik zal je niet verraden. Het is mijn zaak niet. Bovendien zul je zonder dat ik er iets aan doe toch gearresteerd worden. Niemand bedrijft ooit een misdaad zonder een stommiteit te begaan. Maar ik wil me er niet mee bemoeien.'

'Je moet je ermee bemoeien. Wacht, wacht even, luister naar me. Het enige dat ik je vraag is een wetenschappelijk experiment uit te voeren. Jij gaat naar ziekenhuizen en lijkenhuizen en zo, en de afschuwelijke dingen die je daar uitvoert doen je niets. Als je deze man in een smerige ontleedkamer of stinkend laboratorium op een loden tafel zou zien liggen, met rode wonden waar het bloed uit vloeide, zou je hem gewoon als een bewonderenswaardig object beschouwen. Het zou je geen zier kunnen schelen. Je zou niet vinden dat je iets verkeerds deed. Integendeel, je zou waarschijnlijk denken dat je het mensdom een dienst bewees, of een bijdrage leverde aan de totale kennis van de wereld, of de intellectuele nieuwsgierigheid bevredigde, of iets dergelijks. Wat ik van je vraag is alleen maar iets wat je vaak eerder hebt gedaan. Het moet eigenlijk veel minder weerzinwekkend zijn een lijk te vernietigen dan wat je gewoonlijk doet. En bedenk dat het 't enige bewijsstuk tegen mij is. Als het ontdekt wordt, ben ik verloren; en het zal zeker ontdekt worden, tenzij jij me helpt.'

'Ik heb geen enkel verlangen om je te helpen. Dat vergeet je. Ik sta volkomen onverschillig tegenover het hele geval. Ik heb er niets mee te maken.'

'Alan, ik smeek je. Denk aan de positie waarin ik verkeer. Even voordat jij kwam, ben ik bijna flauw gevallen van angst. Misschien zul je zelf eens ervaren wat angst is. Nee, denk daar niet aan! Bekijk de zaak zuiver uit een wetenschappelijk oogpunt. Jij vraagt niet waar de lijken waarop je experimenteert vandaan komen. Vraag dat dan ook nu niet. Ik heb je al te veel verteld. Maar ik smeek je dit te doen. We zijn eens vrienden geweest, Alan.'

'Praat niet over die tijd, Dorian, hij is dood.'

'De doden leven soms voort. De man boven zal niet weggaan. Hij zit aan de tafel met gebogen hoofd en uitgestrekte armen. Alan! Alan! Ze zullen me ophangen, Alan. Begrijp je dat dan niet? Ze zullen mij hangen voor wat ik gedaan heb.'

'Het heeft geen enkel nut deze scène voort te zetten. Ik weiger iets in deze zaak te doen. Het is krankzinnig van je het me te vragen.'

'Weiger je?'

'Ja.'

'Ik smeek je, Alan.'

'Het is nutteloos...'

Dezelfde blik van medelijden kwam in Dorians ogen. Toen strekte hij zijn hand uit en pakte een blaadje papier waarop hij iets schreef. Hij las het twee keer over, vouwde het zorgvuldig op en schoof het over de tafel. Toen hij dat gedaan had, stond hij op en ging naar het raam.

Campbell keek hem verbaasd aan, pakte het blaadje op en las het. Terwijl hij dat deed, werd zijn gezicht doodsbleek en hij zakte in zijn stoel terug. Een afschuwelijk gevoel van misselijkheid kwam in hem op. Het was alsof zijn hart in een luchtledig bonsde.

Na enkele minuten van ontstellende stilte draaide Dorian zich om en ging achter hem staan, en legde zijn hand op zijn schouder.

'Het spijt me erg voor je, Alan,' mompelde hij, 'maar je laat mij geen andere keus. Ik heb al een brief geschreven. Hier is hij. Je ziet het adres. Als je me niet helpt, moet ik hem versturen. Je weet wat het resultaat zal zijn. Maar je zult me helpen. Je kunt nu onmogelijk weigeren. Ik heb geprobeerd je te sparen. Dat zul je moeten toegeven. Je bent hard, wreed, beledigend geweest. Je hebt me behandeld zoals niemand mij ooit nog heeft durven behandelen – geen levend mens in elk geval.

Ik heb het allemaal verdragen. Nu is het aan mij om voorwaarden te stellen.'

Campbell sloeg de handen voor het gezicht en een huivering doorvoer hem. 'Je kent ze. De zaak is heel eenvoudig. Kom, maak je niet zo van streek. Het moet gebeuren. Zie het onder ogen, en doe het.'

Campbell kreunde en beefde over zijn hele lichaam. Het tikken van de klok op de schoorsteenmantel scheen de Tijd in afzonderlijke atomen van folterende pijn te verdelen, elk te verschrikkelijk om te verdragen. Het was alsof een ijzeren ring langzaam om zijn voorhoofd werd geschroefd, alsof de schande waarmee hij werd bedreigd al over hem was gekomen. De hand op zijn schouder woog loodzwaar. Het was ondraaglijk. Hij scheen eronder verpletterd te worden. 'Kom, Alan, je moet meteen besluiten.'

'Ik kan het niet doen,' zei hij werktuiglijk, alsof woorden dingen konden veranderen.

'Je moet. Je hebt geen keus. Stel het niet uit.'

Hij aarzelde een ogenblik. 'Is er vuur in de kamer boven?'

'Ja, er is een gasvuur met asbest platen.'

'Ik moet naar huis om een paar dingen uit het laboratorium te halen.'

'Nee, Alan, je mag het huis niet verlaten. Schrijf op een velletje papier wat je nodig hebt, en mijn bediende zal een rijtuig nemen en ze gaan halen.'

Campbell krabbelde enkele regels neer, vloeide ze af en adresseerde een envelop aan zijn assistent. Dorian las het briefje zorgvuldig door. Toen belde hij en gaf het aan zijn knecht met de opdracht zo gauw mogelijk terug te komen en de dingen mee te brengen.

Toen de deur van de hal dichtsloeg, sprong Campbell zenuwachtig uit zijn stoel op en liep naar de schoorsteenmantel. Hij rilde alsof hij de koude koorts had. Bijna twintig minuten lang sprak geen van beiden. Een vlieg gonsde druk door de kamer, en het tikken van de klok was als het kloppen van een hamer.

Toen de klok één sloeg draaide Campbell zich om; hij keek Dorian Gray aan en zag dat er tranen in zijn ogen stonden. De zuiverheid en de verfijning van dat droevige gezicht hadden iets wat hem woedend scheen te maken. 'Je bent infaam, volkomen infaam,' mompelde hij.

'Ssst, Alan, je hebt mijn leven gered,' zei Dorian.

'Je leven? Lieve hemel. En wat voor leven! Je bent van kwaad tot erger vervallen, en nu is het al zover dat je een misdaad hebt begaan. Nu ik op het punt sta datgene te doen waartoe je mij dwingt, denk ik niet aan jouw leven.'

'Ach, Alan,' mompelde Dorian met een zucht, 'ik wou dat je een duizendste van het medelijden voor mij voelde dat ik met jou heb.' Hij draaide zich om terwijl hij dat zei, en stond naar de tuin te kijken. Campbell antwoordde niet.

Na ongeveer tien minuten werd er op de deur geklopt en de bediende kwam binnen met een grote mahoniehouten kist met chemicaliën, een lange rol staal en platinadraad en twee nogal vreemd gevormde ijzeren klemmen.

'Zal ik ze hier laten, mijnheer?' vroeg hij aan Campbell.

'Ja,' zei Dorian. 'En ik vrees, Francis, dat ik nog een boodschap voor je heb. Hoe heet de man in Richmond ook alweer, die de orchideeën voor Selby levert?'

'Harden, mijnheer.'

'Juist ja – Harden. Je moet onmiddellijk naar Richmond gaan, Harden persoonlijk te spreken vragen en hem zeggen dat hij twee keer zo veel orchideeën stuurt als ik heb besteld en er zo min mogelijk witte bij doet. Eigenlijk wil ik helemaal geen witte hebben. Het is een mooie dag, Francis, en Richmond is een erg aardig plaatsje, anders zou ik je er niet mee lastig vallen.'

'Het is geen moeite, mijnheer. Hoe laat moet ik terug zijn?'

Dorian keek Campbell aan. 'Hoe lang heb je nodig voor je experiment, Alan?' vroeg hij met een rustige, onverschillige stem. De aanwezigheid van een derde in de kamer scheen hem bijzonder koelbloedig te maken.

Campbell fronste het voorhoofd en beet zich op de lippen.

'Het zal ongeveer vijf uur duren,' antwoordde hij.

'Het is vroeg genoeg als je om halfacht terug bent, Francis. Of neem de hele dag maar vrij; leg alleen mijn kleren voor vanavond klaar. Je kunt de avond voor jezelf houden. Ik dineer niet thuis, dus ik zal je niet nodig hebben.'

'Dank u, mijnheer,' zei de man, en verliet de kamer.

'Nu, Alan, er is geen ogenblik te verliezen. Wat is die kist zwaar! Ik zal hem voor je dragen. Neem jij de andere dingen.' Hij sprak snel, en op een autoritaire toon. Campbell voelde zich door hem overdonderd. Samen gingen ze de kamer uit.

Toen ze de overloop van de bovenste verdieping bereikten, haalde Dorian de sleutel te voorschijn en stak hem in het slot. Toen bleef hij staan en er verscheen een verontruste blik in zijn ogen. Hij huiverde. 'Ik geloof niet dat ik naar binnen kan gaan, Alan,' mompelde hij.

'Dat hindert niet. Ik heb je niet nodig,' zei Campbell koel.

Dorian deed de deur halfopen. Terwijl hij dat deed, zag hij het gezicht van zijn portret wellustig in het zonlicht kijken. Op de grond ervoor lag het gescheurde gordijn. Hij herinnerde zich dat hij de vorige avond voor het eerst van zijn leven had vergeten het noodlottige doek te bedekken, en stond op het punt naar voren te snellen, toen hij met een huivering terugdeinsde.

Wat was die walglijke rode dauw die nat en glinsterend op een van de handen glansde, alsof het doek bloed had gezweet? Wat afgrijselijk was dat – het scheen hem op dat ogenblik afgrijselijker toe dan het onbeweeglijke lichaam dat hij over de tafel wist uitgestrekt, het lichaam waarvan de grotesk vervormde schaduw op het gevlekte kleed hem toonde dat het niet bewogen had, maar daar nog net zo was als hij het had achtergelaten.

Hij slaakte een diepe zucht, deed de deur iets wijder open, en met halfgesloten ogen en afgewend hoofd liep hij vlug naar binnen, vastbesloten niet een keer naar de dode man te kijken. Toen, terwijl hij zich voorover boog en het goud met purperen gordijn oppakte, gooide hij het over het schilderij.

Daar bleef hij staan, bang zich om te draaien, en zijn ogen richtten zich op de ingewikkelde figuren van het patroon voor hem. Hij hoorde Campbell de zware kist, de ijzers en de andere spullen die hij nodig had voor zijn afgrijselijke werk naar binnen brengen. Hij begon zich af te vragen of hij en Basil Hallward elkaar ooit hadden ontmoet en, zo ja, wat ze van elkaar hadden gevonden.

'Laat me nu alleen,' zei een strenge stem achter hem.

Hij draaide zich om en haastte zich naar buiten, en besefte nog net dat de dode man in de stoel was teruggeduwd, en dat Campbell in een glinsterend geel gezicht staarde. Toen hij naar beneden ging, hoorde hij dat de sleutel in het slot werd omgedraaid.

Het was ver over zevenen toen Campbell in de bibliotheek terugkwam. Hij was bleek, maar volmaakt kalm. 'Ik heb gedaan wat je me hebt gevraagd,' mompelde hij. 'En nu, vaarwel. Laten we elkaar nooit meer zien.'

'Jij hebt me voor de ondergang behoed, Alan. Dat kan ik nooit vergeten,' zei Dorian eenvoudig.

Zodra Campbell weg was, ging hij naar boven. Er hing een afschuwelijke stank van salpeterzuur in het vertrek. Maar datgene wat aan de tafel had gezeten was verdwenen.

15

Om halfnegen die avond werd Dorian Gray, bijzonder mooi gekleed en met een tuiltje viooltjes in zijn knoopsgat, door buigende bediendes de salon van Lady Narborough binnengeleid. Zijn voorhoofd bonsde van razende zenuwen en hij voelde zich enorm opgewonden, maar zijn manier van doen was even onbezorgd en gracieus als altijd toen hij zich over de hand van zijn gastvrouw boog. Misschien lijkt men nooit meer op zijn gemak te zijn dan wanneer men een rol moet spelen. In ieder geval zou niemand die Dorian Gray die avond zag, hebben kunnen geloven dat hij een tragedie had doorgemaakt die even ontzettend was als welke tragedie van onze tijd ook. Die fraai gevormde vingers zouden nooit een mes hebben kunnen omklemmen om een zonde te bedrijven, noch hadden die lachende lippen om God en erbarmen kunnen roepen. Hijzelf verwonderde zich onwillekeurig over de kalmte van zijn gedrag en voelde een ogenblik heel scherp het verschrikkelijke genot van een dubbel leven.

Het was een klein gezelschap dat Lady Narborough, die een zeer schrandere vrouw was met wat Lord Henry de overblijfselen van een werkelijk opmerkelijke lelijkheid noemde, nogal haastig bij elkaar had gezocht. Zij had zich een voortreffelijke vrouw van een van onze vervelendste ambassadeurs betoond, en nadat ze haar echtgenoot netjes in een marmeren mausoleum van haar eigen ontwerp had begraven, en haar dochters aan enkele rijke, nogal bejaarde heren had uitgehuwelijkt, wijdde ze zich nu aan de genoegens van de Franse romankunst, de Franse keuken, en Franse esprit wanneer ze die kon krijgen.

Dorian was een van haar bijzondere favorieten, en ze zei altijd tegen hem dat ze bijzonder blij was dat ze hem niet had ontmoet toen ze jong was. 'Ik weet, m'n beste, dat ik waanzinnig verliefd op u zou zijn geworden,' zei ze dan, 'en mij om uwentwil aan niets of niemand zou hebben gestoord. Het is zeer gelukkig dat er in die tijd nog niet aan u werd gedacht. Het was toen zo dat ik met niemand flirtte. Maar dat was allemaal Narboroughs schuld. Hij was vreselijk bijziende, en er is niets aan om een echtgenoot te bedriegen die nooit iets ziet.'

Haar gasten die avond waren nogal saai. Het was namelijk zo, zoals ze Dorian achter een erg sjofele waaier uitlegde, dat een van haar getrouwde dochters volkomen onverwacht bij haar was komen logeren en, om de zaak nog erger te maken, haar echtgenoot had meegenomen. 'Ik vind dat hoogst onaardig van haar, m'n beste,' fluisterde zij. 'Natuurlijk ga ik iedere zomer, wanneer ik van Homburg kom, bij ze logeren, maar ja, een oude vrouw als ik heeft af en toe wat frisse lucht nodig, en bovendien, ik maak ze werkelijk wakker. U weet niet wat voor bestaan ze daar leiden. Het is zuiver onvervalst buitenleven. Ze staan vroeg op, omdat ze het zo druk hebben, en gaan vroeg naar bed omdat ze zo weinig hebben om over te denken. Er is in de omgeving sinds de tijd van Koningin Elizabeth geen enkel schandaal geweest en daarom vallen ze na het diner met z'n allen in slaap. U zult niet naast een van hen komen te zitten. U zult naast mij zitten en me amuseren.'

Dorian fluisterde een galant compliment en keek de kamer rond. Ja, het was inderdaad een saai gezelschap. Twee van de mensen had hij nooit eerder gezien, en de rest bestond uit Ernest Harrowden, een van die middelmatigheden van middelbare leeftijd die men zo veelvuldig in Londense clubs aantreft, die geen vijanden hebben, maar door hun vrienden hoogst onsympathiek worden gevonden; Lady Ruxton, een opzichtig geklede vrouw van zevenenveertig met een haakneus, die altijd haar best deed zich te compromitteren, maar zo onaantrekkelijk was dat niemand ooit iets in haar nadeel wilde geloven; mevrouw Erlynne, een eerzuchtig onbelangrijk persoontje met Venetiaans rood haar dat verrukkelijk lispelde; Lady Alice Chapman, de dochter van zijn gastvrouw, een slonzig saai meisje met een van die karakteristieke Britse gezichten die je je, wanneer je ze eenmaal hebt gezien, nooit meer herinnert; en haar man, een wezen met rode wangen, witte bakkebaarden die, als zovelen van zijn klasse, van mening was dat overdreven jovialiteit een volslagen gebrek aan ideeën kan goedmaken.

Hij had er nogal spijt van dat hij gekomen was, totdat Lady Narborough, toen ze op de grote ormulu vergulde klok die met opzichtige rondingen op de met paars gedrapeerde schoorsteenmantel stond keek, uitriep: 'Wat vreselijk van Henry Wotton om zo laat te zijn! Ik heb hem vanmorgen op goed geluk een uitnodiging gestuurd en hij heeft op zijn erewoord beloofd dat hij me niet zou teleurstellen.'

Het was enige troost dat Harry ook zou komen, en toen de deur openging en hij zijn lijzige muzikale stem hoorde die aan de een of andere onoprechte verontschuldiging bekoring verleende, voelde hij zich niet langer verveeld.

Maar tijdens het diner kon hij geen hap door zijn keel krijgen. Schotel na schotel liet hij onaangeraakt voorbijgaan. Lady Narborough berispte hem voortdurend voor wat zij 'een belediging voor die arme Adolphe' noemde, 'die het *menu* speciaal voor u heeft bedacht', en nu en dan keek Lord Henry hem over de tafel aan en verbaasde zich over zijn zwijgzaamheid en verstrooide manier van doen. Van tijd tot tijd vulde de butler zijn glas met champagne. Hij dronk gretig, en zijn dorst scheen groter te worden.

'Dorian,' zei Lord Henry ten slotte, toen de *chaud-froid* werd rondgediend, 'wat is er vanavond met je aan de hand? Je bent helemaal uit je gewone doen.'

'Ik denk dat hij verliefd is,' riep Lady Narborough uit, 'en dat hij bang is om het mij te vertellen uit vrees dat ik jaloers zou zijn. Hij heeft groot gelijk. Dat zou ik zeker zijn.'

'Lieve Lady Narborough,' mompelde Dorian Gray glimlachend, 'ik ben al een hele week niet verliefd geweest, feitelijk sinds Madame de Ferrol de stad uit is gegaan.'

'Hoe jullie mannen op die vrouw verliefd kunnen worden!' zei de oude dame. 'Dat gaat m'n verstand werkelijk te boven.'

'Dat komt eenvoudig omdat ze zich u herinnert toen u een klein meisje was, Lady Narborough,' zei Lord Henry. 'Zij is de enige schakel tussen ons en uw korte rokken.'

'Ze herinnert zich mijn korte rokken helemaal niet, Lord Henry. Maar ik herinner mij haar heel goed uit Wenen dertig jaar geleden, en hoe gedecolleteerd ze toen was.'

'Ze is nog steeds gedecolleteerd,' antwoordde hij, terwijl hij met zijn lange vingers een olijf nam; 'en wanneer ze een bijzonder mooie japon aan heeft, ziet ze eruit als een *édition de luxe* van een slechte Franse roman. Ze is werkelijk wonderbaarlijk en vol verrassingen. Haar vermogen om van haar gezin te houden is werkelijk buitengewoon. Toen haar derde man was gestorven, werd haar haar van verdriet helemaal goud...'

'Hoe kun je, Harry,' riep Dorian.

'Het is een hoogst romantische verklaring,' zei de gastvrouw lachend. 'Maar haar derde echtgenoot, Lord Henry! U bedoelt toch niet dat Ferrol de vierde is.'

'Zeker, Lady Narborough.'

'Ik geloof er geen woord van.'

'Welnu, vraag het maar aan mijnheer Gray. Hij is een van haar intiemste vrienden.'

'Is het waar, mijnheer Gray?'

'Zij verzekert het mij, Lady Narborough,' zei Dorian. 'Ik vroeg haar of ze, net als Marguerite de Navarre, hun harten liet balsemen en ze aan haar ceintuur hing. Ze zei van niet, omdat geen van hen een hart had.'

'Vier echtgenoten! Werkelijk, dat is *trop de zèle*.'

'*Trop d'audace* heb ik haar gezegd,' zei Dorian.

'O! Ze is onbeschaamd genoeg voor alles, mijn beste vriend. En wat is Ferrol voor iemand? Ik ken hem niet.'

'De echtgenoten van heel mooie vrouwen behoren tot de misdadige klasse,' zei Lord Henry, terwijl hij aan zijn wijn nipte.

Lady Norbourgh gaf hem een tik met haar waaier. 'Lord Henry, het verbaast me allerminst dat de wereld zegt dat u heel erg slecht bent.'

'Maar welke wereld zegt dat?' vroeg Lord Henry met opgetrokken wenkbrauwen. 'Het kan alleen maar de volgende wereld zijn. Deze wereld en ik staan op zeer goede voet met elkaar.'

'Iedereen die ik ken, zegt dat u heel erg slecht bent,' riep de oude dame hoofdschuddend uit.

Lord Henry keek enkele ogenblikken ernstig.

'Het is volmaakt monsterlijk,' zei hij ten slotte, 'zoals mensen tegenwoordig achter je rug dingen zeggen, die volstrekt en helemaal waar zijn.'

'Is hij niet onverbeterlijk,' riep Dorian uit, terwijl hij in zijn stoel voorover leunde.

'Ik hoop van wel,' zei zijn gastvrouw lachend. 'Maar werkelijk, als u Madame de Ferrol allemaal op deze belachelijke manier vereert, zal ik opnieuw moeten trouwen om in de mode te zijn.'

'U zult nooit meer trouwen, Lady Narborough,' viel Lord Henry haar in de rede. 'U bent veel te gelukkig geweest. Wanneer een vrouw hertrouwt is dat omdat ze haar eerste man verafschuwde. Wanneer een man hertrouwt is het omdat hij zijn eerste vrouw aanbad. Vrouwen beproeven hun geluk; de mannen riskeren het hunne.'

'Narborough was niet volmaakt,' zei de oude dame.

'Als hij dat wel was geweest zou u niet van hem hebben gehouden,' luidde het antwoord. 'Vrouwen houden van ons om onze tekortkomingen. Als we er genoeg hebben, vergeven ze ons alles, zelfs ons intellect. U zult mij, na deze woorden, nooit meer te dineren vragen, vrees ik, Lady Narborough, maar het is waar.'

'Natuurlijk is het waar, Lord Henry. Als wij vrouwen niet om jullie tekortkomingen van jullie hielden, waar zouden jullie allemaal dan zijn? Niet een van jullie zou ooit getrouwd zijn. Jullie zouden een stelletje ongelukkige vrijgezellen zijn. Niet dat dat jullie veel zou veranderen. Tegenwoordig leven alle getrouwde mannen als vrijgezellen, en alle vrijgezellen als getrouwde mannen.'

'Fin de siècle,' mompelde Lord Henry.

'*Fin du globe,*' antwoordde zijn gastvrouw.

'Ik wou dat het fin du globe was,' zei Dorian met een zucht. 'Het leven is een grote teleurstelling.'

'Ach, mijn beste,' riep Lady Narborough uit, terwijl ze haar handschoenen aantrok, 'zeg me niet dat u het leven hebt uitgeput. Wanneer een man dat zegt, weet je dat het leven hem heeft uitgeput. Lord Henry is heel erg slecht, en ik wou soms dat ik dat ook geweest was; maar u bent gemaakt om goed te zijn – u ziet er zo goed uit. Ik moet een aardige vrouw voor u vinden. Lord Henry, vindt u ook niet dat mijnheer Gray zou moeten trouwen?'

'Dat zeg ik hem altijd, Lady Narborough,' zei Lord Henry met een buiging.

'Goed, we moeten een geschikte partij voor hem zoeken. Ik zal vanavond het adelboek zorgvuldig doornemen en een lijst maken van alle verkieslijke jonge dames.'

'Met hun leeftijden erbij, Lady Narborough?' vroeg Dorian.

'Natuurlijk met hun leeftijden, enigszins geflatteerd. Maar we moeten niets overhaasten. Ik wil dat het, wat de *Morning Post* een passende verbintenis noemt wordt, en ik wil dat jullie allebei gelukkig worden.'

'Wat kramen de mensen een onzin uit over gelukkige huwelijken!' zei Lord Henry. 'Een man kan met iedere vrouw gelukkig zijn zolang hij maar niet van haar houdt.'

'Ach, wat bent u toch een cynicus,' riep de oude dame terwijl ze haar stoel achteruit schoof en tegen Lady Ruxton knikte. 'U moet gauw weer bij me komen dineren. U bent werkelijk een bewonderenswaardig medicijn; veel beter dan wat Sir Andrew me voorschrijft. Maar u moet me zeggen welke mensen u graag zou willen ontmoeten. Ik wil dat het een uitgelezen gezelschap wordt.'

'Ik hou van mannen die een toekomst, en vrouwen die een verleden hebben,' antwoordde hij. 'Of denkt u dat het dan een damesavondje zou worden?'

'Ik ben bang van wel,' zei ze lachend, terwijl ze opstond. 'Duizendmaal vergiffenis, Lady Ruxton,' voegde zij eraan toe. 'Ik had niet gezien dat u uw sigaret nog niet had opgerookt.'

'Dat hindert niet, Lady Narborough. Ik rook veel te veel. Ik ga me in de toekomst matigen.'

'Doet u dat alstublieft niet, Lady Ruxton,' zei Lord Henry. 'Gematigdheid is iets fataals. Genoeg is minder goed dan te veel. Meer dan genoeg is beter dan een feestmaal.' Lady Ruxton keek hem verwonderd aan. 'U moet mij dat eens op een middag komen uitleggen, Lord Henry. Het lijkt me een boeiende theorie,' mompelde zij en ging snel de kamer uit.

'Nu, denk erom dat jullie je niet te lang met je politiek en schandalen bezighouden,' riep Lady Narborough bij de deur. 'Als jullie dat toch doen, zullen wij boven vast kibbelen.'

De mannen lachten en mijnheer Chapman stond ernstig van het einde van de tafel op en kwam naar het hoofd. Dorian Gray verwisselde van plaats en ging naast Lord Henry zitten. Mijnheer Chapman begon op luide toon over de toestand in het Lagerhuis te praten. Hij brulde van het lachen om zijn tegenstanders. Het woord *doctrinaire* – een woord vol verschrikking voor de Britse geest – dook van tijd tot tijd tussen zijn uitbarstingen op. Een allitererend voorvoegsel diende als redekunstige versiering. Hij hees de Union Jack op de toppen van het Denken. Er werd aangetoond dat de overerfde stupiditeit van het ras – deugdelijk Engels gezond verstand noemde hij het joviaal – het geëigende bolwerk van de samenleving was.

Een glimlach krulde Lord Henry's lippen en hij keerde zich om en keek Dorian aan.

'Voel je je beter, beste kerel?' vroeg hij. 'Je leek nogal uit je gewone doen tijdens het diner.'

'Ik voel me best, Harry. Ik ben moe. Dat is het enige.'

'Je was charmant gisteravond. De kleine hertogin is dol op je. Ze vertelde me dat ze naar Selby gaat.'

'Ze heeft beloofd de twintigste te zullen komen.'

'Is Monmouth er dan ook?'

'O ja, Harry.'

'Hij verveelt me ontzettend, bijna even erg als hij haar. Ze is ongetwijfeld schrander, bijna te schrander voor een vrouw. Ze mist de ondefinieerbare charme van de zwakheid. Het zijn de voeten van klei die het gouden beeld kostbaar maken. Haar voetjes zijn erg mooi, maar ze zijn niet van klei. Van wit porselein, als je wilt. Ze zijn door het vuur gegaan en wat vuur niet vernietigt, hardt het. Ze heeft het een en ander meegemaakt.'

'Hoe lang is ze al getrouwd?' vroeg Dorian.

'Een eeuwigheid, zegt ze. Ik geloof, volgens het adelboek, tien jaar, maar tien jaar met Monmouth moet wel een eeuwigheid zijn geweest. Wie komen er nog meer?'

'O, de Willoughbys, Lord Rugby en zijn vrouw, onze gastvrouw, Geoffrey Clouston, het gebruikelijke gezelschap. Ik heb Lord Grotrian gevraagd.'

'Ik mag hem,' zei Lord Henry. 'Een heleboel mensen mogen hem niet, maar ik vind hem charmant. Hij maakt het feit dat hij zo nu en dan wat al te opzichtig is gekleed goed door altijd volstrekt overontwikkeld te zijn. Hij is een zeer modern type.'

'Ik weet niet of hij zal kunnen komen, Harry. Hij moet misschien met zijn vader mee naar Monte Carlo.'

'Ach, wat zijn de mensen toch vervelend! Probeer ervoor te zorgen dat hij komt. A propos, Dorian, je bent gisteravond vroeg weggegaan. Het was nog voor elven. Wat heb je daarna gedaan? Ben je rechtstreeks naar huis gegaan?'

Dorian keek hem gejaagd aan en fronste het voorhoofd. 'Nee, Harry,' zei hij ten slotte, 'ik was pas tegen drieën thuis.'

'Ben je op de club geweest?'

'Ja,' antwoordde hij. Toen beet hij zich op de lippen. 'Nee, dat bedoel ik niet. Ik ben niet op de club geweest. Ik heb rondgelopen. Ik ben vergeten wat ik heb gedaan... Wat ben je toch nieuwsgierig, Harry. Jij wilt altijd weten wat mensen doen. Ik wil altijd vergeten wat ik gedaan heb. Ik ben om halfdrie thuisgekomen als je precies de tijd wilt weten. Ik had mijn huissleutel vergeten, en mijn bediende moest me binnenlaten. Als je het met bewijzen gestaafd wilt hebben, kun je het aan hem vragen.'

Lord Henry haalde de schouders op. 'Beste kerel, alsof het mij iets kan schelen! Laten we naar de salon gaan. Geen sherry, dank u, mijnheer Chapman. Er is iets met je gebeurd, Dorian. Vertel me wat het is. Je bent jezelf niet vanavond.'

'Trek je maar niets van me aan, Harry. Ik ben geïrriteerd en in een slecht humeur. Ik kom morgen of overmorgen bij je. Verontschuldig mij bij Lady Narborough. Ik zal niet naar boven gaan. Ik ga naar huis. Ik moet naar huis gaan.'

'Goed, Dorian. Ik zie je ongetwijfeld morgen tegen theetijd. De hertogin komt ook.'

'Ik zal proberen er te zijn, Harry,' zei hij terwijl hij de kamer verliet. Toen hij naar zijn eigen huis terugreed, besefte hij dat het gevoel van angst dat hij dood had gewaand was teruggekomen. Lord Henry's toevallige vragen hadden hem zijn zelfbeheersing een ogenblik doen verliezen, en die had hij nog steeds nodig. Er waren gevaarlijke dingen die moesten worden vernietigd. Hij huiverde. Hij verafschuwde het idee om ze aan te raken.

Toch moest het gebeuren. Hij besefte dat, en toen hij de deur van zijn bibliotheek op slot had gedaan, opende hij de geheime kast waarin hij Basil Hallwards hoed en jas had weggeborgen. Er vlamde een groot vuur. Hij gooide er nog een blok op. De geur van de schroeiende kleren en brandend leer was vreselijk. Hij had er drie kwartier voor nodig om alles te verbranden.

Ten slotte voelde hij zich wee en misselijk, en nadat hij een paar Algerijnse tabletten in een koperen komfoor had aangestoken, bette hij zijn handen en voorhoofd met een koel naar muskus geurend reukwater.

Plotseling schrok hij op. Zijn ogen werden vreemd helder, en hij beet nerveus op zijn onderlip. Tussen twee van de ramen stond een groot Florentijns kabinet, gemaakt van ebbenhout en ingelegd met ivoor en blauwe lapis. Hij keek ernaar alsof het iets was dat kon boeien en bang maken, alsof het iets bevatte waar hij naar verlangde en dat hij toch bijna verafschuwde. Zijn ademhaling ging sneller. Een krankzinnig verlangen greep hem aan. Hij stak een sigaret op en wierp haar toen weg. Zijn oogleden vielen neer tot de lange gekrulde wimpers zijn wang bijna raakten. Maar hij bleef naar de kast kijken. Ten slotte stond hij op van de divan waarop hij had gelegen en ging ernaar toe en nadat hij haar had ontsloten, drukte hij op een verborgen veer. Een driehoekige lade schoof langzaam naar buiten. Zijn vingers bewogen er instinctief naartoe, grepen erin en pakten iets beet. Het was een kleine Chinese doos van zwart en goud lakwerk, kunstig vervaardigd, waarvan de zijkanten waren versierd met krullende golven, en de zijden koorden waren bezet met ronde kristallen en kwasten die door zilveren draden bijeen werden gehouden. Hij deed haar open. Ze bevatte een groene pasta, wasachtig van glans en met een eigenaardige zware indringende geur.

Hij aarzelde enkele ogenblikken met een vreemde, verstarde uitdrukking op het gezicht. Toen huiverend, hoewel de atmosfeer in het vertrek vreselijk warm was, vermande hij zich en keek op de klok. Het was twintig minuten voor twaalf. Hij zette de doos weer op zijn plaats, sloot de deuren van het kabinet en ging naar zijn slaapkamer. Toen het middernachtelijk uur bronzen slagen in de donkere lucht liet vallen, kleedde Dorian Gray zich onopvallend en sloop met een sjaal om zijn hals het huis uit. In Bond Street trof hij een rijtuig met een goed paard. Hij riep het aan en gaf de koetsier op zachte toon het adres.

De man schudde het hoofd. 'Dat is te ver voor mij,' mompelde hij.

'Hier heb je een goudstuk,' zei Dorian. 'Als je snel rijdt krijg je er nog een.'

'In orde, mijnheer,' antwoordde de man, 'u bent er in een uur,' en toen zijn vrachtje was ingestapt liet hij zijn paard omkeren en reed snel in de richting van de rivier.

16

Er begon een koude regen te vallen en de onduidelijke straat-
lantaarns zagen er spookachtig uit in de mist. De kroegen gingen net dicht en schimmige mannen en vrouwen stonden in
groepjes voor de deuren. Uit sommige bars kwam het geluid
van weerzinwekkend gelach. In andere tierden en schreeuw-
den dronkaards.

Achterover geleund in het rijtuig met de hoed in zijn ogen
getrokken, keek Dorian Gray met lusteloze ogen naar de veile
schande van de grote stad, en nu en dan herhaalde hij bij zichzelf de woorden, die Lord Henry die eerste dag toen ze elkaar
hadden ontmoet tegen hem had gezegd: 'De ziel door middel
van de zinnen genezen, en de zinnen door middel van de ziel.'
Ja, dat was het geheim. Hij had het vaak geprobeerd en zou het
nu nogmaals proberen. Er waren opiumkitten waar men vergetelheid kon kopen, afgrijselijke kitten, waar de herinnering
aan oude zonden kon worden weggewist door de dwaasheid
van de nieuwe.

De maan hing laag aan de hemel als een bleke schedel. Van
tijd tot tijd strekte een grote misvormde wolk er een lange arm
over uit en bedekte haar. De gaslantaarns werden minder tal-
rijk en de straten smaller en naargeestiger. Een keer raakte de
koetsier verdwaald en moest hij een halve mijl terugrijden. Er
sloeg damp van het paard af toen het door plassen waadde. De
zijraampjes van het rijtuig waren beslagen door een grijze fla-
nelachtige mist.

'De ziel genezen door middel van de zinnen en de zinnen

door middel van de ziel!' Hoe vreemd klonken die woorden hem in de oren! Zijn ziel was ongetwijfeld doodziek. Was het waar dat de zinnen haar konden genezen? Er was onschuldig bloed vergoten. Wat kon dat goedmaken? Ach, daar bestond geen boetedoening voor; maar hoewel vergiffenis was uitgesloten, was er nog vergetelheid mogelijk, en hij was vastbesloten om te vergeten, het gebeurde uit te roeien, het te vertrappen zoals men de adder waardoor men was gebeten verpletteren zou. Welk recht had Basil gehad om zo tegen hem te spreken? Wie had hem tot rechter over anderen gemaakt? Hij had dingen gezegd die afschuwelijk waren, verschrikkelijk en ondraaglijk.

Het rijtuig reed verder, langzamer, scheen het hem toe, met iedere stap. Hij gooide het luikje open en riep tegen de koetsier dat hij sneller moest rijden. De verschrikkelijke hunkering naar opium begon aan hem te knagen. Zijn keel brandde en zijn tere handen grepen zenuwachtig in elkaar. Hij sloeg wild met zijn stok naar het paard. De koetsier lachte en spoorde het met zijn zweep aan. Hij lachte op zijn beurt, en de man zweeg.

De weg scheen eindeloos en de straten waren als het zwarte web van een loerende spin. De eentonigheid werd onverdraaglijk, en toen de mist dichter werd, werd hij bang.

Toen kwamen ze langs verlaten steenfabrieken. De mist was daar lichter, en hij kon de vreemde flesvormige kalkovens zien met hun oranje waaierende tongen van vuur. Een hond blafte toen ze voorbijreden, en ver weg in de duisternis krijste een zeemeeuw. Het paard struikelde in een wagenspoor, zwenkte opzij en begon te galopperen.

Na enige tijd verlieten ze de lemen weg en ratelden weer over ruw geplaveide straten. De meeste ramen waren donker, maar af en toe tekenden zich fantastische schaduwen tegen een door een lamp verlicht gordijn af. Hij keek er nieuwsgierig naar. Ze bewogen zich als monsterlijke marionetten, en maakten gebaren als levende wezens. Hij haatte hen. Een doffe woede raasde in zijn hart. Toen ze een hoek omsloegen, gilde een vrouw iets tegen hen uit een deuropening, en twee mannen renden ongeveer honderd meter achter het rijtuig aan. De koetsier sloeg naar hen met zijn zweep.

Men zegt wel dat hartstocht de mens in een kring doet denken. De verbeten lippen van Dorian Gray vormden telkens weer de subtiele woorden die betrekking hadden op de ziel en de zinnen, tot hij daarin als het ware de volledige uitdrukking van zijn stemming had gevonden, en met intellectuele goedkeuring hartstochten had gerechtvaardigd die zonder een dergelijke rechtvaardiging zijn stemmen nog steeds zouden hebben overheerst. Van cel tot cel kroop door zijn hersenen die ene gedachte; en het wilde verlangen om te leven, de verschrikkelijkste van alle driften van de mens, prikkelde iedere trillende zenuw en vezel. Lelijkheid die hij eens had verafschuwd omdat zij de dingen echt maakte, werd hem nu juist om die reden lief. Lelijkheid was de enige realiteit. Het rauwe gekijf, het walgelijke hol, het grove geweld van wanordelijk leven, de gemeenheid van de dief en uitgeworpene waren door de intens werkelijke indruk die ze maakten levendiger dan alle bekoorlijke kunstvormen of de dromerige schaduwen van de poëzie. Zij waren wat hij nodig had om te vergeten. Over drie dagen zou hij vrij zijn. Plotseling bracht de man het rijtuig aan het begin van een donker weggetje met een ruk tot stilstand. Boven de lage daken en scheve schoorstenen verrezen de zwarte masten van schepen. Slierten witte mist hingen als spookachtige zeilen aan de ra's.

'Hier is het ergens, nietwaar mijnheer?' vroeg hij schor door het luikje.

Dorian schrok op en keek om zich heen. 'Dit is ver genoeg,' antwoordde hij en nadat hij het extra bedrag dat hij hem had beloofd te voorschijn had gehaald en overhandigd, liep hij snel in de richting van de kade. Hier en daar glom een lantaarn aan de achtersteven van een of andere grote koopvaarder. Het licht trilde en versplinterde in de plassen. Van een bunkerend stoomschip dat op het punt stond uit te varen verspreidde zich een rode gloed. Het slijmerige plaveisel leek op een natte regenjas.

Hij haastte zich voort naar links, af en toe achterom kijkend om te zien of hij gevolgd werd. Na een minuut of acht kwam hij bij een klein armoedig huis, dat tussen twee naargeestige fabrieken in stond. Voor een van de bovenramen stond een lamp. Hij bleef staan en klopte op een bijzondere manier.

Na korte tijd hoorde hij voetstappen in de gang, en het losmaken van de ketting. De deur ging zacht open, en hij liep naar binnen zonder een woord te zeggen tegen de gedrongen mismaakte gestalte die zich in de schaduw drukte toen hij voorbijliep. Aan het einde van de gang hing een gerafeld groen gordijn dat zwaaide en trilde in de vlagende wind die hem van buiten was gevolgd. Hij trok het opzij en ging een lang, laag vertrek binnen dat eruitzag alsof het eens een derderangs danstent was geweest. Snel flakkerende gaslampen, verdoft en verwrongen in de door vliegen besmeurde spiegels er tegenover, hingen aan de muren. Erachter waren groezelige reflectoren van geribbeld blik, die bevende schijven van licht vormden. De vloer was bedekt met donkere kringen van gemorste sterke drank. Een paar Maleiers hurkten bij een klein houtskoolfornuis met benen fiches spelend, en lieten al pratende hun tanden zien. In een hoek, met zijn hoofd in zijn armen verborgen, hing een zeeman over de tafel, en bij de opzichtig geschilderde bar stonden twee verwilderd uitziende vrouwen een oude man te bespotten die met een uitdrukking van walging de mouwen van zijn jas stond te wrijven. 'Hij denkt dat ie rode mieren heeft,' zei een van haar lachend toen Dorian voorbijkwam. De man keek haar verschrikt aan en begon te grienen.

Aan het einde van de kamer was een kleine trap die naar een verduisterde kamer leidde. Toen Dorian de drie gammele treden op snelde, kwam de zware geur van opium hem tegemoet. Hij haalde diep adem, en zijn neusvleugels trilden van genot. Toen hij binnenkwam, keek de jonge man met glad blond haar, die zich over een lamp boog om een lange dunne pijp aan te steken, naar hem op, en knikte op een wat aarzelende manier.

'Jij hier, Adrian?' mompelde Dorian.

'Waar zou ik anders zijn?' antwoordde hij lusteloos. 'Geen van de jongens praat nog met me.'

'Ik dacht dat je uit Engeland was vertrokken.'

'Darlington is niet van plan om iets te doen. Mijn broer heeft eindelijk de rekening betaald. George spreekt ook niet meer tegen me... Het kan me niet schelen,' voegde hij er met een zucht aan toe. 'Zolang je dit spul hebt, heb je geen vrienden nodig. Ik denk dat ik te veel vrienden heb gehad.'

Dorian huiverde en keek rond naar de groteske wezens die in fantastische houdingen op de haveloze matrassen lagen. De verwrongen ledematen, de gapende monden, de starende glansloze ogen boeiden hem. Hij wist in welke vreemde hemel zij leden en welke vervelende hel hun het geheim van een of ander nieuw genot leerde. Ze waren beter af dan hij. Hij was gevangen in het denken. Het geheugen vrat als een vreselijke ziekte aan zijn ziel. Af en toe scheen hij de ogen van Basil Hallward naar hem te zien kijken. Toch voelde hij dat hij niet kon blijven. De aanwezigheid van Adrian Singleton verontrustte hem. Hij wilde ergens zijn waar niemand zou weten wie hij was. Hij wilde aan zichzelf ontsnappen.

'Ik ga naar het andere huis,' zei hij, na een stilte.

'Op de werf?'

'Ja.'

'Die wilde kat is daar zeker. Ze willen haar hier niet meer hebben.'

Dorian haalde de schouders op. 'Ik ben doodziek van vrouwen die van me houden. Vrouwen die je haten zijn veel interessanter. Bovendien is het spul er beter.'

'Min of meer hetzelfde.'

'Ik vind het beter. Kom mee iets drinken. Ik moet iets hebben.'

'Ik wil niets hebben,' mompelde de jongeman.

'Mij best.'

Adrian Singleton stond vermoeid op en volgde Dorian naar de bar. Een halfbloed met een sjofele tulband grijnsde hen afzichtelijk toe, terwijl hij een fles cognac met twee glazen voor hen neerzette. De twee vrouwen kwamen naar hen toe en begonnen te praten. Dorian keerde hen de rug toe, en zei zacht iets tegen Adrian Singleton.

Een scheve glimlach, als een Maleise kris, verwrong het gezicht van een van de vrouwen. 'We zijn erg trots vanavond,' snierde ze.

'In godsnaam, praat niet tegen me,' riep Dorian uit terwijl hij met zijn voet op de grond stampte. 'Wat wil je? Geld? Hier heb je het. Praat nooit meer tegen me.'

Twee rode vonken flitsten een ogenblik in de waterige ogen van de vrouw, doofden toen uit, en ze werden weer dof en glazig. Ze gooide het hoofd achterover en griste de muntstukken met gretige vingers van de toog. Haar metgezellin keek jaloers naar haar.

'Het heeft geen nut,' zei Adrian Singleton zuchtend. 'Ik heb geen zin om terug te gaan. Wat doet het ertoe? Ik ben hier volmaakt gelukkig.'

'Je zult me toch schrijven als je iets nodig hebt, nietwaar?' zei Dorian na een stilzwijgen.

'Misschien.'

'Goedenacht dan.'

'Goedenacht,' antwoordde de jongeman terwijl hij de trap opliep en zijn mond met een zakdoek afveegde.

Dorian liep met een uitdrukking van pijn op zijn gezicht naar de deur. Toen hij het gordijn opzij schoof, kwam er een weerzinwekkende lach over de geverfde lippen van de vrouw die zijn geld had genomen.

'Daar gaat het koopje van de duivel,' zei ze hikkend met een hese stem.

'Vervloekt jij!' antwoordde hij. 'Noem me dat niet.'

Ze knipte met de vingers. 'Droomprins, zo word je graag genoemd, nietwaar?' schreeuwde ze hem na.

De slaperige zeeman sprong op toen ze dat zei, en keek wild om zich heen. Hij hoorde het geluid van de haldeur die dichtsloeg. Hij rende naar buiten alsof hij hem achterna ging.

Dorian Gray spoedde zich in de druipende regen langs de kade. Zijn ontmoeting met Adrian Singleton had hem vreemd ontroerd, en hij vroeg zich af of de verwoesting van dat jonge leven werkelijk zijn schuld was, zoals Basil Hallward hem met zo'n infame belediging had verweten. Hij beet zich op de lip, en zijn ogen kregen even een droeve blik. Toch, wat kon het hem uiteindelijk schelen? Het leven was te kort om de last van andermans fouten op je te nemen. Iedereen leefde zijn eigen leven, en betaalde er zijn eigen prijs voor. Het was alleen jammer dat je zo vaak moest betalen voor een enkele fout. Je moest werkelijk telkens weer betalen. In zijn transacties met de mens sloot het Noodlot zijn boeken nooit af.

Er zijn ogenblikken, zoals de psychologen ons vertellen, wanneer de begeerte naar zonde, of naar wat de wereld zonde noemt, een karakter zo beheerst, dat iedere vezel van het lichaam, evenals iedere cel van de hersenen, doordrongen schijnt te zijn van vreselijke instincten. Op dergelijke ogenblikken verliezen mannen en vrouwen de vrijheid van hun wil. Ze bewegen zich als automaten naar hun verschrikkelijke einde. Ze kunnen niet meer kiezen, en het geweten is of gedood, of, als het nog leeft, leeft het alleen om de opstandigheid haar aantrekkingskracht en de ongehoorzaamheid haar charme te geven. Want, zoals theologen nooit moe worden ons voor te houden, alle zonden zijn zonden van ongehoorzaamheid. Toen die verheven geest, die ochtendster van het kwaad, uit de hemel viel, viel hij als een rebel.

Gevoelloos, geconcentreerd op het kwaad, met bezoedeld uiterlijk en een naar rebellie hunkerende ziel, haastte Dorian Gray zich verder, steeds sneller lopend, maar toen hij een donker poortje in schoot dat hem vaak als een kortere weg had gediend naar het beruchte huis waar hij heenging, voelde hij dat hij plotseling van achteren werd beetgepakt, en voor hij tijd had zich te verdedigen werd hij achteruit tegen de muur geduwd, met een ruwe hand om zijn keel.

Hij worstelde waanzinnig voor zijn leven, en wist met een ontzettende inspanning de worgende vingers los te wrikken. Een seconde later hoorde hij de klik van een revolver, en zag de glans van een gepolijste loop recht naar zijn hoofd wijzen, en de vage gestalte van een korte gedrongen man tegenover zich.

'Wat wil je?' zei hij hijgend.

'Hou je stil,' zei de man. 'Als je je verroert, schiet ik.'

'Je bent gek. Wat heb ik je gedaan?'

'Je hebt het leven van Sybil Vane verwoest,' luidde het antwoord, 'en Sybil Vane was mijn zuster. Ze heeft zelfmoord gepleegd. Ik weet het. Jij bent schuldig aan haar dood. Ik heb gezworen dat ik jou daarvoor zou doden. Jarenlang heb ik je gezocht. Ik had geen enkele aanwijzing, geen enkel spoor. De twee mensen die je hadden kunnen beschrijven waren dood. Ik wist niets anders van je af dan de vleinaam waarbij ze je placht te noemen. Ik heb die vanavond bij toeval gehoord. Verzoen je met God, want vanavond zul je sterven.'

Dorian Gray werd misselijk van angst. 'Ik heb haar niet gekend,' stamelde hij. 'Ik heb nooit van haar gehoord. Je bent gek.'

'Beken je zonde liever, want zo zeker als ik James Vane heet zul je vanavond sterven.' Er volgde een verschrikkelijk moment. Dorian wist niet wat hij moest zeggen of doen. 'Op je knieën!' gromde de man. 'Ik zal je een minuut geven om je te verzoenen – meer niet. Ik scheep me vanavond in naar India, maar ik moet eerst mijn werk doen. Een minuut. Meer niet.'

Dorians armen vielen slap langs zijn zijde. Hij was verlamd van angst en wist niet wat hij moest doen. Plotseling flitste een wilde hoop door zijn hersens. 'Hou op,' riep hij. 'Hoe lang is het geleden sinds je zuster is gestorven? Vlug, zeg op!'

'Achttien jaar,' zei de man. 'Waarom vraag je dat? Wat doen de jaren ertoe?'

'Achttien jaar,' lachte Dorian Gray, met een zweem van triomf in zijn stem. 'Achttien jaar! Zet me onder de lamp en kijk naar mijn gezicht!'

James Vane aarzelde een ogenblik, want hij begreep niet wat hij bedoelde. Toen pakte hij Dorian Gray beet en sleurde hem weg uit de poort.

Vaag en flakkerend als het licht in de wind was, liet het hem de afschuwelijke vergissing zien die hij, naar het scheen, had begaan, want het gezicht van de man die hij had willen doden, bezat alle bloei, alle onbezoedelde zuiverheid van de jeugd. Hij scheen weinig ouder dan een jongeman van twintig lentes, nauwelijks ouder, zo hij ouder was, dan zijn zuster was geweest toen ze zo veel jaren geleden afscheid hadden genomen. Het was duidelijk dat dit niet de man was die haar leven had verwoest.

Hij liet hem los en deinsde achteruit. 'Mijn God! Mijn God!' riep hij uit, 'en ik zou u hebben vermoord.'

Dorian Gray haalde opgelucht adem. 'Je hebt op het punt gestaan een vreselijke misdaad te begaan, beste man,' zei hij, terwijl hij hem streng aankeek. 'Laat dit een waarschuwing voor je zijn om niet voor eigen rechter te spelen.'

'Vergeef mij, mijnheer,' mompelde James Vane. 'Ik ben misleid geworden. Een toevallig woord dat ik in dat verdomde hol heb gehoord heeft me op het verkeerde spoor gezet.'

'Als ik jou was, zou ik maar naar huis gaan en dat pistool wegbergen, anders zou je weleens in moeilijkheden kunnen komen,' zei Dorian, terwijl hij zich omdraaide en langzaam de straat uit liep.

James Vane stond met afgrijzen op het trottoir. Hij beefde over zijn hele lichaam. Na enige tijd trad een zwarte schaduw die langs de druipende muur was geslopen, in het licht en kwam met steelse voetstappen tot vlakbij waar hij stond. Hij voelde een hand op zijn arm en keek verschrikt om. Het was een van de vrouwen die aan de bar had staan drinken.

'Waarom heb je hem niet vermoord?' siste ze, terwijl ze haar verwilderde gezicht vlak bij het zijne bracht. 'Ik wist dat je hem achterna ging toen je ineens naar buiten rende. Dwaas die je bent! Je had hem moeten vermoorden. Hij heeft hopen geld en is zo slecht als ze ze maar maken.'

'Hij is niet de man die ik zoek,' antwoordde hij, 'en ik ben op niemands geld uit. Het is me om iemands leven te doen. De man die ik moet hebben, moet nu bijna veertig zijn. Deze is weinig meer dan een jongen. God zij dank dat zijn bloed niet aan mijn handen kleeft.'

De vrouw lachte bitter. 'Weinig meer dan een jongen,' snierde ze. 'Hemel man, het is bijna achttien jaar geleden sinds de Droomprins mij gemaakt heeft tot wat ik nu ben.'

'Je liegt!' riep James Vane.

Ze hief haar hand ten hemel. 'Ik zweer bij God dat ik de waarheid spreek,' zei ze.

'Bij God?'

'Ik mag met stomheid worden geslagen als het niet zo is. Hij is de ergste die hier komt. Ze zeggen dat hij zijn ziel voor een mooi gezicht aan de duivel heeft verkocht. Het is bijna achttien jaar geleden sinds ik hem heb ontmoet. Hij is sindsdien nauwelijks veranderd. Maar ik wel,' voegde ze er met een flauwe wellustige blik aan toe.

'Zweer je dat?'

'Ik zweer het,' weerklonk het schor en toonloos uit haar mond. 'Maar verraad me niet aan hem,' jammerde ze. 'Ik ben bang voor hem. Geef me wat geld voor mijn logies vannacht.'

Hij ging met een vloek van haar weg en rende naar de hoek van de straat, maar Dorian Gray was verdwenen. Toen hij achterom keek, was ook de vrouw nergens meer te zien.

17

Een week later zat Dorian Gray in de serre van Selby Royal met de knappe hertogin van Monmouth te praten die met haar echtgenoot, een afgemat uitziende man van zestig, tot de gasten behoorde. Het was theetijd, en het zachte licht van de enorme met kant overtrokken lamp die op de tafel stond, verlichtte het fijne porselein en het gedreven zilver van het servies waar de hertogin zich mee bezighield. Haar blanke handen bewogen zich sierlijk tussen de kopjes, en haar volle rode lippen glimlachten om iets wat Dorian haar had ingefluisterd. Lord Henry lag achterover in een in zijde gedrapeerde rieten stoel naar hen te kijken. Op een perzikkleurige divan zat Lady Narborough, die deed alsof ze luisterde naar de beschrijving van de hertog van de laatste Braziliaanse kever die hij aan zijn verzameling had toegevoegd. Drie jonge mannen in fraaie smokings deelden theegebakjes aan enkele van de dames rond. Het gezelschap bestond uit twaalf personen, en de volgende dag werden er nog meer verwacht.

'Waar hebben jullie tweeën het over?' vroeg Lord Henry, terwijl hij naar de tafel toe liep en zijn kopje neerzette. 'Ik hoop dat Dorian je van mijn plan heeft verteld om alles een andere naam te geven, Gladys. Het is een verrukkelijk idee.'

'Maar ik wil helemaal geen andere naam hebben, Harry,' antwoordde de hertogin terwijl ze hem met haar prachtige ogen aankeek. 'Ik ben volmaakt tevreden met mijn eigen naam, en ik weet zeker dat mijnheer Gray tevreden is met de zijne.'

'M'n beste Gladys, ik zou voor geen geld ter wereld jullie namen willen veranderen. Ze zijn allebei volmaakt. Ik dacht voornamelijk aan bloemen. Gisteren heb ik een orchidee voor mijn knoopsgat geplukt. Het was een prachtig gespikkeld exemplaar, even doeltreffend als de zeven doodzonden. In een onbezonnen ogenblik vroeg ik een van de tuinmannen wat haar naam was. Hij vertelde me dat het een fraai exemplaar van de *Robinsonia*-variëteit was, of iets dergelijks verschrikkelijks. Het is een droeve waarheid, maar we hebben het vermogen verloren om de dingen mooie namen te geven. Namen zijn alles. Ik heb nooit kritiek op daden. Mijn enige kritiek betreft woorden. Daarom haat ik vulgair realisme in de literatuur. De man die het beest bij zijn naam noemt, zou er zelf het slachtoffer van moeten worden. Dat is het enige waar hij goed voor is.'

'Hoe zouden we jou dan moeten noemen, Harry?'

'Zijn naam is Prins Paradox,' zei Dorian.

'Ik herken hem in een flits,' riep de hertogin uit.

'Ik wil er niets van horen,' zei Lord Henry lachend en liet zich in een stoel vallen. 'Een etiket kun je onmogelijk kwijtraken! Ik weiger die titel.'

'Koninklijke personages mogen geen afstand van de troon doen,' zeiden de mooie lippen als waarschuwing.

'Wil je dan dat ik mijn troon verdedig?'

'Ja.'

'Ik geef de waarheden van morgen.'

'Ik geef de voorkeur aan de vergissingen van vandaag,' antwoordde zij.

'Je ontwapent mij, Gladys!' riep hij uit met begrip voor haar weerbarstige stemming.

'Ik pak je schild van je af, Harry; niet je speer.'

'Ik doe geen aanval op de schoonheid,' zei hij, met een wuivend handgebaar.

'Dat is je fout, Harry, geloof me. Je overschat de schoonheid.'

'Hoe kun jij dat zeggen? Ik geef toe dat ik vind dat het beter is om mooi te zijn dan goed. Maar aan de andere kant is niemand meer bereid dan ik om te erkennen dat het beter is om goed te zijn dan lelijk.'

'Lelijkheid is dus een van de zeven doodzonden?' zei de hertogin. 'Waar blijft nu je vergelijking met de orchidee?'

'Lelijkheid is een van de zeven dodelijke deugden, Gladys. Jij als goede Tory moet ze niet onderschatten. Bier, de bijbel, en de zeven dodelijke deugden hebben ons Engeland gemaakt tot wat het is.'

'Hou je niet van je land?'

'Ik woon er.'

'Opdat je het beter kunt kritiseren?'

'Zou je willen dat ik het oordeel van Europa erover uitsprak?' vroeg hij.

'Wat zeggen zij van ons?'

'Dat Tartuffe naar Engeland is geëmigreerd en een winkeltje is begonnen.'

'Is die uitspraak van jou, Harry?'

'Je krijgt hem van me cadeau.'

'Ik zou hem niet kunnen gebruiken. Hij is te waar.'

'Je hoeft niet bang te zijn. Onze landgenoten herkennen nooit een beschrijving.'

'Ze zijn praktisch.'

'Ze zijn meer slim dan praktisch. Wanneer ze hun boeken opmaken, maken ze stupiditeit sluitend met rijkdom, en ondeugd met huichelachtigheid.'

'Toch hebben wij grote dingen gedaan.'

'We zijn met grote dingen opgescheept, Gladys.'

'Wij hebben de last ervan gedragen.'

'Niet verder dan tot aan de effectenbeurs.'

Ze schudde het hoofd. 'Ik geloof in het ras,' riep ze uit. 'Het vertegenwoordigt de overleving van eerzuchtigen. Het evolueert.'

'Verval interesseert me meer.'

'En de kunst?' vroeg ze.

'Die is een ziekte.'

'De liefde?'

'Een illusie.'

'De godsdienst?'

'Het modieuze surrogaat voor overtuiging.'

'Je bent een scepticus.'

'Nooit! Scepsis is het begin van geloof.'

'Wat ben jij?'

'Definiëren is begrenzen.'

'Geef me een aanwijzing.'

'Draden knappen af. Je zou in het labyrint verdwalen.'

'Je verbijstert me. Laten we over iets anders praten.'

'Onze gastheer is een verrukkelijk onderwerp. Jaren geleden werd hij de Droomprins gedoopt.'

'Ach! Herinner mij daar niet aan,' riep Dorian Gray uit.

'Onze gastheer is nogal onaardig vanavond,' antwoordde de hertogin blozend. 'Ik geloof dat hij denkt dat Monmouth me op zuiver wetenschappelijke gronden heeft getrouwd, als het beste exemplaar van een moderne vlinder dat hij kon vinden.'

'Welnu, ik hoop maar dat hij geen spelden door u heen steekt, hertogin,' zei Dorian lachend.

'O, dat doet mijn kamenier al, mijnheer Gray, wanneer ze boos op me is.'

'En wat maakt haar boos op u, hertogin?'

'De meest triviale dingen, verzeker ik u, mijnheer Gray. Gewoonlijk kom ik om tien voor negen binnen en zeg haar dan dat ik om halfnegen gekleed moet zijn.'

'Wat onredelijk van haar! U zou haar moeten opzeggen.'

'Dat durf ik niet, mijnheer Gray. Ze ontwerpt mijn hoeden. Herinnert u zich de hoed nog die ik op het tuinfeest van Lady Hilstone op had? Nee zeker, maar het is aardig van u, dat u doet alsof u het zich wel herinnert. Welnu, ze had hem van niets gemaakt. Alle goede hoeden worden van niets gemaakt.'

'Net zoals alle goede reputaties, Gladys,' viel Lord Henry hen in de rede.

'Elk effect dat je sorteert levert een vijand op.'

'Om populair te worden moet je een middelmatigheid zijn.'

'Dat geldt niet voor vrouwen,' zei de hertogin hoofdschuddend, 'en vrouwen regeren de wereld. Ik verzeker u dat wij middelmatigheden niet kunnen uitstaan. Wij vrouwen hebben, zoals iemand zegt, met onze oren lief, net zoals jullie mannen met je ogen liefhebben, als jullie tenminste ooit iets liefhebben.'

'Het komt mij voor dat we nooit iets anders doen,' mompelde Dorian.

'Ach, dan hebt u nooit echt lief, mijnheer Gray,' antwoordde de hertogin quasi droevig.

'Beste Gladys!' riep Lord Henry uit. 'Hoe kun je dat zeggen? De romance leeft van herhaling en herhaling maakt begeerte tot een kunst. Bovendien is iedere keer dat men liefheeft de enige keer dat men ooit heeft liefgehad. Een verschil van object verandert de doelgerichte hartstocht niet. Het verhevigt die in werkelijkheid alleen maar. Wij kunnen op z'n best in ons leven slechts één grote belevenis hebben, en het is het geheim van het leven die belevenis zo vaak mogelijk te reproduceren.'

'Zelfs wanneer men erdoor gewond is, Harry?' vroeg de hertogin na een zwijgen.

'Vooral wanneer men erdoor gewond is,' antwoordde Lord Henry.

De hertogin draaide zich om en keek Dorian Gray aan met een vreemde uitdrukking in de ogen. 'En wat zegt u daarvan, mijnheer Gray?'

Dorian aarzelde een ogenblik. Toen gooide hij het hoofd achterover en lachte. 'Ik ben het altijd met Harry eens, hertogin.'

'Ook wanneer hij ongelijk heeft?'

'Harry heeft nooit ongelijk, hertogin.'

'En maakt zijn filosofie u gelukkig?'

'Ik heb het geluk nooit gezocht. Wie wil het geluk? Ik heb het genot gezocht.'

'En gevonden, mijnheer Gray?'

'Vaak. Te vaak.'

De hertogin zuchtte. 'Ik zoek rust,' zei ze. 'En als ik me nu niet ga verkleden, zal ik die vanavond niet krijgen.'

'Laat mij een paar orchideeën voor u halen, hertogin,' zei Dorian terwijl hij opstond en de serre door liep.

'Je flirt schandelijk met hem,' zei Lord Henry tegen zijn nicht. 'Pas maar op. Hij is bijzonder aantrekkelijk.'

'Als dat niet zo was, zou er geen veldslag zijn.'

'Jullie zijn als twee Grieken aan elkaar gewaagd.'

'Ik sta aan de kant van de Trojanen. Die vochten om een vrouw.'

'En werden verslagen.'

'Er zijn ergere dingen dan gevangen te worden genomen,' antwoordde ze.

'Je galoppeert met een losse teugel.'

'Snelheid geeft leven,' luidde het antwoord.

'Ik zal het vanavond in mijn dagboek noteren.'

'Wat?'

'Dat een kind dat zich heeft gebrand van vuur houdt.'

'Ik heb me niet eens geschroeid. Mijn vleugels zijn onaangeraakt.'

'Je kunt ze voor alles gebruiken behalve om mee te vliegen.'

'Moed is van mannen op vrouwen overgegaan. Het is een nieuwe ervaring voor ons.'

'Je hebt een rivale.'

'Wie?'

Hij lachte. 'Lady Narborough,' fluisterde hij. 'Ze is helemaal weg van hem.'

'Je vervult me met bezorgdheid. Het beroep op de Oudheid is fataal voor ons romantici.'

'Romantici! Jullie bezitten alle methoden van de wetenschap.'

'Mannen hebben ons ontwikkeld.'

'Maar ze hebben jullie niet verklaard.'

'Beschrijf ons als een sekse,' zei ze uitdagend.

'Sfinxen zonder geheimen.'

Ze keek hem glimlachend aan. 'Wat blijft mijnheer Gray lang weg!' zei ze. 'Laten we hem gaan helpen. Ik heb hem de kleur van mijn japon nog niet verteld.'

'Je moet je japon aan zijn bloemen aanpassen, Gladys.'

'Dat zou een vroegtijdige overgave betekenen.'

'De romantische kunst begint met een climax.'

'Ik moet de mogelijkheid voor een terugtocht openhouden.'

'Zoals de Parthen hebben gedaan?'

'Die zochten veiligheid in de woestijn. Dat zou ik niet kunnen doen.'

'Vrouwen wordt niet altijd een keus toegestaan,' antwoordde hij, maar hij had die woorden nauwelijks uitgesproken of er kwam een gesmoord gekreun van het andere eind van de serre, gevolgd door het doffe geluid van een zware val. Iedereen schrok op. De hertogin stond roerloos van angst. En Lord Henry rende met angstige ogen door de wuivende palmen en zag Dorian Gray op zijn gezicht op de betegelde vloer liggen, alsof hij een dodelijke flauwte had.

Hij werd meteen de blauwe salon in gedragen en op een van de divans gelegd. Na korte tijd kwam hij bij en keek met een versufte uitdrukking rond.

'Wat is er gebeurd,' vroeg hij. 'O, ik weet het weer. Ben ik hier veilig, Harry?' Hij begon te beven.

'Beste Dorian,' antwoordde Lord Henry, 'je bent alleen maar flauwgevallen. Dat was alles. Je moet je te druk hebben gemaakt. Kom maar liever niet naar beneden om te dineren. Ik zal je plaats wel innemen.'

'Nee, ik kom wel beneden,' zei hij, terwijl hij met moeite overeind kwam. 'Ik kom liever beneden. Ik wil niet alleen zijn.'

Hij ging naar zijn kamer om zich te kleden. Er was iets wild roekeloos in zijn vrolijkheid toen hij aan tafel zat, maar af en toe voer er een huivering van angst door hem heen toen hij zich herinnerde dat hij, als een witte zakdoek tegen het raam aan gedrukt, het gezicht van James Vane had gezien dat hem gadesloeg.

18

De volgende dag verliet hij zijn huis niet en bracht eigenlijk het grootste deel van de tijd in zijn eigen kamer door, ziek van een wilde angst om te sterven, maar toch onverschillig voor het leven zelf. Het bewustzijn opgejaagd, verstrikt, ontdekt te worden was hem gaan beheersen. Als het wandkleed ook maar even in de wind bewoog, beefde hij. De dode bladeren, die tegen de glas in lood ramen waaiden, schenen hem zijn eigen gebroken voornemens en wilde smarten toe. Wanneer hij zijn ogen sloot, zag hij het gezicht van de zeeman opnieuw door het door de mist beslagen glas gluren, en scheen gruwel opnieuw zijn hand op zijn hart te leggen.

Maar misschien was het alleen maar zijn verbeelding geweest die wraak uit de nacht te voorschijn had geroepen en hem de afzichtelijke gedaanten van straf voorhield. Het leven zelf was chaos, maar de verbeelding had iets angstwekkends logisch. Het was de verbeelding die de zonde door spijt liet najagen. Het was de verbeelding die maakte dat iedere misdaad haar mismaakte kroost moest baren. In de gewone wereld van feiten werden de slechten niet gestraft en de goeden niet beloond. Succes was voor de sterken weggelegd, de zwakken werden met mislukking opgezadeld. Dat was alles. Bovendien, als er een vreemdeling om het huis heen had gezworven, zou hij door de bedienden of de bewakers zijn gezien. Als er voetafdrukken in de bloembedden waren gevonden, zouden de tuinlieden dat hebben gemeld. Ja, het was alleen maar zijn verbeelding geweest. Sybil Vane's broer was niet teruggekomen om hem te doden. Hij was met zijn schip uitgevaren en was in een winterse zee omgekomen. Voor hem was hij in ieder geval veilig. De man wist niet eens wie hij was, kon niet weten wie hij was. Het masker van de jeugd had hem gered.

Maar toch, als het slechts een illusie was geweest, hoe vreselijk was het dan om te bedenken dat het geweten zulke angstwekkende fantomen kon oproepen en zichtbare vorm geven en ze voor je ogen laten bewegen! Wat zou het voor leven zijn als schimmen van zijn misdaad, dag en nacht vanuit stille hoeken naar hem zouden gluren, hem van geheime plaatsen uit zouden bespotten, hem in het oor zouden fluisteren terwijl hij aan een feestmaaltijd zat, hem met ijzige vingers zouden wekken als hij lag te slapen! Toen die gedachte door zijn hoofd ging, werd hij bleek van angst, en de lucht scheen plotseling kouder te zijn geworden. O, in wat voor uur van waanzin had hij zijn vriend gedood! Hoe afgrijselijk was de herinnering aan die scène. Hij zag het allemaal opnieuw. Iedere afgrijselijke bijzonderheid kwam met nog groter afgrijzen in zijn herinnering terug. Uit de zwarte grot van de Tijd verrees het beeld van zijn zonde, verschrikkelijk en in scharlaken gehuld. Toen Lord Henry om zes uur binnenkwam, trof hij hem in tranen aan als iemand wiens hart op het punt staat te breken.

Pas de derde dag waagde hij het uit te gaan. Er was iets in de heldere naar dennen geurende lucht van die wintermorgen dat hem zijn vreugde en zijn hartstocht voor het leven scheen terug te geven. Maar die verandering was niet uitsluitend aan de fysieke omstandigheden van zijn omgeving te danken. Zijn eigen karakter was in opstand gekomen tegen de overmatige zielenangst die de volmaaktheid van zijn kalmte had proberen te bederven en te verminken. Met overgevoelige en fijnbesnaarde temperamenten ging het altijd zo. Hun sterke driften moesten buigen of barsten. Ze doden de mens, of sterven zelf. Oppervlakkig verdriet, en oppervlakkige liefde leven voort. Grote liefdes en smarten worden door hun eigen overvloed vernietigd. Bovendien had hij zich ervan overtuigd dat hij het slachtoffer was geweest van een door panische angst bevangen verbeelding, en hij keek nu met iets van medelijden en niet geringe verachting op zijn angsten terug.

Na het ontbijt wandelde hij een uur lang met de hertogin in de tuin, en reed toen het park door om zich bij het jachtgezelschap te voegen. De knisperende rijp lag als zout op het gras. De hemel was een omgekeerde schotel van blauw metaal. Een dun laagje ijs omzoomde het vlakke met riet begroeide meer.

Aan de rand van het dennenbos kreeg hij Sir Geoffrey Clouston, de broer van de hertogin in het oog, die twee lege patronen uit zijn geweer haalde. Hij sprong van de kar, en nadat hij zijn rijknecht had gezegd de merrie naar huis te brengen, liep hij door de verdorde varens en het grote kreupelhout naar zijn gast toe.

'Heb je een goede jacht gehad, Geoffrey?' vroeg hij.

'Niet zo erg goed, Dorian. Ik denk dat de meeste vogels naar het open veld zijn gevlogen. Het zal na de lunch, wanneer we op ander terrein komen, wel beter gaan.'

Dorian liep naast hem. De frisse aromatische lucht, het bruine en rode licht dat in het bos glinsterde, de schorre kreten van de drijvers die af en toe weerklonken, en de scherpe knallen van de geweren die volgden, fascineerden hem en vervulden hem met een gevoel van verrukkelijke vrijheid. Hij werd beheerst door de zorgeloosheid van het geluk, door de grote onverschilligheid van vreugde.

Plotseling schoot uit een klonterige oude graspol, ongeveer twintig meter voor hem uit, een haas te voorschijn, met rechtop staande zwarte oren met zwarte punten, en lange achterpoten die hem naar voren stuwden. Hij rende naar een elzenbosje. Sir Geoffrey bracht zijn geweer aan de schouder, maar er was iets in de bevalligheid waarmee het dier zich bewoog dat Dorian Gray vreemd bekoorde, en hij riep onmiddellijk uit: 'Niet schieten, Geoffrey. Laat hem leven.'

'Wat een onzin, Dorian!' zei zijn metgezel lachend, en toen de haas het bosje in sprong vuurde hij. Er weerklonken twee kreten, de kreet van een haas die pijn heeft, hetgeen afschuwelijk is, en de kreet van een mens in doodsnood, wat nog erger is.

'Lieve hemel! Ik heb een drijver geraakt!' riep Sir Geoffrey uit. 'Wat een stommeling om voor de geweren te gaan staan! Hou op met schieten daar!' riep hij zo hard hij kon. 'Er is iemand gewond.'

De jachtopziener kwam met een stok in de hand aansnellen.

'Waar, mijnheer? Waar is ie?' schreeuwde hij. Tegelijkertijd hield het schieten langs de linie op.

'Hier,' antwoordde Sir Geoffrey boos, terwijl hij zich naar het bosje repte. 'Waarom hou je je mannen niet tegen? Mijn jacht is voor vandaag bedorven.'

Dorian sloeg hem gade toen ze het elzenbosje in gingen en de soepele, zwaaiende takken opzij bogen. Na enkele ogenblikken kwamen ze te voorschijn en trokken een lichaam achter zich aan het zonlicht in. Hij wendde zich met afgrijzen af. Het scheen hem toe dat het ongeluk hem overal waar hij ging achtervolgde. Hij hoorde Sir Geoffrey vragen of de man werkelijk dood was, en het bevestigende antwoord van de jachtopziener. Het scheen hem toe alsof het bos plotseling wemelde van de gezichten. Er klonk het gestamp van myriaden voeten en het zachte gegons van stemmen. Een grote koperkleurige fazant kwam door de takken boven zijn hoofd aan wieken.

Na enkele ogenblikken die hem, in zijn verontruste toestand, als eindeloze uren van pijn toeschenen, voelde hij dat er een hand op zijn schouder werd gelegd. Hij schrok en draaide zich om.

'Dorian,' zei Lord Henry. 'Ik moet ze maar gaan zeggen dat de jacht voor vandaag is afgelopen. Het zou onbehoorlijk zijn om ermee door te gaan.'

'Ik wou dat er voor altijd een eind aan werd gemaakt, Harry,' antwoordde hij bitter. 'Het gehele gedoe is afschuwelijk en wreed. Is de man...?'

Hij kon de zin niet afmaken.

'Ik vrees van wel,' antwoordde Lord Henry. 'Hij heeft de volle laag in de borst gekregen. Hij moet vrijwel onmiddellijk zijn gestorven. Kom, laten we naar huis gaan.'

Ze liepen bijna vijftig meter naast elkaar in de richting van de oprijlaan zonder te spreken. Toen keek Dorian Lord Henry aan, en zei met een diepe zucht: 'Het is een slecht voorteken, Harry, een heel slecht voorteken.'

'Wat bedoel je?' vroeg Lord Henry. 'O, dit ongeluk zeker. Beste kerel, er is niets aan te doen. Het was de man zijn eigen schuld. Waarom ging hij voor de geweren uit? Bovendien, het heeft niets met ons te maken. Het is natuurlijk nogal vervelend voor Geoffrey. Het is niet goed om op drijvers te vuren. Het geeft mensen de indruk dat in je in het wilde weg schiet. En Geoffrey is geen wilde schutter; hij schiet erg nauwkeurig. Maar het heeft geen nut om erover te praten.'

Dorian schudde het hoofd. 'Het is een slecht voorteken, Harry. Ik heb het gevoel alsof een van ons iets verschrikkelijks zal overkomen. Mijzelf, misschien,' voegde hij eraan toe, terwijl hij zich met de hand over de ogen streek, met een gebaar van pijn.

De oudere man lachte. 'Het enige verschrikkelijke op de wereld is *ennui*, Dorian. Dat is de enige zonde die onvergeeflijk is. Maar daar zullen wij waarschijnlijk geen last van hebben, tenzij deze kerels er aan het diner over blijven praten. Ik moet hun zeggen dat het onderwerp taboe is. Wat voortekens betreft, er bestaat niet zoiets als een voorteken. Het noodlot stuurt ons geen voorboden. Daar is het te wijs en te wreed voor. Bovendien, wat zou jou in 's hemelsnaam kunnen overkomen, Dorian? Jij hebt alles ter wereld dat een mens zich maar kan wensen. Er is niemand die het niet heerlijk zou vinden om met jou te ruilen.'

'Er is niemand met wie ik niet zou willen ruilen, Harry. Lach niet op die manier. Ik spreek de waarheid. Die ongelukkige boer die net is gestorven is beter af dan ik. De dood heeft voor mij geen verschrikking. Het is de komst van de dood die me angst aanjaagt. Zijn monsterlijke vleugels schijnen in de grijze lucht om mij heen te wieken. Lieve hemel! Zie je daar niet iemand achter de bomen bewegen, die me gadeslaat, die me opwacht?'

Lord Henry keek in de richting waarin de bevende behandschoende hand wees. 'Ja,' zei hij glimlachend, 'ik zie de tuinman op je staan wachten. Ik neem aan dat hij je wil vragen wat voor bloemen je vanavond aan tafel wilt hebben. Je bent belachelijk nerveus, beste jongen! Je moet eens naar mijn dokter gaan wanneer we terug zijn in de stad.'

Dorian slaakte een zucht van opluchting toen hij de tuinman naderbij zag komen. De man tikte aan zijn hoed, keek heel even aarzelend naar Lord Henry, en haalde toen een brief te voorschijn, die hij aan zijn meester overhandigde. 'Mevrouw de hertogin heeft me gezegd dat ik op antwoord moest wachten,' mompelde hij.

Dorian stak de brief in zijn zak. 'Zeg mevrouw de hertogin dat ik eraan kom,' zei hij koeltjes. De man draaide zich om en liep snel in de richting van het huis.

'Wat doen vrouwen toch graag gevaarlijke dingen!' zei Lord Henry lachend. 'Het is een van hun eigenschappen die ik het meest bewonder. Een vrouw flirt net zo lang met wie dan ook zolang andere mensen toekijken.'

'En wat zeg jij toch graag gevaarlijke dingen, Harry! In dit geval heb je het helemaal mis. Ik vind de hertogin heel erg aardig, maar ik hou niet van haar.'

'En de hertogin houdt heel erg veel van jou, maar ze vindt je minder aardig, zodat jullie uitstekend bij elkaar passen.'

'Je roddelt, Harry, en er is nooit enige grond voor roddel.'

'De grond voor elk geroddel is een immorele zekerheid,' zei Lord Henry, terwijl hij een sigaret opstak.

'Jij zou iedereen opofferen ter wille van een epigram.'

'De wereld gaat uit eigen beweging naar het altaar,' luidde het antwoord.

'Ik wou dat ik kon liefhebben,' riep Dorian Gray op een zwaar pathetische toon uit. 'Maar ik schijn de hartstocht te hebben verloren en de begeerte te hebben vergeten. Ik ben te veel op mezelf geconcentreerd. Mijn eigen persoonlijkheid is me tot een last geworden. Ik wil ontsnappen, weggaan, vergeten. Het was dwaas van me dat ik hier naar toe ben gegaan. Ik denk dat ik Harvey een telegram zal sturen om te zeggen dat hij het jacht klaarmaakt. Op een jacht ben je veilig.'

'Waarvoor veilig, Dorian? Je verkeert in moeilijkheden. Waarom vertel je me niet wat het is? Je weet dat ik je zou helpen.'

'Ik kan het je niet vertellen, Harry,' antwoordde hij treurig. 'En ik denk dat ik het me maar verbeeld. Dit nare ongeluk heeft me van streek gemaakt. Ik heb een afschuwelijk voorgevoel dat mij misschien iets dergelijks zal overkomen.'

'Wat een onzin!'

'Ik hoop dat je gelijk hebt, maar toch voel ik het. Ha! daar komt de hertogin; ze ziet eruit als Artemis in een confectiejapon. U ziet dat we zijn teruggekomen, hertogin.'

'Ik heb er alles over gehoord, mijnheer Gray,' antwoordde ze. 'Die arme Geoffrey is er helemaal van ondersteboven. En het schijnt dat u hem hebt gevraagd niet op de haas te schieten. Wat vreemd!'

'Ja, het was heel vreemd. Ik weet niet waarom ik het zei. Een gril, neem ik aan. Het diertje zag er zo schattig uit. Maar het spijt me dat ze u van de man hebben verteld. Het is een gruwelijk onderwerp.'

'Het is een vervelend onderwerp,' viel Lord Henry hem in de rede. 'Als Geoffrey dat met opzet zou hebben gedaan, zou het pas interessant zijn geweest! Ik zou weleens iemand willen kennen die echt een moord heeft begaan.'

'Wat afschuwelijk van je, Harry!' riep de hertogin uit. 'Vindt u ook niet, mijnheer Gray? Harry, mijnheer Gray voelt zich weer niet goed. Hij staat op het punt om flauw te vallen.'

Dorian vermande zich met moeite, en glimlachte. 'Het is niets, hertogin,' mompelde hij; 'mijn zenuwen zijn vreselijk van streek. Dat is alles. Ik ben bang dat ik vanmorgen te ver heb gelopen. Ik heb niet gehoord wat Harry zei. Was het heel erg? U moet me dat bij een volgende gelegenheid eens vertellen. Ik denk dat ik moet gaan liggen. U wilt mij wel verontschuldigen, nietwaar?'

Ze hadden de grote trap bereikt die van de serre naar het terras leidde. Toen de glazen deur zich achter Dorian sloot, draaide Lord Henry zich om en keek de hertogin met zijn slaperige ogen aan. 'Ben je heel erg verliefd op hem?' vroeg hij.

Een tijdlang gaf ze geen antwoord, maar stond naar het landschap te staren. 'Ik wou dat ik het wist,' zei ze ten slotte.

Hij schudde het hoofd. 'Het zou fataal zijn om het te weten. De bekoring schuilt in de onzekerheid. Mist maakt de dingen wonderlijk.'

'Je kunt verdwalen.'

'Alle wegen eindigen bij hetzelfde punt, Gladys.'

'Wat is dat?'

'Desillusie.'

'Dat was mijn debuut in het leven,' zei ze zuchtend.

'Jij kreeg het met een kroontje.'

'Ik ben moerbeibladeren beu.'

'Ze staan je goed.'

'Alleen maar in het openbaar.'

'Je zou ze missen,' zei Lord Henry.

'Ik zal nog niet van één blaadje afstand doen.'

'Monmouth heeft oren.'

'De ouderdom hoort slecht.'

'Is hij nooit jaloers geweest?'

'Was dat maar waar.'

Hij keek om zich heen alsof hij iets zocht. 'Wat zoek je?' vroeg ze.

'De knop van je floret,' antwoordde hij. 'Je hebt hem laten vallen.'

Ze lachte. 'Ik heb het masker nog.'

'Het maakt je ogen mooier,' was het antwoord.

Ze lachte opnieuw. Haar tanden waren als witte zaden in een vuurrode vrucht.

Boven, in zijn eigen kamer, lag Dorian op een divan, met angst in iedere trillende zenuw van zijn lichaam. Het leven was plotseling een te afschuwelijke last voor hem geworden om te dragen. De vreselijke dood van de ongelukkige drijver, in het bosje neergeschoten als een wild dier, had hem een voorbode van zijn eigen dood toegeschenen. Hij was bijna flauwgevallen bij wat Lord Henry in een toevallige bui van cynische spot had gezegd.

Om vijf uur belde hij om zijn bediende en gaf hem opdracht zijn spullen voor de avondexpres naar Londen te pakken en het rijtuig om halfnegen te laten voorrijden. Hij was vastbesloten geen nacht langer meer op Selby Royal te slapen. Het was een ongelukshuis, de dood waarde er in het zonlicht rond. Het gras van het bos was met bloed bevlekt.

Toen schreef hij een briefje aan Lord Henry waarin hij hem zei dat hij naar de stad ging om zijn arts te raadplegen en hem vroeg de gasten tijdens zijn afwezigheid aangenaam bezig te houden. Toen hij het in een envelop deed, werd er op de deur geklopt en zijn bediende zei hem dat de jachtopziener hem wilde spreken. Hij fronste het voorhoofd en beet zich op zijn lip. 'Laat hem binnen komen,' mompelde hij, na een korte aarzeling.

Zodra de man binnenkwam haalde Dorian zijn chequeboek uit een la, en sloeg het open.

'Ik neem aan dat je gekomen bent in verband met het ongeluk van vanmorgen, Thornton?' zei hij, terwijl hij een pen pakte.

'Ja, mijnheer,' zei de jachtopziener.

'Was de arme drommel getrouwd? Had hij familie die afhankelijk van hem was?' vroeg Dorian, die er verveeld uitzag. 'Als dat zo is, zou ik niet willen dat ze behoeftig achterbleven, en zal ze ieder bedrag doen toekomen dat jij nodig acht.'

'We weten niet wie hij is, mijnheer. Dat is de reden waarom ik zo vrij ben geweest naar u toe te komen.'

'Weet niet wie hij is?' zei Dorian lusteloos. 'Wat bedoel je? Was hij dan niet een van jouw mensen?'

'Nee, mijnheer. Heb hem nog nooit eerder gezien. Hij lijkt wel een zeeman, mijnheer.'

De pen viel uit Dorian Grays hand, en hij had het gevoel dat zijn hart plotseling had opgehouden met kloppen. 'Een zeeman?' riep hij uit. 'Zei je een zeeman?'

'Ja, mijnheer. Hij ziet eruit alsof hij een soort zeeman is geweest, tatoeëringen op beide armen en zo.'

'Is er iets op hem gevonden?' vroeg Dorian terwijl hij zich

voorover boog en de man met verbaasde ogen aankeek. 'Iets waaruit je zijn naam kon opmaken?'

'Wat geld, mijnheer – niet veel, en een revolver. Een nette man om te zien, mijnheer, maar nogal ruw. Een soort zeeman, denken we.'

Dorian sprong overeind. Een ontzettende hoop flakkerde in hem op. Hij klampte er zich onstuimig aan vast. 'Waar is het lijk,' riep hij uit. 'Vlug! Ik moet het onmiddellijk zien.'

'Het ligt in een lege stal van de Home Farm, mijnheer. De mensen houden er niet van zoiets in huis te hebben. Ze zeggen dat een lijk ongeluk brengt.'

'De Home Farm. Ga er onmiddellijk heen en wacht op me. Zeg een van de rijknechten mijn paard voor te rijden. Nee. Laat maar. Ik zal zelf naar de stallen gaan. Dat spaart tijd.'

Nog geen kwartier later galoppeerde Dorian Gray zo hard hij kon door de lange laan. De bomen schenen in een spookachtige stoet langs hem heen te vliegen en wilde schaduwen wierpen zich over zijn pad. De merrie schrok een keer voor een witte hekstijl en wierp hem bijna af. Hij gaf haar een klap met zijn rijzweep op de nek. Ze doorkliefde de schemerige lucht als een pijl. De stenen spatten van haar hoeven op.

Ten slotte bereikte hij de Home Farm. Twee mannen hingen op het erf rond. Hij sprong uit het zadel en wierp een van hen de teugels toe. In de verste stal scheen een licht. Iets scheen hem te zeggen dat het dode lichaam daar lag, en hij haastte zich naar de deur, en legde zijn hand op de klink.

Daar bleef hij even staan, met het gevoel dat hij op het punt stond een ontdekking te doen die zijn leven zou maken of breken. Toen gooide hij de deur open, en ging naar binnen.

Op een stapel zakken in de verste hoek lag het dode lichaam van een man, die gekleed was in een grof overhemd en een blauwe broek. Het gezicht was met een gestippelde zakdoek bedekt. Een grove kaars die in een fles was gestoken sputterde ernaast.

Dorian Gray huiverde. Hij voelde dat zijn hand de zakdoek niet kon wegnemen, en riep naar buiten naar een van de boerenknechts om bij hem te komen.

'Neem dat ding van het gezicht. Ik wil het zien,' zei hij, terwijl hij zich aan de deurpost vastgreep.

Toen de knecht had gedaan wat hij vroeg, ging hij naar voren. Een kreet van vreugde ontsnapte aan zijn lippen. De man die in het kreupelhout was neergeschoten was James Vane.

Hij bleef daar een paar minuten naar het dode lichaam staan kijken. Toen hij naar huis reed stonden er tranen in zijn ogen, want hij wist dat hij veilig was.

19

'Het heeft geen zin me te vertellen dat je je leven gaat beteren,' riep Lord Henry uit, terwijl hij zijn witte vingers in een koperen kom met rozenwater dompelde. 'Je bent volmaakt. Verander alsjeblieft niet.'

Dorian Gray schudde het hoofd. 'Nee, Harry, ik heb in mijn leven te veel afschuwelijke dingen gedaan. Ik ben niet van plan er nog meer te doen. Ik heb gisteren een begin gemaakt met mijn goede daden.'

'Waar ben je gisteren geweest?'

'In de provincie, Harry. Ik heb op m'n eentje in een herberg gelogeerd.'

'Mijn beste jongen,' zei Lord Henry glimlachend, 'in de provincie is het geen kunst om braaf te zijn. Daar zijn geen verlokkingen. Dat is dan ook de reden waarom mensen die buiten Londen wonen zo volkomen ongeciviliseerd zijn. Beschaving is helemaal niet zo gemakkelijk te verwerven. Er zijn maar twee manieren waarop je dat kunt doen. De ene is door verfijnd, de andere door corrupt te zijn. Provincialen hebben voor geen van beide de gelegenheid.'

'Verfijning en corruptie,' herhaalde Dorian. 'Ik heb van beide iets gekend. Het schijnt me nu vreselijk toe dat ze ooit samen zouden worden aangetroffen. Want ik heb een nieuw ideaal, Harry. Ik ben van plan te veranderen. Ik geloof dat ik al veranderd ben.'

'Je hebt me nog niet verteld wat voor goede daad je hebt gedaan. Of zei je dat het er meer was dan één?' vroeg zijn vriend, terwijl hij een kleine rode piramide van aardbeien op zijn bord schepte en er met een geperforeerde schelpvormige lepel witte suiker over strooide.

'Ik kan het jou wel vertellen, Harry. Het is een geschiedenis die ik aan niemand anders zou kunnen toevertrouwen. Ik heb iemand gespaard. Dat klinkt ijdel, maar je begrijpt wie ik bedoel. Ze was heel mooi en wonderbaarlijk, als Sybil Vane. Ik geloof dat ik me daarom tot haar aangetrokken heb gevoeld. Je herinnert je Sybil, nietwaar? Wat lijkt dat lang geleden! Welnu, Hetty was natuurlijk niet van onze eigen stand. Ze was een eenvoudig dorpsmeisje. Maar ik hield echt van haar. Ik weet zeker dat ik van haar heb gehouden. Deze hele prachtige meimaand die we hebben gehad, heb ik haar twee of drie keer in de week opgezocht. Gisteren ontmoette ze mij in een kleine boomgaard. De appelbloesems vielen al maar op haar hoofd neer, en ze lachte. We zouden vanmorgen bij het aanbreken van de dag samen zijn weggegaan. Ineens besloot ik haar, even ongerept als ze was toen ik haar vond, te verlaten.'

'Ik zou zeggen dat de nieuwigheid van die emotie je een waar gevoel van genot moet hebben gegeven, Dorian,' viel Lord Henry hem in de rede. 'Maar ik kan je idylle voor je afmaken. Je hebt haar goede raad gegeven en haar hart gebroken. Dat was het begin van je hervorming.'

'Je bent afschuwelijk, Harry! Je moet zulke verschrikkelijke dingen niet zeggen. Hetty's hart is niet gebroken. Natuurlijk heeft ze gehuild en zo. Maar er is geen blaam op haar geworpen. Ze kan, als Perdita, in haar tuin van kruizemunt en goudsbloemen leven.'

'En een trouweloze Florizel bewenen,' zei Lord Henry lachend, terwijl hij in zijn stoel achterover leunde. 'Beste Dorian, je hebt soms de vreemdste, meest jongensachtige stemmingen. Denk je dat dat meisje nu ooit nog tevreden zal zijn met iemand van haar stand? Ik veronderstel dat ze op een dag met een ruwe sleper of een grijnzende boerenknecht zal trouwen. Welnu, het feit dat ze jou heeft ontmoet, zal haar leren haar man te verachten, en ze zal doodongelukkig worden. Ik kan niet zeggen dat ik je verzaking erg hoog aansla. Hoe weet je bovendien of Hetty op dit ogenblik niet, net als Ophelia, in een door sterren beschenen vijver drijft met prachtige waterlelies om zich heen?'

'Ik kan dit niet uitstaan, Harry. Je spot met alles, en dan verzin je de ernstigste tragedies. Ik heb er nu spijt van dat ik het je heb verteld. Het kan me niet schelen wat je zegt. Ik weet dat ik juist heb gehandeld. Arme Hetty! Toen ik vanmorgen langs de boerderij reed, zag ik haar witte gezichtje voor het raam, als een tuiltje jasmijn. Laten we er niet meer over spreken en probeer me niet ervan te overtuigen dat deze eerste goede daad die ik in jaren heb gedaan, het eerste greintje zelfopoffering dat ik ooit heb gekend, eigenlijk een soort zonde is. Ik wil me beteren. Ik zal me beteren. Vertel me iets over jezelf. Wat gebeurt er in de stad? Ik ben in dagen niet op de club geweest.'

'De mensen praten nog steeds over de verdwijning van die arme Basil.'

'Ik zou hebben gedacht dat ze er onderhand genoeg van hebben,' zei Dorian, terwijl hij wijn voor zichzelf inschonk en zijn wenkbrauwen optrok.

'Beste jongen, ze hebben er pas zes weken over gepraat, en het Britse publiek is werkelijk niet opgewassen tegen de geestelijke inspanning om meer dan één keer in drie maanden een nieuw onderwerp aan te snijden. Het is de laatste tijd echter erg gelukkig geweest. Het heeft mijn eigen echtscheidingsgeval gehad en Alan Campbells zelfmoord. Nu heeft het de geheimzinnige verdwijning van een kunstschilder. Scotland Yard houdt vol dat de man met de grijze winterjas, die op negen november met de nachttrein naar Parijs is vertrokken, Basil was en de Franse politie verklaart dat Basil nooit in Parijs is aangekomen. Ik veronderstel dat we binnen de veertien dagen te horen zullen krijgen dat hij in San Francisco is gesignaleerd. Het is gek, maar iedereen die verdwijnt wordt in San Francisco gezien. Het moet een heerlijke stad zijn, en ze bezit alle aantrekkelijkheden van het hiernamaals.'

'Wat denk jij dat er met Basil is gebeurd?' vroeg Dorian, terwijl hij zijn Bourgogne tegen het licht hield en zich afvroeg hoe het kwam dat hij er zo luchtig over kon spreken.

'Ik heb niet het flauwste idee. Als Basil zich schuil wil houden, is dat niet mijn zaak. Als hij dood is, wil ik niet meer aan hem denken. De dood is het enige dat me angst aanjaagt. Ik haat hem.'

'Waarom?' vroeg de jongere man vermoeid.

'Omdat,' zei Lord Henry, terwijl hij het vergulde latwerk van een open reukflesje onder zijn neus hield, 'men tegenwoordig alles behalve dat kan overleven. De dood en vulgariteit zijn de enige twee feiten in de negentiende eeuw die je niet kunt wegredeneren. Laten we koffie drinken in de muzieksalon, Dorian. Je moet Chopin voor me spelen. De man met wie mijn vrouw er vandoor is gegaan speelde verrukkelijk. Arme Victoria! Ik was erg op haar gesteld. Het huis is nogal eenzaam zonder haar. Het huwelijksleven is natuurlijk alleen maar een gewoonte, een slechte gewoonte. Maar je betreurt nu eenmaal zelfs het verlies van je slechtste gewoonten. Misschien betreur je die wel het meest. Ze vormen zo'n wezenlijk deel van je persoonlijkheid.'

Dorian zei niets, maar stond van de tafel op, en toen hij de aangrenzende kamer binnen was gegaan, ging hij voor de piano zitten en liet zijn vingers over het witte en zwarte ivoor van de toetsen dwalen. Nadat de koffie was binnengebracht, hield hij op en, Lord Henry aankijkend, zei hij: 'Harry, is het nooit bij je opgekomen dat Basil misschien is vermoord?'

Lord Henry geeuwde. 'Basil was erg populair en droeg altijd een goedkoop horloge. Waarom zou hij vermoord zijn? Hij was niet knap genoeg om vijanden te hebben. Hij had natuurlijk een wonderbaarlijk schildertalent. Maar je kunt schilderen als Velasquez en toch saai zijn. Basil was nogal saai. Hij heeft mij maar eenmaal geïnteresseerd en dat was toen hij mij, jaren geleden, vertelde dat hij jou vereerde en dat jij het overheersende motief van zijn kunst was.'

'Ik mocht Basil erg graag,' zei Dorian met droefheid in zijn stem. 'Maar zeggen ze niet dat hij werd vermoord?'

'Och, dat beweren sommige kranten. Maar het lijkt mij on- waarschijnlijk. Ik weet dat er vreselijke gelegenheden in Parijs zijn, maar Basil was er de man niet naar daar naar toe te gaan. Hij was niet nieuwsgierig. Dat was zijn voornaamste gebrek.'

'Wat zou je zeggen, Harry, als ik je vertelde dat ik Basil heb vermoord?' vroeg de jongeman. Hij sloeg hem na deze woor- den gespannen gade.

'Ik zou zeggen, beste kerel, dat je de pose aanneemt van een type dat niet bij je past. Alle misdaad is vulgair, evenals vulga- riteit een misdaad is. Je hebt het niet in je, Dorian, om een moord te begaan. Het spijt me als ik je ijdelheid heb gekwetst door dat te zeggen, maar ik verzeker je dat het de waarheid is. Misdaad is uitsluitend het voorrecht van de lagere klasse. Ik neem het ze in het minst niet kwalijk. Ik zou me kunnen voor- stellen dat misdaad voor hen betekent wat de kunst voor ons is, eenvoudig een manier om bijzondere sensaties te beleven.'

'Een manier om sensaties te beleven? Denk je dan dat ie- mand die eens een misdaad heeft begaan dezelfde moord nog eens zou kunnen plegen? Dat kun je mij niet wijsmaken.'

'O! Alles wordt een genot als je het te vaak doet,' riep Lord Henry lachend uit. 'Dat is een van de belangrijkste geheimen van het leven. Ik stel me echter voor dat een moord altijd ver- keerd is. Je behoort nooit iets te doen waarover je na het diner niet zou kunnen praten. Maar laten we Basil laten rusten. Ik wou dat ik kon geloven dat hij aan zo'n romantisch einde was gekomen als jij suggereert, maar ik kan het niet. Misschien is hij van een bus in de Seine gevallen, en heeft de conducteur het schandaal verzwegen. Ja, zo zal zijn einde zijn geweest. Ik zie hem nu op zijn rug onder dat dofgroene water liggen, ter- wijl de zware schuiten over hem heen varen en lang wier zich in zijn haar verwart. Weet je, ik geloof niet dat hij nog veel goed werk geleverd zou hebben. De afgelopen tien jaar is zijn schilderen erg achteruit gegaan.'

Dorian zuchtte en Lord Henry liep de kamer door en begon de kop van een vreemde Japanse papegaai te strelen, een groot dier met grijze veren en een roze borst en staart, die op een bamboestok balanceerde. Toen de puntige vingers hem aanraakten, liet hij het witte vlies van zijn gerimpelde oogleden over zijn zwarte kraalogen vallen en begon heen en weer te zwaaien.

'Ja,' vervolgde hij, terwijl hij zich omdraaide en zijn zakdoek te voorschijn haalde, 'zijn schilderen is erg achteruit gegaan. Het scheen mij toe dat het iets verloren had. Het had een ideaal verloren. Toen jij en hij niet langer grote vrienden waren, hield hij op een groot kunstenaar te zijn. Wat heeft jullie gescheiden? Ik veronderstel dat hij je verveelde. Als dat zo is, heeft hij je nooit vergeven. Dat is een gewoonte van vervelende mensen. Wat is er, tussen twee haakjes, van dat prachtige portret geworden dat hij van je gemaakt heeft? Ik geloof niet dat ik het ooit heb gezien sinds hij het voltooide. O, ik herinner me dat je me jaren geleden hebt verteld dat je het naar Selby had gestuurd en dat het onderweg zoek was geraakt of gestolen. Heb je het nooit teruggekregen? Wat jammer! Het was werkelijk een meesterwerk. Ik herinner mij dat ik het wilde kopen. Ik wou dat ik het nu bezat. Het behoorde tot Basils beste periode. Sindsdien heeft zijn werk die vreemde mengeling van slechte schilderkunst en goede bedoelingen die iemand altijd in staat stelt een representatief Brits kunstenaar genoemd te worden. Heb je ernaar laten zoeken? Dat had je moeten doen.'

'Ik weet het niet meer,' zei Dorian. 'Ik geloof van wel. Maar ik heb er nooit echt van gehouden. Het spijt me dat ik ervoor heb geposeerd. De herinnering eraan is me onaangenaam. Waarom spreek je erover? Het deed me altijd denken aan die eigenaardige regels in het een of andere toneelstuk – Hamlet, geloof ik – hoe is het ook alweer:

"Like the painting of a sorrow,
A face without a heart."

Ja, zo was het.'

Lord Henry lachte. 'Als een mens het leven artistiek behandelt, denkt hij met zijn hart,' antwoordde hij, terwijl hij zich in een fauteuil liet zakken.

Dorian Gray schudde het hoofd, en sloeg een paar zachte akkoorden op de piano aan. '"Als het schilderen van een verdriet,"' herhaalde hij, '"een gezicht zonder hart."'

De oudere man lag achterover en keek hem met halfgesloten ogen aan. 'A propos, Dorian,' zei hij na een stilte, '"wat voor nut heeft het voor de mens als hij de hele wereld wint en" – hoe luidt het citaat ook alweer – "zijn eigen ziel verliest?"'

De muziek klonk vals en Dorian Gray schrok op en keek zijn vriend aan. 'Waarom vraag je dat aan mij, Harry?'

'Beste kerel,' zei Lord Henry, en trok zijn wenkbrauwen verbaasd op, 'ik vroeg het je omdat ik dacht dat je mij een antwoord zou kunnen geven. Dat is het enige. Vorige week zondag liep ik door het park en vlakbij Marble Arch stond een kleine groep sjofel uitziende mensen naar een gewone straatpredikant te luisteren. Toen ik voorbijkwam, hoorde ik de man die vraag aan zijn toehoorders stellen. Het trof me als nogal dramatisch. Londen is zeer rijk aan dat soort eigenaardige individuen. Een natte zondag, een zonderlinge christen in een regenjas, een kring van ziekelijke bleke gezichten onder een gebroken dak van druipende paraplu's, en een wonderbaarlijke frase die door schrille hysterische lippen de lucht in wordt geslingerd – het was op zijn manier werkelijk uitstekend, zeer suggestief. Ik dacht er een ogenblik over de profeet te vertellen dat de kunst een ziel heeft, en de mens niet, maar ik vrees dat hij me niet zou hebben begrepen.'

'Zeg dat niet Harry. De ziel is een vreselijke realiteit. Ze kan gekocht, verkocht en verkwanseld worden. Ze kan worden vergiftigd of vervolmaakt. Elk van ons heeft een ziel. Ik weet het.'

'Ben je daar helemaal zeker van, Dorian?'

'Heel zeker.'

'Ach! Dan moet het een illusie zijn. De dingen waar je je volkomen zeker van voelt zijn nooit waar. Dat is het fatale van het geloof en de les van de romantiek. Wat ben je ernstig! Wees niet zo serieus. Wat hebben jij of ik met het bijgeloof van onze tijd te maken? Nee, wij hebben ons geloof in de ziel opgegeven. Speel iets voor me. Speel een nocturne, Dorian. Je hebt er nog nooit zo charmant uitgezien als vanavond. Je herinnert me aan de dag waarop ik je voor het eerst zag. Je was nogal brutaal, erg verlegen en heel bijzonder. Je bent natuurlijk veranderd, maar uiterlijk niet. Ik wou dat je mij je geheim vertelde. Ik zou er alles ter wereld voor over hebben om mijn jeugd terug te krijgen, behalve lichaamsbeweging nemen, vroeg opstaan, of eerbaar zijn. Jeugd! Niets kan ermee worden vergeleken! Het is belachelijk om over de onwetendheid van de jeugd te spreken. De enige mensen naar wier mening ik nu met enige eerbied luister, zijn mensen die veel jonger zijn dan ik. Ze schijnen mij vooruit te zijn. Het leven heeft hun zijn bijna nieuwste wonder geopenbaard. Wat bejaarden betreft, die spreek ik altijd tegen. Ik doe dat uit principe. Als je ze hun mening over iets vraagt wat gisteren is gebeurd, geven ze je doodernstig de gangbare meningen van 1820 toen de mensen vadermoordenaars droegen, in alles geloofden en absoluut niets wisten. Wat een mooi stuk speel je daar! Ik vraag me af of Chopin het op Majorca heeft geschreven, terwijl de zee rondom de villa huilde en het zoute stuifwater tegen de ramen woei. Het is prachtig romantisch. Wat is het een zegen dat ons nog een kunst rest die niet nabootsend is. Speel verder. Ik wil muziek horen vanavond. Het schijnt me toe dat jij de jonge Apollo bent, en dat ik Marsyas ben die naar je luistert. Ik heb smarten, Dorian, waar zelfs jij niets van afweet. De tragedie van de ouderdom is niet dat je oud, maar dat je jong bent. Ik sta soms verbaasd over mijn eigen oprechtheid. Ach, Dorian, wat ben je toch gelukkig. Wat een uitgelezen leven heb je gehad! Je hebt van alles gedronken. Je hebt de druiven tegen je gehemelte uitgeperst. Niets is voor je verborgen gebleven. En dit alles heeft niet meer voor je betekend dan het geluid van muziek. Het heeft je niet ontluisterd. Je bent nog altijd dezelfde.'

'Ik ben niet dezelfde, Harry.'

'Ja, je bent wel dezelfde. Ik vraag me af hoe de rest van je leven zal zijn. Bederf het niet door zelfverloochening. Op het ogenblik ben je een volmaakt type. Maak jezelf niet onvolkomen. Je bent nu helemaal gaaf. Je hoeft je hoofd niet te schudden; je weet het zelf. Bovendien, Dorian, hou jezelf niet voor de gek. Het leven wordt niet door de wil of voornemens geregeerd. Het leven is een kwestie van zenuwen en vezels, en langzaam opgebouwde cellen waarin het denken zich verbergt en de hartstocht zijn dromen heeft. Misschien verbeeld je je dat je veilig bent, en denk je dat je sterk bent. Maar een toevallige kleurschakering in een kamer, of van de ochtendhemel, een bijzonder parfum waarvan je eens hebt gehouden en dat subtiele herinneringen met zich meebrengt, een regel uit een vergeten gedicht dat je weer was tegengekomen, een cadens uit een muziekstuk dat je niet langer speelde – ik zeg je, Dorian, dat ons leven juist van dergelijke dingen afhangt. Browning schrijft daar ergens over; maar onze eigen zinnen zullen ze voor ons verbeelden. Er zijn ogenblikken waarop de geur van witte lelies plotseling langs me heen strijkt en ik de vreemdste maand van mijn leven opnieuw moet beleven. Ik wou dat ik met je kon ruilen, Dorian. De wereld heeft tegen ons beiden geprotesteerd, maar ze heeft jou altijd aanbeden. Ze zal je altijd aanbidden. Jij bent het type waar deze tijd naar zoekt en die hij vreest te hebben gevonden. Ik ben zo blij dat je nooit iets hebt gedaan, nooit een standbeeld hebt gebeeldhouwd, een schilderij hebt geschilderd, of iets buiten jezelf hebt voortgebracht! Het leven is jouw kunst geweest. Je hebt jezelf op muziek gezet. Jouw dagen zijn je sonnetten.'

Dorian stond van de piano op en streek met de hand door zijn haar. 'Ja, het leven is heerlijk geweest,' mompelde hij, 'maar ik ga niet hetzelfde leven leiden, Harry. En jij moet niet zulke buitensporige dingen tegen me zeggen. Je weet niet alles van me. Ik denk dat je jezelf van mij zou afkeren als je dat wel wist. Je lacht. Lach niet.'

'Waarom ben je opgehouden met spelen, Dorian? Ga terug en speel die nocturne nog eens voor me. Kijk naar die grote honingkleurige maan die in de schemerachtige lucht hangt. Ze wacht tot jij haar betovert, en wanneer je speelt zal ze dichter bij de aarde komen. Wil je niet? Laten we dan naar de club gaan. Het is een heerlijke avond geweest, en we moeten hem op dezelfde manier besluiten. Er is iemand op de club die bijzonder graag kennis met je wil maken – de jonge Lord Poole, Bournemouths oudste zoon. Hij heeft je dassen al nageaapt en mij gevraagd je aan hem voor te stellen. Hij is alleraardigst en doet me nogal aan jou denken.'

'Ik hoop van niet,' zei Dorian, met een droevige blik. 'Maar ik ben moe vanavond, Harry. Ik ga niet naar de club. Het is al bijna elf uur en ik wil vroeg naar bed.'

'Blijf toch. Je hebt nog nooit zo goed gespeeld als vanavond. Er was iets wonderbaarlijks in je aanslag. Die had meer expressie dan ik ooit eerder heb gehoord.'

'Dat komt omdat ik een goed mens ga worden,' antwoordde hij glimlachend. 'Ik ben al een beetje veranderd.'

'Voor mij kun je niet veranderen, Dorian,' zei Lord Henry. 'Jij en ik zullen altijd vrienden blijven.'

'Toch heb je me eens met een boek vergiftigd. Ik zou je dat eigenlijk niet moeten vergeven. Harry, beloof me dat je dat boek nooit aan iemand anders zult lenen. Het heeft een slechte invloed.'

'Beste jongen, je begint werkelijk te moraliseren. Je zult weldra omgaan met de bekeerden en de lieden van het réveil en de mensen waarschuwen voor alle zonden waar je zelf genoeg van hebt gekregen. Daarvoor ben je veel te aardig. Bovendien heeft het geen enkele zin. Jij en ik zijn die we zijn, en zullen zijn wat we nu eenmaal moeten zijn. En wat betreft het vergiftigd worden door een boek, zoiets is onmogelijk. De kunst heeft geen invloed op daden. Ze neemt het verlangen tot handelen weg. Ze is buitengewoon steriel. De boeken die de wereld immoreel noemt zijn boeken die de wereld haar eigen schande voorhouden. Dat is alles. Maar we zullen niet over literatuur praten. Kom morgen bij me. Ik ga om elf uur uit rijden. We zouden samen kunnen gaan, dan neem ik je daarna mee uit lunchen bij Landy Branksome. Ze is een charmante vrouw en wil graag je advies inwinnen over een paar tapijten die ze van plan is te kopen. Denk erom dat je komt. Of zullen we met onze kleine hertogin gaan lunchen? Ze zegt dat ze je tegenwoordig nooit meer ziet. Misschien heb je genoeg van Gladys? Dat dacht ik al. Haar scherpe tong werkt op je zenuwen. Hoe dan ook, zorg ervoor dat je om elf uur hier bent.'

'Moet ik werkelijk komen, Harry?'

'Natuurlijk. Het park is nu erg mooi. Ik geloof niet dat er zo veel seringen zijn geweest sinds het jaar dat ik je heb leren kennen.'

'Goed dan. Ik zal er om elf uur zijn,' zei Dorian. 'Goedenacht, Harry.' Bij de deur aarzelde hij een ogenblik alsof hij nog iets wilde zeggen. Toen zuchtte hij en ging naar buiten.

20

Het was een prachtige avond, zo warm dat hij zijn jas over de arm nam en zelfs zijn zijden sjaal niet omdeed. Toen hij naar huis liep, zijn sigaret rokend, kwamen twee jongemannen in avondkleding hem voorbij. Hij hoorde een van hen tegen de andere fluisteren: 'Dat is Dorian Gray.' Hij herinnerde zich hoe prettig hij het vroeger vond als hij werd aangewezen, aangestaard of wanneer er over hem werd gesproken. Nu had hij er genoeg van om zijn eigen naam te horen. De halve bekoring van het kleine dorp, waar hij de laatste tijd zoveel was geweest, was dat niemand er wist wie hij was. Hij had het meisje, dat hij verliefd op zich had gemaakt, gezegd dat hij arm was, en zij had hem geloofd. Hij had haar eens gezegd dat hij slecht was, maar zij had hem uitgelachen en geantwoord dat slechte mensen altijd oud zijn en heel lelijk. Wat een lach had ze! – net een zingende lijster. En wat was ze lief geweest in haar katoenen jurkjes en met haar grote hoeden! Ze wist niets, maar zij bezat alles wat hij verloren had.

Toen hij thuiskwam, wachtte zijn bediende op hem. Hij stuurde hem naar bed en ging op de divan in de bibliotheek liggen en begon over sommige dingen na te denken die Lord Henry tegen hem had gezegd. Was het werkelijk waar dat je nooit kon veranderen? Hij voelde een wild verlangen naar de onbevlekte zuiverheid van zijn jeugd – zijn rozeblanke jeugd, zoals Lord Henry het had genoemd. Hij wist dat hij zich had bezoedeld, zijn geest met bederf had vervuld, en zijn fantasie gruwelijk had gemaakt; dat hij een slechte invloed op anderen had uitgeoefend en dat hij daar een ontzettend genoegen aan had beleefd; en dat van de levens die het zijne hadden gekruist, het de mooiste en meest belovende waren geweest waarover hij schande had gebracht. Maar was het allemaal onherstelbaar? Was er geen hoop meer voor hem?

Ach, in wat voor een monsterlijk ogenblik van trots en hartstocht had hij gebeden dat het schilderij de lasten van zijn dagen zou dragen, en hij de onbevlekte pracht van de eeuwigdurende jeugd zou behouden. Heel zijn mislukking was daaraan te wijten geweest. Het zou veel beter voor hem zijn geweest dat iedere zonde van zijn leven haar zekere, snelle straf met zich had meegebracht. Straf was een zuivering. Niet 'Vergeef ons onze zonden', maar 'Straf ons voor onze ongerechtigheden' zou de mens tot een rechtvaardige God moeten bidden.

De vreemd uitgesneden spiegel die Lord Henry hem, nu zo veel jaren geleden, had gegeven, stond op de tafel, en de Cupido's eromheen, met hun blanke ledematen, lachten als vanouds. Hij nam hem op, zoals hij die vreselijke avond had gedaan toen hij de verandering in het noodlottige schilderij voor het eerst had opgemerkt, en met wilde betraande ogen keek hij in het spiegelende oppervlak. Eens had iemand die vreselijk veel van hem had gehouden, hem een krankzinnige brief geschreven die eindigde met de volgende idolate woorden: 'De wereld is veranderd omdat jij van ivoor en goud bent gemaakt. De welvingen van je lippen herschrijven de geschiedenis.' De zinnen kwamen in zijn herinnering terug en hij herhaalde ze telkens en telkens weer. Toen walgde hij van zijn eigen schoonheid en, de spiegel op de grond gooiend, vertrapte hij de zilveren splinters onder zijn hiel. Het was zijn schoonheid die hem te gronde had gericht, zijn schoonheid en de jeugd waarom hij had gebeden. Wanneer deze twee dingen er niet waren geweest, zou zijn leven misschien onbezoedeld zijn gebleven. Zijn schoonheid was slechts een masker voor hem geweest, zijn jeugd alleen maar een bespotting. Wat betekende jeugd op zijn best? Een groene, onrijpe periode, een periode van oppervlakkige stemmingen en ziekelijke gedachten. Waarom had hij haar livrei gedragen? De jeugd had hem bedorven.

Hij moest maar liever niet aan het verleden denken. Niets kon dat veranderen. Hij moest aan zichzelf en zijn eigen toekomst denken. James Vane lag verborgen in een naamloos graf op het kerkhof van Selby. Alan Campbell had zich op een avond in zijn laboratorium doodgeschoten, maar had het geheim dat hij noodgedwongen had leren kennen niet onthuld. De opwinding die er over Basil Hallwards verdwijning scheen te zijn ontstaan, zou spoedig voorbij zijn. Zij werd al minder.

Wat dat aanging, was hij volkomen veilig. Het was ook niet de dood van Basil Hallward die zijn geweten het meest bezwaarde. Het was de levende dood van zijn eigen ziel die hem verontrustte. Basil had het portret geschilderd dat zijn leven had bedorven. Dat kon hij hem niet vergeven. Het portret was de schuld van alles. Basil had dingen tegen hem gezegd die onverdraaglijk waren, maar die hij toch geduldig had verdragen. De moord was eenvoudig de waanzin van het ogenblik geweest. Wat Alan Campbell betrof, zijn zelfmoord was zijn eigen daad geweest. Hij had er niets mee te maken.

Een nieuw leven! Dat wilde hij. Daarop had hij gewacht. Ongetwijfeld was het al begonnen. Hij had in elk geval een onschuldig meisje gespaard. Hij zou de onschuld nooit meer verleiden. Hij zou een goed mens worden.

Toen hij aan Hetty Merton dacht, begon hij zich af te vragen of het portret in het afgesloten vertrek was veranderd. Ongetwijfeld was het niet meer zo weerzinwekkend als het was geweest. Misschien dat hij, wanneer zijn leven weer zuiver werd, elk teken van slechtheid op het gezicht zou kunnen uitwissen. Misschien waren de tekenen van het kwaad al verdwenen. Hij zou gaan kijken.

Hij pakte de lamp van de tafel en sloop naar boven. Toen hij de deur ontgrendelde, kwam er een glimlach van blijdschap op zijn vreemd jeugdige gezicht en bleef een ogenblik om zijn lippen spelen. Ja, hij zou een goed mens worden, en het weerzinwekkende ding dat hij had weggeborgen, zou niet langer een verschrikking voor hem zijn. Hij had het gevoel alsof de last al van hem was afgevallen.

Hij ging stilletjes naar binnen en sloot de deur achter zich af, zoals zijn gewoonte was, en trok het purperen gordijn van het schilderij. Hij slaakte een kreet van pijn en verontwaardiging. Hij kon geen enkele verandering zien, behalve dat de ogen een sluwe uitdrukking hadden en dat de mond de krullende rimpel van de huichelaar had. Het portret was nog altijd walgelijk – walgelijker zo mogelijk dan eerst – en de rode dauw die de hand bevlekte scheen nog duidelijker en leek meer op pas vergoten bloed. Toen beefde hij. Was het alleen maar ijdelheid geweest die hem tot deze ene goede daad had gedreven? Of het verlangen naar een nieuwe sensatie, waar Lord Henry op had gezinspeeld met zijn spottende lach? Of die hartstocht om een rol te spelen die soms maakt dat we betere dingen doen dan we zelf zijn. Of misschien dit allemaal? En waarom was de rode vlek groter dan hij was geweest? Hij scheen als een vreselijke ziekte over de gerimpelde vingers te zijn gekropen. Er was bloed op de geschilderde voeten, alsof het portret had gedropen – bloed zelfs op de hand die het mes niet had vastgehouden. Bekennen? Betekende het dat hij moest bekennen? Dat hij zichzelf moest aangeven, en ter dood moest worden gebracht? Hij lachte. Hij vond het een monsterlijk idee. Bovendien, ook al zou hij bekennen, wie zou hem geloven? Er was nergens een spoor van de vermoorde man. Alles wat hem had toebehoord, was vernietigd. Hijzelf had dat wat beneden was geweest verbrand. De wereld zou eenvoudig zeggen dat hij gek was. Ze zouden hem opsluiten als hij zijn verhaal volhield... Toch was het zijn plicht te bekennen, de openbare schande te ondergaan en in het openbaar te boeten. Er was een God die een beroep deed op de mensen om hun zonden zowel aan de wereld als aan de hemel te vertellen. Niets dat hij kon doen zou hem schoonwassen tot hij zijn eigen zonde had opgebiecht. Zijn zonde? Hij haalde zijn schouders op. De dood van Basil Hallward scheen heel weinig voor hem te betekenen. Hij dacht aan Hetty Merton. Want het was een onrechtvaardige spiegel, deze spiegel van zijn ziel, waar hij naar keek. IJdelheid? Nieuwsgierigheid? Huichelarij? Was er niet meer dan dat in zijn zelfverloochening geweest? Er was iets meer geweest. Dat dacht hij tenminste. Maar wie kon het zeggen?... Nee. Er was niet meer geweest. Uit ijdelheid had hij haar gespaard. In huichelachtigheid had hij het masker van goedheid gedragen. Omwille van de nieuwsgierigheid had hij geprobeerd zichzelf te verloochenen. Dat zag hij nu in.

Maar die moord – zou die hem zijn hele leven blijven achtervolgen? Zou hij altijd door zijn verleden worden bezwaard? Moest hij werkelijk opbiechten? Nooit. Er was maar één bewijsstuk tegen hem over. Het schilderij zelf – dat was bewijsmateriaal. Hij zou het vernietigen. Waarom had hij het zo lang gehouden? Eens had het hem genoegen geschonken het te zien veranderen en oud te zien worden. De laatste tijd had hij een dergelijk genoegen niet meer gevoeld. Het had hem 's nachts wakker gehouden. Wanneer hij weg was geweest, was hij van angst vervuld dat andere ogen het misschien zouden zien. Het had zijn hartstochten melancholiek gemaakt. De herinnering eraan had vele ogenblikken van vreugde bedorven. Het was als een geweten voor hem geweest. Ja, het was zijn geweten geweest. Hij zou het vernietigen.

Hij keek om zich heen en zag het mes dat Basil Hallward had doodgestoken. Hij had het herhaaldelijk schoongemaakt tot er geen vlekje op was overgebleven. Het was blank en schitterde. Zoals het de schilder had gedood, zo zou het ook het werk van de schilder doden en alles wat het betekende. Het zou het verleden doden, en wanneer dat dood was, zou hij vrij zijn. Het zou dit monsterlijke zielenleven doden, en zonder die gruwelijke waarschuwingen die het gaf, zou hij rust krijgen. Hij pakte het mes en doorstak het schilderij ermee. Er klonk een gil en een val. De kreet was zo verschrikkelijk in zijn doodsnood dat de bedienden angstig wakker werden, en hun kamers uit kwamen. Twee heren die het plein beneden overstaken bleven staan en keken omhoog naar het grote huis. Ze liepen verder tot ze een politieagent tegenkwamen, en namen hem mee terug. De man belde een paar keer, maar er kwam geen antwoord. Behalve een licht in een van de bovenste ramen was het huis helemaal donker. Na enige tijd ging hij weg en bleef in een aangrenzend portiek staan kijken.

'Wiens huis is dat, agent?' vroeg de oudste van de twee heren.

'Van mijnheer Dorian Gray, mijnheer,' antwoordde de agent.

Ze keken elkaar aan en terwijl ze wegliepen en snierden. Een van hen was de oom van Sir Henry Ashton.

Binnen, in het gedeelte van het huis waar het personeel verbleef, spraken de halfgeklede bedienden fluisterend met elkaar. De oude mevrouw Leaf huilde en wrong haar handen. Francis was doodsbleek.

Na ongeveer een kwartier ging hij de koetsier halen en een van de lakeien en ging naar boven. Ze klopten, maar er kwam geen antwoord. Ze riepen. Alles bleef stil. Ten slotte, na vergeefs te hebben geprobeerd de deur te forceren, klommen ze het dak op, en lieten zich op het balkon vallen. De ramen gaven gemakkelijk mee; de grendels waren oud.

Toen ze naar binnen gingen zagen ze, aan de muur, een schitterend portret van hun meester hangen zoals ze hem het laatst hadden gezien, in de volle glorie van zijn heerlijke jeugd en schoonheid. Op de grond lag een dode man, in avondkleding, met een mes in het hart. Hij was verschrompeld, gerimpeld en had een weerzinwekkend gezicht. Pas toen ze de ringen hadden onderzocht, wisten ze wie het was.

Toegeschreven aan **Oscar Wilde**

Teleny of

De Keerzijde van de Medaille

Het verhaal van een tragische liefde tussen twee mannen

ƒ 15,- / 176 blz.

Michael Cunningham
Bloedverwanten

'zo'n boek dat je met spijt dichtslaat
omdat het is afgelopen' NRC Handelsblad

OOIEVAAR

'Liefde, dood, loyaliteit: het komt allemaal op een
onnadrukkelijke, maar briljante wijze aan de orde.'

Vrij Nederland

ƒ17,50 / 348 blz.